另一種
自由的
追求

A Pursuit of

Freedom

沈從文
美學　研究

A Study of
Shen Congwen's
Aesthetics

邱于芸　著

目次

推薦序

因愛而生的追尋

大約十年前，在劍橋大學圖書館東翼美麗安靜的東亞書庫（Aoi Pavilion）裡，我第一次和邱博士相遇。

「Vicki、Amira，妳倆都研究沈從文，有空可以交流交流啊！」在那大又通風的閱覽室工作的馮南華女士介紹了我們認識。

「很高興見到妳……」「那……我們一個小時到圖書館餐廳喝茶好嗎？」這非常簡短、非正式的會面開始了一段長久而堅固的友誼，當時的她還是博士生。

直到今天，我依然坐在這大學的老圖書館，坐在令我平靜的老位子，而她卻選擇回到故鄉。即使劍橋和臺北的距離如此遙遠，我們的感情絲毫未變。

一向直爽的她，對禮儀不耐。在餐廳見面的第一時間，沈從文馬上就浮上檯面！那個下午，我們就這樣聊到圖書館關門。

那次會面成為日後許多類似聚會的起點，地點慢慢從方正的圖書館移到中庭（為了呼吸新鮮空氣），到後來在小酒館（為了能更感性的談話）、餐館和我們各自的住家。

當時的她，正為論文和沈從文日夜搏鬥。而我自己也才翻譯完厚厚一本希伯來文的《邊城》和其他作品。於是，無止盡談論沈從文的作品就成了我們的「每日菜單」。

讓我印象深刻的是，這些對話，始終由一位時時刻刻熱情飽滿的年輕女子所啓發。她高挑的身材，充滿氣勢的思辨，與沈從文這位我最喜愛的中國現代作家智慧慈祥的笑臉融為一體。邱博士思緒敏捷、想法源源不絕，說話的速度幾乎快跟不上她的腦袋。任何事情都觸發她新的體會，每天總會多出一個令她感興趣的話題。這一切，反應了她苦心尋找一條能將各種對沈從文之觀察串起的線索。

然而，考慮到沈從文在不同階段的寫作，以及對創作類別的選擇（部分受到個人和歷史動盪的影響），在這些不同的藝術展現途徑之間串起一條線索，幾乎是不可能的任務。

儘管如此，這場戰鬥依然無情地持續著。這一仗亟需敏銳的聆聽力，高度的專注力和全然奉獻。即使有些時候，我不能完全確定自己是否「準確」掌握她所言，不過我依然帶著極高的興致聆聽。更重要的是，我總覺得自己所聽到的論述極具重要性。我因此知道這絕不會是一本冷僻的學術論文，也不會是一本出於私心，企圖保衛特殊作品文學之美和靈巧的著作。

這是一本重要的書。毋庸置疑，這是一份以智力試著掌握或揭露眾多表象背後的研究。但同時也是邱博士對沈從文之永久追尋的感同身受。這也許就是她熱情存在的理由（起碼從我的眼中看來是如此）。要不是如此，她絕不會耗費如此心力與代價義無反顧地一路鑽研進去。沈從文的追求似乎引起她的共鳴。這點在這本傑出的作品裡表露無遺，首先我們看到她以非常私人的序言「沈從文與我」取代一般正經八百的序，此外本書鉅細靡遺的分析伴隨著一個非常具說服力的論述，這個論述以沈從文作品中持續而一致的美學信念與選擇爲基礎。

這一切講來恍如隔世，但沈從文似乎反復出現在我倆的生活裡。我們把他的故事教給學生，穿過時光隧道，讀他的作品，再把想法寫到紙上。終於她重新整理博士論文出版了這本《另一種自由的追求》，而我也寫了許多有關沈從文作品的文章。

在此，我僅介紹邱博士透徹而密切探討的沈從文作品的其中兩處（早期的中篇小說《邊城》和的後期的短篇故事《看虹錄》）。這兩個作品徘徊在不同文體的界線邊緣，雖然在背景設定、角色、氣氛和藝術特色上截然不同，但仍然是可互相比對的情感訴求，而且能夠反映沈從文作品整體的代表性。

這本書中，沈從文的美學觀以傳承中國文人畫的觀點呈現。支持這個說法的論述仰賴「言外之意」與「意境」這兩種文人傳統的美學原則。在談論《邊城》時，邱博士取的是這本小說裡的詩歌和繪畫元素：

> 《邊城》的敘事架構卻很像古代詩人嘗試突破語言界線以追求超越文字的效果。《邊城》的描述元素描寫出感官圖像，彷彿是畫家在作畫。《邊城》裡並無作者的聲音，卻承繼從藝術家觀

點所做的自然描述。《邊城》高度仰賴此種表現形式的效果，在寫作中創造一種暗示，也賦予此文本更寬廣的詮釋空間。「言外之意」是中國文人創作的靈感泉源，也是中國美學傳統的目標之一：精通藝術的主要方式在於藝術家是否能夠有效地將現實世界中那雜亂無章的資料，轉換成一件和諧的藝術品。藝術中所表現出來的自然世界生命力，僅僅是接收訊息者心靈的表現，而透過藝術呈現所捕捉到的意義，也包含作者敘述中所隱含的意義。

在第二個的審美原則（意境）中，她闡述這本小說的道家精神：

在此傳統下，對於地理景致的描寫反映的中國哲學的宇宙觀，尤其是個人與自然之間的關係。自然與自我之間的和諧對自我中心意志的消解與昇華。「我執」變成了自我與自然界（也就是道）的阻隔，而作品中「自我」的成分成了王國維所說的造景與造境之境界的高低，有我之境比不上無我之境。文字就成爲了那些存在於文本之外，難以言傳事物的載體。

這個「言外之意」與「無言的作者」的原則，使沈從文作品的道德維度得以展現。在其作品中，這些原則結合邱博士所謂的「作品裡的留白」，提供了讀者一個開放場域與風景來自由地閱讀，使讀者得以發揮想像力建構對成現在他們眼前的作品的理解和啓示。或許，還能進一步影響自己的生命，產生向善的力量。茲引其論述如下：

沈從文之後提到文學作品中的留白，指出寫作上的留白跟音樂及視覺藝術一樣重要：「讓主題人事在一定背景中發生存在時，動靜之中似乎有些空白處，還可用一種恰如其分的樂聲塡補空間」。他也認爲是否要在中國畫裡留白，就跟透過寂靜來表現完美一樣重要。留白之處讓讀者可以建構自己的意義，他引述哲學家尼采所說的話：「證明一事是不夠的，應該將人們向之引誘下去，或迪上來。」雖然作者是在重新安排已存的現象，但他們的工作不單呈現事實，而是根據自己的想法來組織現實：「再從宋元以來中國人所作小幅繪畫上注意。我們也可就那些優美作品設計中，見出短篇小說所不可少的慧心和匠心。『似眞』、『逼眞』都不是藝術品最高的成就，重要處全在『設計』。」留白之處是爲了讓讀者產生共鳴，並且透過想像用自己的方式來完成故事。

倘若我們針對作者「言外之意」、「作者的撤場」和「留白」等創作方法進行細密的觀察，這樣的省思可以再往前推進一步。在這些創作工具的應用上，我們會發現，儘管這些概念承載著許多暗示性的崇高願望，但也在提示著我們，作者正摧毀著自己使用的工具，亦即文字語言和文學世界的建構。這些工具只能略過描寫眞實存在的複雜性，改以捕捉稍縱即逝的瞬間的感知經驗，這些瞬間感知反而成爲實際的寫作材料，而並非現實世界的描述。

在有關寫作和閱讀的實驗性故事《看虹錄》裡，沈從文不可知論的沉思被帶向極端。這故事的探索性質已由它的標題所揭示。「看虹」暗示凝視彩虹這種朦朧又難以捉摸的景象的曖昧可能。邱博士將這故事做了一個相當有趣而徹底的分析。在此我僅針對沈從文在故事中對自己往事的直接指涉加以補充。在這則奇特的故事結局中，我們看到一個不斷變化的主敘事者「我」，這個「我」思索著自己所寫的東西：

居然又到了晚上十點鐘。月光清瑩，樓廊間滿是月光。因此把門打開，放月光進到房中來。似乎有個人隨同月光輕輕的進到房中，站在我身後邊，「爲什麼這樣自苦？究竟算什麼？」我勉強笑，眼睛濕了，並不回過頭去，「我在寫青鳳，聊齋上那個青鳳，要她在我筆下復活。」

從一個輕輕的歎息聲中，我才覺得已過二十四點鐘，還不曾吃過一杯水。

令人震撼的是，沈從文在一個高度實驗性的現代主義故事裡，貫徹自己與傳統（「傳奇」寫作）連結的戲劇性聲明。這是否也有些諷刺。我們得捫心自問，故事裡有什麼宣告重寫「青鳳」的理由？沈從文本人，通過他的敘述者之口（同時是我和客體）呈現其內在故事，由《聊齋》故事中的女人說出來：

這就像一個兒童故事，只有小孩子可能會相信它的眞實性。這裡的眞實超越了「現實」與「小說」的分野，只有他們能欣賞故事裡的所有精神意義，感受故事角色裡超越現實與虛構的悲慘與快樂的感受。

當然，現代作家並非複製中國古老的傳奇寫作（超自然與自然融爲一體，鬼神在日常環境和情境中與人交織在一起）形式。但其抱負可能是雷同的。然而，對於捕捉言外之意的文學作品的追尋是不可能的任務。

《邊城》的搜尋是透過「自然」持續徘徊在恆定和短暫、普遍和個人之間的界限，加上沈從文語言與沉默，音樂和對白，光與黑的濃淡變化而展開。《看虹錄》則以現代的外衣，混合了超自然和自然的原型，套到「傳奇」的正統之上。「現實」與「想像」，「記憶」與「夢想」，附著於一個全新且正規的「心理」與「自由」的碎片，一個將聯想與扭曲的時間序列和主角多變性的代名詞混合物。作者彷彿以一個結構化的線性情節或時間順序約束的削減，來避免任何帶有主導性的意向，讓事件依序展開。但這一切還是必須來自文字和詞句，此起彼落，也再次造成藝術自由和結構之間的緊張關係。

的確，這個故事的結局帶有相當絕望的訊息：

到天明前五點鐘左右，我已把一切「過去」和「當前」的經驗與抽象，都完全打散。再也無從追究分析它的存在意義了，我從不用自己對於生命所理解的方式，凝結成爲語言與形象，創造一個生命和靈魂新的範本。我腦子在旋轉，爲保留在印象中的造形，物質和精神兩方面的完整造形，重新瘋狂起來。

到末了，「我」便消失在「故事」裡了。在桌上稿本內，已寫成了五千字。我知道這小東西寄到另外一處去，別人便把它當成「小說」，從故事中推究眞僞。對於我呢？生命的殘餘，夢的殘餘而已。

我面對著這個記載，熱愛那個「抽象」，向虛空凝眸來耗費這個時間。一種極端困惑的固執，以及這種固執的延長，算是我體會到「生存」唯一事情。此外一切「知識」與「事實」，都無助於當前，我完全活在一種觀念中，並非活在實際世界中。我似乎在用抽象虐待自己肉體和靈魂，雖痛苦同時也是享受。時間便從生命中流過去了，什麼都不留下而過去了。

後續是一個相當接近沈從文自身創作的探索歷程。一個追尋意義和樸實的旅程，一種依賴獨立心智走向孤寂才得以維繫的生活態度。其中交織實體和想像，並且依附了中國文人傳統下的個人情操與信念。

這一切都已由一位「旅伴」所見證與感受，並在接下來的紙頁間表露無遺。這個因愛而生的作品來得正是時候。藉由沈從文細緻的作品，在這動盪時代點醒了我們生而爲人的珍貴特質。

耶路撒冷大學漢學家　柯阿米拉（Amira Katz-Goehr）

二〇一三年二月九

代序 沈從文與我

約莫二十多年前的一個秋夜裡，時值十八歲的我，匆促地決定遠行，正爲一個沒有歸期的旅程準備著行囊，行李箱裡滿滿是爲了一切未知而準備的衣物。

此刻的我，對於過去，我一無所戀；面對現在，也毫無辦法，只有未來如一雙大眼睛緊緊盯著我。皮箱裡，只能塞進一件剛買的羽絨衣，聖經紙印的英漢字典，還有幾包感冒藥、正露丸，幾盒中國結、臺灣茶，當成伴手禮。最後，似乎還少了點什麼，才想起該帶幾本聊以解悶的中文書，除了一本天下雜誌出的《發現臺灣》，我只挑了三本不大不小的散文書：《老伴》、《來客》與《鳳子》，作者——沈從文。

記得高二時，一位來自業界的國文老師在一堂讓我印象深刻的作文課裡，告誡著正直慘綠青年的我們：「如果你們能像沈從文一樣，被稱作大師的話，你們盡可以寫：『……湘西邊境到了一個地方名為「茶峒」的小山城時，有一小溪，溪邊有座白色小塔，塔下住了一戶單獨的人家。**這人家只一個老人，一個女孩子，一隻黃狗。**』但如果還不是大師，最好乖乖的按照我說的方法寫你的文章。」我總覺得這不是對沈從文的誇獎，他那「一個老人，一個女孩子，一隻黃狗。」特別慢下來，顯得大聲。但我卻始終不記得他所謂的正規的開場是什麼，更不知道那段話就是《邊城》的第一段，但卻切切實實地把沈從文這名字給牢牢記住了。

這三本書其實來自我母親。因為人生的總總不巧，我與她在我小時候沒能同住在一個屋簷下，見面的機會極少，時間也不能長。一年也許不到一次兩次，正值青少年時期的我，每次見面，裡裡外外，一轉眼又是另一個孩子。她總是急躁地想把對我的言行舉止的觀察一一清點完畢，大多都是她不滿意的髮型、穿著等等。雖然常因意見不合而鬧得兩人不說話，而我卻每每利用在她家的時間，企圖探索一個平時不能接觸到的世界。當時的她正在廣告公司工作，茶几上總有許多雜誌跟最新出版的讀物，有如逛書店般，一落落滿滿散發著新書味道的書報，永遠令我玩味⋯⋯《人間》、《當代》、《聯合文學》、《赫賽》、《佛洛姆》。儘管沈從文始終成了一個解不開的迷。玩心甚強的我，卻也把這事遠遠拋在腦後。然而最引起我興趣的，還是亮晶晶的服裝雜誌。

她總說「想看就拿去吧！」那一次，她大大稱讚了沈從文。但是滿載而歸回到住處後，翻閱著這些名著，對缺乏抽象思考的我來說簡直像極了無字天書，讓我從此有種陷入困境的感覺。在遠行前的前一夜，我在書架上又發現了這幾本沈從文，在這充滿告別氣氛的夜裡，卻成了一扇讓我隱約感覺到在英國可以跟臺灣這個母親連結的窗。

由於當時優雅博學的劍橋市對我這個沒文化的黃毛丫頭實在太無聊，店家早早打烊，也沒有像加州中國小店會賣賣臺灣過期書報。也就眞如當初的打算，每每在念英文念到困頓、人生乏味的時候，翻開當初隨手裝箱的這幾本書，雖看不甚懂，但這難度讓我有種不得不敬畏它的神性，讓我不至於隨即陷入尋求人生捷徑的陳腔濫調，反而願意老老實實留在劍橋懺悔，重新做人。幽幽遠遠的湘西，有我理解母親的符碼，對生命高度有一種莫名的嚮往。對於人生，就這麼樣一點點地，慢慢地明白了點道理。

異鄉一待好幾年，直到大學入學前的暑假，我在香港無意逛到大大十一卷的《沈從文文集》，我似乎帶有那麼一點自主與義務性地買了兩套，一套送母親，一套搬來英國。這個舉動，開啓了我關注沈從文的起點。他所寫的故事也成爲這兩位從未同住的母女話題中的最大公約數。每每讀到一篇新故事，或發現了他的生平事蹟，我都像個去討獎、等表揚的孩子，滔滔不絕地全盤托出。兩人從此易地而處，原來的陌生變成了熟悉。

母親長期獨處臺灣東海岸一個叫做鹽寮的地方，在倚山面海的小水泥屋裡，望著潮起潮落，每天爲了與自然爲鄰不曾間斷地勞動著，掃了又落，落了又掃的樹葉，爲菜園除草驅蟲，上山巡視水源，每天劈柴燒水趕猴子。而遠在劍橋的我則與臺灣日夜顚倒地，望著綠意盎然的康河，聽著自己騎車踩出的鉸鍊喀啦聲穿透學院間中古時期的小巷弄，也是一天天挨著過，面對自己，也面對著排山倒海的課業壓力。

我養成了週六晚上睡覺前打電話給她的習慣，就像海浪日夜拍打著岸邊鵝卵石發出來的聲響，我和她的心智，就在這潮起潮落間磨成了細滑的輪廓，安靜了。

記得一個半夜，電話的另一端是她興致高昂，分享她偶然間發覺的感動。描述著她每天就寢前，總讀著沈從文的文章，從他的一字一句中，她了解到他細膩的情感，即使從未謀面，今生也絕無機會，但他已像是一位認識很久的朋友。我總在半夢半醒之間，聽到母親喜悅的情緒，這次，忽然有種不捨。感受到她的孤單，我倆依順著沈從文一生的沉浮，漸漸活出了自己的調性，漸漸知道人總要誠實地回到面對自己的現實。還有一次，也在劍橋夜深人靜時，我能夠親身感受到她所描述眼前東方乍現魚肚白的日出，終於知道什麼是「詩的境界」的那種驚喜與感動。

我也藉著與她幾年來漫長反覆沉澱討論中，感受到文字的力量，開始了我用下半個十年對文學的熱愛與追求。生命感知的歷程千軍萬馬地湧入在意識的前端，形成語言，化爲了文字，透過作者的「安排」，我們感知到「存在」。存在於文字中，人又回到了生活，走遠了，文章在後面。好事者讀了，在其中起了作用，如遇知音，如暖流穿過。望著天上的繁星，與一位無從謀面的靈魂交談著。

沈從文的經歷與反思一直成爲我自我檢定的標準，也一直期許著要成爲一位自主如他的人，同時也能如此溫柔面對芸芸眾生。但是，卻是一直等到我念研究所時才決定要把他當作一門學問來研究。

在那當下，留在英國度過餘生似乎已成爲定局，當初離家時的打算，業已成眞。帶著孩子，我必須找一個能夠藉以爲生的工作技能，想來想去，除了教中文外，似乎沒有別的專長。於是寫了一個沈從文美學的研究計畫，我在信裡約略說了我與沈從文的關係，並老實地說，如果我需要花上好幾年學懂一件事，沈從文的一生會是一個值得做的選擇。我未來的指導教授蘇文瑜博士（Dr. Susan

Daruvala），很快地就寄來了入學通知。

蘇文瑜是周作人專家，周作人在五四文壇裡，算是跟沈從文有過交集的。就這樣，我拜託劍橋大學圖書館，爲我代訂一套剛剛出爐的《沈從文全集》（全三十三冊）。一個月以後我日以繼夜，展開了改變我一生的讀書計畫。

近一百年前，一個鄉下小兵，在一家新文學刊物做校對時，用極微薄的薪水訂了從北京寄來的「申報」，接受了五四的思潮，隻身到北京，想學點功夫，做一個有出息的讀書人。因爲命運總總安排，諸事不順的情形下，他學寫文章，賺取稿費以餬口，幾年後，竟然也闖出了些名堂，成爲五四文學的先鋒、鄉土文學的代表。

這個人就是沈從文。沅水和辰河流域的風土、世世代代的愛恨與哀愁，被他運用的文字，或畫或雕刻地，從紙面上跳了出來。他以流著屈原血液的熱情與悲憫自居，寫下《邊城》這樣的哀歌。那些水手縴夫的豪情與吊腳樓夜裡的每一晚都如訣別的最後纏綿，使鳳凰城如今有成千上萬名遊客朝聖。

二〇〇五年，我跋山涉水，也加入了千萬人的行列，拜訪了吉首大學沈從文研究中心，認識了許多花了一生研究沈從文的專家。我入住於一個有無線上網的吊腳樓裡，窗外是沱江裡一艘艘遊船，伴隨著的是用霓虹燈管裝飾的水中舞台，以及苗族少女用麥克風高歌遊客所點的臺灣歌謠——鄧麗君的〈小城故事〉。

穿梭於鳳凰城的小巷小弄，我的注意力不時落在店家內外玩耍的孩子上，或群聚或單獨拿著竹籤朝天比劃，或成群討論著如天大的行動，我見到了沈從文兒時的模樣。

那堵隔絕蠻苗的城牆看來疲憊，上頭站的是無數靦腆面對相機的遊客，下方坐著一排兜售地方名產、頭頂花帕的苗婦。漢苗雜處的情景依然，取代打鐵店、線鋪子的是取名「從文」或「邊城」的旅店茶坊，外頭擺著一本本印刷精美的遊城導覽與沈氏的散文和小說。整條街的忙碌帶著一種鎮定與從容，耳邊迴響的是一段段一個遊子對故鄉的思念，化爲文字，爲他夢裡的湘西留下一個恰如其分的說明。

我在虹橋橋墩一家賣苗衣的攤位前停住了腳，循著斑駁的牆面掛滿的藍黑相間滾邊鮮豔的苗衣，看到一位遊客，盡著一位遊客的使命，專心地找一件紀念品。她朝著一位黝黑瘦小的男子問：「這件怎麼賣？」「一百二十塊錢！老東西，最後兩件了，收不到了！」他操著強烈的口音，語氣堅定，兩手匆忙地將牆上每件衣服拍平打直，眼睛不時的探索遊客的反應。「哪有的事？開玩笑！」這時帶路繞街的導遊從她身後跳出來打破了沉默。那位大哥毫不修飾，緊接著對遊客說：「妳喜歡這玩意兒？我帶妳去買！這錢夠妳買個五件、十件！」

我偷偷地望著那瘦小男子，遊客和導遊走遠了，那男子給了龍哥一個抱怨的眉頭，蹲下來，從口袋拿出菸來點，眼睛望著頭頂上，兩岸山邊以綠樹鑲成邊框的藍天。

沱江邊蹲著幾位少女拿著木棒敲打衣褲的聲音轉移了我的注意力，挨近江邊的棒子落在濕布上的低沉與不規律節奏，和踮著腳尖伸頭張望等著依次搭船遊江的外來客各自找到了平衡。小城裡的動靜雖因時空的不同改變了它的組合，吊腳樓裡，取代煙花女子和水手的打情罵俏聲是一邊端著海尼根一邊朝著酒保眉開眼笑的少女。沿街充滿的打鐵聲與叫賣豆腐腦的情調絲毫未因爲賣的是泡沫紅茶而遞減，我依稀看到翠翠的爺爺進城打酒敏捷的腳步，和陪著翠翠逛大街的黃狗好奇雀躍的模樣。鳳凰街上人們頂著的豔陽同樣曾經在沈從文的文章裡滋養著翠翠，而書裡的陽光卻又走了出來照耀著我，對於人事，也就多了另一番體會。

回到劍橋，我依然日以繼夜地寫著博士論文，夜裡還是常常抱著電話跟母親討論著沈從文故事裡的奧祕，隨著他半世紀前的思辨，我強烈感覺到儘管載具千變萬化，作為一個永遠的知識分子，需要多少的篤定，才能不隨波逐流；要多少耐力，才能抵得住來自家庭、政治、社會各界的拉鋸。面對生而為人的苦難，我們又有多少勇氣能夠挺身而出。我不是一個作家，但我熟讀著他的每一句經典名句，用著他的寬容來與世界共處。「照我思索，可以理解我，照我思索，可以理解人。」我帶著這樣的神性，一點一滴建構我心中的世界，讓自己勇敢，除了付出，與世無爭。

感念這幾年來在劍橋的歲月，一路上，伴我成長的師長們，蘇文瑜與程思麗（Sally Church）。還有一群相互砥礪的夥伴與兩位可愛的孩子，東亞圖書館的馮南華女士、來自耶路撒冷的柯阿米拉教授、天資聰穎的藍詩玲（Julia Lovell）學姊、李約瑟研究中心的古克禮（Christopher Cullen）老闆，以及我所帶過的每一位學生。我在劍橋大學圖書館的茶室與花園裡與他們度過無盡的春夏秋冬。他們伴著我，永遠願意做我第一個聽眾、論文的第一位讀者。我也感謝體諒我的家人，對於從小頑固不羈的我，在這一路支持我走向一個有價無市的行業。這一切都是我的幸運，沒有大家，我不能夠在今天得以按照我對沈從文美學的認識，來建構我日後對文化、社會與個人修為的理論基礎。

最後感謝麥田出版社。在臺灣這個似乎已經沒什麼人記得沈從文的時代，面對湘西鳳凰已經快要變成商業旅遊的犧牲品的時候，還願意藉由這本書來還原一個其實距離我們並不遠的年代，有一個拗直的鄉下人，用他的文學生命換取心中的自由，如此愛他的故鄉。而我則也致力效法以「無從馴服的斑馬」自居的沈從文，用美與自由來愛我的故鄉。

邱于芸

二〇一三年八月於臺北

導論

沈從文是一位多產作家，他的著作基本上可分爲兩個時期：前期爲一九二四年到一九四八年間所寫的文學作品；後期則是一九四九年後，有關中國服飾文化的相關研究。不過，沈從文後期的研究成果雖然在物質文化領域上深具影響力，但是此類作品在《沈從文全集》於二〇〇三年出版以前卻鮮爲人知。因此，雖然有不少評論沈從文著作的相關作品，但截至二〇〇三年爲止，大部分的評論都集中在他一九四八年之前的文學創作。[1]

要深入探索沈從文這個人，我們其實已有許多固有的方法可以貼近沈從文的作品，只不過這些傳統方法，以及對於沈從文在現代中國文學史的地位之討論，一直是環繞著各個作品的社會與政治氛圍。以一九五七年《沈從文短篇小說選集》的出版爲例，該書的出版，讓被文壇遺忘近十年之久的沈從文又短暫地重現於世。然而，該選集的出版其實是一種政治表態，既是爲了回應毛澤東鼓勵知識分子大鳴大放的百花運動，也是爲了要將沈從文打上反動作家的標籤，[2]選集裡的故事都在沈從文爲了順應政治正確而默許之下做過大幅的修改。不幸的是，由於早期版本佚失，當幾十年後的今天，沈從文的作品需要被重新編輯的時候，這本一九五七年出版、內容遭到大幅修改過的選集，反倒成爲了許多評論的基礎而出現了不少偏差，如此一來，沈從文遠比他原著中所表現得更具政治氣息。[3]

沈從文的文學表現自有其分量，除卻中國與臺灣等華人圈之外，沈從文也以其文學性創作內容爲海外所知，特別是他在小說與散文上的表現，亦備受肯定與關注，這種現象最早可回溯到夏志清一九六一年於美國所出版的《中國現代小說史：1917-1957》（*A History of Modern Chinese Fiction: 1917-1957*），夏志清在書中指出，儘管當時大部分的年輕人並不熟悉沈從文此號人物，然而，沈從文卻是現代中國最重要的作家。[4]自一九六一年往後的四十餘年間，後人從沈從文的作品當中，逐步開展出不同層面的研究與分析，只不過這些研究依然大多局限在夏志清所羅列的範疇當中。

在中國，沈從文這位幾乎已被遺忘的文學作家，到了一九八〇年代初，又重新獲得重視。[5]一九八三年，繼中國出版五卷本的《沈從文選集》之後，香港隨即推出了二十二卷本的《沈從文文集》，但是文集中所收錄的散文與詩僅有少數是沈從文成爲北京中國歷史博物館文物研究員之後幾年的作品，大多數的作品都出自於一九五七年那本有瑕疵的《沈從文短篇小說選集》。只不過，這幾本選集之出版，也代表了沈從文開始成爲各界的研究注目焦點。到了一九九一年，接續著《沈從文文集》在香港的出版，同一家出版社跟著推出兩卷本的《沈從文研究資料》，這本書以時間爲緯，依照年代詳細記錄了沈從文從一九二四年到一九八五年間所寫的作品。

一九八六年湖南吉首大學成立了沈從文研究室，研究室成員向成國與劉一友開始研究沈從文的創作，並於一九九二年出版《沈從文別集》。此外，該計畫也決心徹底整理沈從文的著作，相關學者於一九九三年起著手進行《沈從文全集》的編纂修訂，並由沈的妻子張兆和擔任主編。

同一時期，另一本由凌宇編輯的小選集《沈從文著作選》在一九九四年出版，這本書是第一本將沈從文一九五〇年代之後的散文、詩及物質文化著作和小說收在一塊的著作。

近十年之後，三十三卷本的《沈從文全集》終於出版，這套書將過去因政治理由而改編的作品全部恢復原貌，也納入沈從文成為北京中國歷史博物館研究員之後的著作，此外，現存的手稿、家書、朋友書信以及過去不為人知的作品，像是繪畫、素描、詩、遊記與自述也幾乎都包括在內。因此，整套書涵蓋沈從文超過六十年寫作生涯所留下的所有作品，讓讀者能夠把他的著作視為一個整體，看到他這一生與社會以及自我認同的沉浮。[6] 另外在二〇〇二年，沈從文自一九七五年以來研究中國服飾的助理王亞蓉，編輯了一本附帶一份錄音檔的有聲書，內容包括沈從文在一九八〇年代之間的一系列演講，以及她對沈從文所做的一次訪問，[7] 該書的後半部也包括對沈從文同事及朋友的訪談。這是一份珍貴的史料，因為它提供了沈從文晚年對自己的看法，也讓我們有機會聽到沈從文的聲音。

自從《沈從文全集》出版之後，關於沈從文一生的史料開始陸續出現，特別是記錄他一九四八年之後的生活及創作的作品，其中，李揚所寫的《沈從文的最後四十年》一書，便是主要集中在沈從文一九四八年之後的經歷上。

在《沈從文全集》的編撰過程中，「沈從文研究」開始轉變方向，許多學者不再僅是把沈從文當作五四運動時期的作家或地方作家，例如張新穎所寫的《沈從文精讀》在討論沈從文的作品時，就把沈從文對自己的看法當作主要的核心。自二〇〇三年以來，有三本沈從文作品的文選相繼出版，分別是《生之記錄》、《心與物遊》以及《無從馴服的斑馬》。這幾部著作都是由後人所編錄，依照對於沈從文的心境理解而特意挑選出部分作品，以此來說明他個人發展的特定軸線。

生平

沈從文這個筆名最早取於一九二三年，他的原名是沈岳煥，[8]一九〇二年十二月二十八日生於湘西鳳凰一個軍人家庭，當地人口主要由苗族、土家與漢族所組成。他在湘西接受教育，最初進入一所私塾，然後轉到一所現代小學，最後則是進入軍事預備學校。離開學校後，沈從文擔任過陸軍步兵、警察所辦事員、以及動物屠宰稅收稅員，後來經過一段時間整天無所事事在村里的河邊遊蕩之後，沈從文回到部隊擔任將軍的侍從。

一九二三年，沈從文決定跟隨當時對新文化運動心生嚮往的年輕人，離開部隊前往北京（當時還是北平），這場文化運動在一九一八年的五四事件之後獲得全國關注。[9]由於無法得到任何大學的入學許可，沈從文過了兩年困頓的日子，這段時間他學會了如何寫小說（在當時這還是一種流行的新文體），也很快就寫下許多作品。一九二五至一九三〇年間，沈從文每年持續創作二十篇作品，單是一九二七年就出版了七十篇以上各式各樣的著作。

爲了賺錢支持自己早期的寫作生涯，沈從文於一九二五年八月至一九二六年八月在北京郊區的香山慈幼院擔任圖書館員，同時，也到北京大學圖書館完成專業的圖書館員訓練。接下來兩年，他完全依靠寫作爲生，直到後來才獲得新月社的領袖，如徐志摩、胡適等人的認可。由於有這層關係，沈從文的名字往後都跟新月派連在一塊。[10]

一九二八年一月，軍閥在北京綁架與暗殺一批知識分子、查禁報紙與期刊之後，沈從文發現自己也成爲調查的目標，因此他和丁玲及胡也頻搬到上海。同年八月，他們創辦了《紅黑》及《人間》兩份雜誌，只不過因爲財務困難，這些雜誌社存活的時間都不長。

同一時期，國民黨控制了南京國民政府。清黨之後，國民黨開始處決共產黨員並監控那些有可能威脅其政權的出版物。許多作家，包括丁玲和胡也頻開始積極反對國民黨領袖蔣介石，並且加入共黨陣營。在魯迅的協助下，一九三〇年他們在上海成立「左翼作家同盟」，但沈從文爲了避免自己扯入任何政治運動，轉而全心全意投入文學創作。

由於胡適（新文學運動領袖之一）的幫助，沈從文於一九二九年在吳淞中國公學找到一份教職擔任中國文學講師，一面教書一面致力於小說創作，這段時間的努力確立了他在當代中國文壇的地位。魯迅即於一九三〇年代初期表示，沈從文是「自新文學運動開始以來最好的作家之一」。[11]

沈從文在吳淞中國公學教了一年書之後，由於追求學生張兆和不成離開中國公學。一九三〇年，胡適再次幫助沈從文到武漢大學教了一段時間，並於一九三一年轉校前往青島大學。青島時期沈從文遇到了他一輩子的伙伴與好友楊振聲（一八九〇—一九五六），楊振聲是青島大學的校長與蔡元培的學生，也是中國現代教育制度改革的先鋒。

這段時間沈從文展開對海派文學的批評。一九三一年，他發表一篇名爲〈窄而霉齋閒話〉（從一九二四年沈從文就將書房命名爲窄而霉齋）的文章，開啓了「京派與海派文學之爭」。[12] 沈從文和楊振聲一直待在青島，直到一九三三年夏天楊振聲辭職他才決定要跟隨他前往北京。雖然僅是短短兩年，沈從文認爲青島時期是他一生在文藝上最多產的時期。沈從文著名的代表作《從文自傳》也是在青島寫成，這本書被周作人以及老舍選爲一九三四年最喜歡的書之一。[13]

一九三三年九月，沈從文回到夫妻倆的結婚地北京。在此，他寫出自己最出名的作品之一《邊城》，並且和楊振聲、朱自清合作編輯小學的中文教科書。與此同時，沈從文和楊振聲也開始編輯被視爲是京派文學搖籃的《大公報．文藝副刊》，幫助許多創作生涯剛起步的青年作家。

一九三四年一月，沈從文自一九二三年離鄉後第一次回到湘西老家。返回北京之後，他以旅途中寫給太太的家書爲藍本寫下他最著名的一本遊記《湘行散記》。

一九三七年中日戰爭爆發，沈從文被迫撤離北京前往雲南昆明，一路的同伴有楊振聲與一群老師。抵達昆明之後，沈從文開始在北京、清華與南開三所大學所合併的國立西南聯大教書。沈從文與家人在昆明待了近九年的時間，直到一九四六年才回到北京繼續在北京大學教書，開始教博物館學，也寫了一本和中國瓷器有關的教科書。

由於共產黨政策與左派作家的壓力，沈從文的小說創作在一九四八年十二月暫時停滯。郭沫若批判沈從文的小說缺乏革命性質，給沈貼上「反動作家」的標籤，並且指控他在《看虹錄》這本書的「色情描繪」根本是個「桃紅色」作家。[14]一九四九年三月，由於連番攻擊排山倒海而來，沈從文完全崩潰，並嘗試自殺。

一個月之後，沈從文身體康復重返工作，但他發現中文系已經把他的課刪除，同年八月沈從文受北京歷史博物館聘為館員，主要負責編目與展覽。直到沈從文開始在博物館工作，他已經完成了大部分的小說，其中有約兩百篇短篇故事。這項工作被視為是沈從文作家生涯的結束，以及他擔任中國物質文化研究者的開端。[15]

從一九五〇年代開始，沈從文主要是在博物館以及北京的相關單位工作，而正式的身分則是北京中國歷史博物館的館員，但是一九五三年他也在中央工藝美術學院兼課。一九五六年，沈從文拒絕了將他調往故宮博物院的命令，但卻在那取得一個「研究員」的頭銜。一九七八年，沈從文被調到中國社會科學院歷史研究所，並且在那工作直到過世。

沈從文研究物質文化的過程曾數度中斷，這主要是中國當時瀰漫著一股針對知識分子與作家的敵視與警戒，並推行各種改造運動予以箝制打擊，在這樣的時代氛圍之下，沈從文被迫接受再教育，然而，也因為幾位政府官員（主要是丁玲、胡喬木、陳克寒、周揚）的鼓勵，沈從文在這個過程當中亦重啓小說創作之路。[16]一九五〇年二月至十月，沈從文被送到華北革命大學，一九五一年至一九五二年，又被送到四川進行土改，然後在一九六一年參加作家協會的青島之旅。

一九六六年六月文化大革命爆發，沈從文身陷鬥爭風暴，在「沈從文專案組」的催生下成為調查的專案對象。郭沫若罵他是「反共高手」，過去的作品、政治態度以及眼下對中國古代服飾的研究都被拿來佐證這些指控。一九六六年之後，沈從文被抄家八次，大部分的身家、研究筆記與手工藝品都被沒收。同年九月，由於他的工作性質與早期作品被認爲是「四舊」，所以他被關在博物館一個月不准工作，並淪爲博物館的工友。十一月，沈從文被送到湖北咸寧的「五七幹校」，[17] 接下來兩年半，他在這個地區被丟來丟去，居無定所。[18]

自一九四九年放棄寫作改做研究之後，沈從文數度想重新執筆創作。我們從他的日記與書信往來中可以清楚地看到，重新創作的念頭常常縈繞在他的腦海中，不過沈從文似乎僅三次眞的進行嘗試。第一次是毛澤東在一九五三年鼓勵他這麼做，他們兩人在一九五三年九月二十三日至十月六日所舉行的全國第二次文學藝術工作者代表大會上碰面。毛澤東問了沈從文的健康及工作情況並且鼓勵他說：「你不老，應該還要寫更多小說！」[19]

只不過沈從文雖有重啓創作的企圖心，實際寫出的作品卻很少，他在一九五〇至一九八二年之間僅留下四個破碎的故事，這些故事已被收進《沈從文全集》第二十七卷。[20] 儘管沈從文七次修改第一個故事〈老同志〉，也寄給丁玲尋求意見，他還是無法說服任何雜誌刊印這篇小說，而其他的作品則是尙未完成。沈從文的所有作品向來都會給妻子張兆和優先過目，這段時間的作品有些被他的妻子退回，有些則是他自己收回。[21] 雖然沈從文大多數作品都已公諸於世，不大可能有任何作品還未被發現，不過在二〇〇七年所找到〈來的是誰〉這篇小說的楔子，人們相信，是沈從文一九六九年文化大革命期間所寫下的文字。[22]

一九七二年沈從文返京養病，隨即恢復他在歷史博物館的工作，也不曾再回到河北，但是直到一九七三年十一月他的戶口登記才轉回北京。接下來幾年，沈從文逐漸在國際上嶄露頭角，許多西方學者開始研究他一九四九年之前的作品，因此他在一九八〇年應邀前往美國四個月，造訪幾家博物館並在十五所大學進行研究。這讓他們夫妻倆有機會拜訪張兆和的妹妹和妹婿，也就是耶魯大學中文教授傅漢思（Hans Frankel）。他們於一九八一年二月返回北京，沈從文持續寫作與出版（主要是寫沈從文作品選集的介紹）。一九八三年沈從文被列入諾貝爾文學獎的提名名單，並於一九八八年獲得提名。許多人相信沈從文會贏得一九八八年十月公布的文學獎，但他在那年五月十日過世，享年八十六歲。

沈從文研究回顧

評論界從沈從文的作品出版之後就開始關注他，林宰平（唯剛）與徐志摩是首先公開討論沈從文作品的作家。但是自一九三〇、四〇年代之後，大家對沈氏作品的評論開始出現分歧。一九三〇年代初，蘇雪林與李健吾（劉西渭）以美學的角度看待沈從文的小說，集中在沈從文的寫作技巧及表現形式。[23]蘇雪林在一九三四年發表的〈沈從文論〉首先將沈打上「文體作家」的標籤；沈從文認為，李健吾一九三五年對自己作品的評論，最準確地捕捉到他的創作態度。

有讚譽亦會有批評，像是韓侍珩（一九三一、一九三四）、賀玉波（一九三六）與凡容（一九三七），他們集中批評沈從文作品中的主題，從政治的角度攻擊他，譴責他的作品缺乏「階級認知」，而且「（拒絕）反應不同階級的偏好」。[24]

沈從文堅信文學創作本身就是目的，而不是爲任何潛在的政治服務，這也意味著他的觀點及作品會不斷受到左右勢力的攻擊。[25]當沈從文在國立西南聯合大學教書的時候，其暗批國民黨的作品，像是《長河》，就遭到查禁，而那些政治意味沒那麼濃厚而通過國民黨審查的作品，則是被馮乃超、郭沫若等左派作家攻擊說過於反動與色情。[26]

一九五三年，沈從文大部分的手稿與印書版被出版社銷毀，當時討論中國文學史的書都認爲沈從文的成就無足輕重，這個立場在《沈從文精選短篇故事》出版時並未有大太的變化。[27]那在臺灣呢？一九四九年之後出自中國大陸的當代作品大多都被列爲禁書，沈從文的作品自然也鮮爲人知。[28]因此，沈從文被迫走進歷史長流，海峽兩岸的民眾有近三十年的時間不知沈從文爲何許人。

但在中國以外則是另外一番風貌。夏志清承繼「新批評派」（New Criticism）分析風格，開啓了沈從文研究的學術傳統。[29]沈從文的作品被放到已經確立的文學批評理論上來分析，也被拿來與非中文世界的重要作家，像是福克納（William Faulkner）、普魯斯特（Marcel Proust）及托瑪斯曼（Thomas Mann）等人相提並論。

在夏志清奠定的基礎上，人在美國的聶華苓（Nieh Hua-Ling）以及在新加坡的王潤華（Wang Run-Hua）則是把沈從文的作品以及創作理念拿來和卡繆（Albert Camus）及海明威（Ernest

Hemingway）做比較。除此之外，聶華苓、王潤華與司馬長風的《中國新文學史》（一九八○）也進一步闡述夏志清對於沈從文文學表現與中國水彩畫技巧兩者之間相似性的簡短評論。遺憾的是，他們的討論還是相當表面，僅僅處理沈從文的文學風格，而未論及沈從文的美學方法以及作品中所強調的主觀意志。

一九七○是沈從文研究出現大變化的年代，一種名爲「沈從文熱」的風潮在海內外爆開，沈從文作品的翻譯數量倍增。從一九七一年到一九九八年，十九本沈從文短篇小說與散文的選集總共以十一種語言出版（一九三二年至一九五四年只有六本）。[30]

兩本介紹沈從文生涯與作品的書相繼出爐，一本是凌宇在一九八五年所出的《沈從文傳》，另一本則是只相隔兩年由金介甫（Jeffrey C. Kinkley）所寫的《鳳凰之子：沈從文傳》。[31]凌宇和金介甫都從歷史脈絡強調沈從文生平與作品的重要性。儘管這兩部作品內容廣博精深，但他們也都因急於爲沈從文找到歷史定位，集中挽救沈氏被忽略了四十年的文學成就，並且重建沈從文在中國文壇上的一席之地，從而產生了方法上的局限。他們的注意力往往過度環繞在沈從文作品的炒作，而缺乏對作品本身內在價值的分析。除了大量的身世背景資料外，凌宇和金介甫也都藉由沈從文的作品來處理當代中國的歷史。透過沈從文的著作，他們可以觀察到清朝、民國、對日抗戰甚至是毛澤東時期的地方事件。他們對沈從文特質的刻劃（凌宇說他是「自然之子」、金介甫則說他是「鄉土作家」），也很清楚地打印在之後他人對沈從文與沈氏作品的研究上。

「鄉下人」這個詞一直重複出現在沈從文生平與作品的研究上。一九七八年安東尼・普林斯

（Anthony Prince）的博士論文探討沈從文「鄉下人」的概念以及沈從文身爲「鄉下人」的身分認同。這是第一次有學術作品正式檢視「鄉下人」這個概念本身。[32]之後陸續有許多學者試著以沈從文身爲鄉下人這個角色來檢視沈從文的生活經驗。一九八七年，孫韜龍指出沈從文自認爲是「鄉下人」，這樣的自我身分認同表現出他「生命的成熟」，一種類似於俄國作家高爾基（Maxim Gorky）的狀態。孫韜龍後來將類比更往前推一步，認爲沈氏的生活經驗與馬克思主義的哲學一致。[33]翌年，王曉明卻發表了一篇觀點南轅北轍的文章。他說，沈從文小說文體精鍊，這事實上已讓沈從文失去作爲一個眞正鄉下人的資格。[34]

從一九八〇年代後半段到一九九〇年代，有更多討論沈從文文學發展主題的作品問世。[35]英語世界中主要的作品包括彭小妍與王德威的著作。[36]這個時期評論沈從文作品所採取的觀點與方法各不相同，但基本上都固著在個人的研究上。這些研究採取的觀點從五四運動的歷史觀點論述到沈從文個人對湘西的迷戀，從佛洛依德的心理學影響到沈從文和現代主義的密切聯繫，有的則從沈從文作品中原始主義（primitivism）的社會政治意涵進行分析，但他們常常未完全考慮到沈從文寫作生涯在主題與文體上的演變。

從二十一世紀開始，沈從文作品研究的重心出現轉移。裴春芳在〈文體的分裂與心態的游移——沈從文作品的譜系學構成及文化困擾〉這篇文章，以譜系學的方法重新評價沈氏文學創作中文體及個人心態的演變。她並不著眼於把沈從文標誌爲定位清楚的作家類型，像是「城鄉」、「本土作家」或「現代作家」，而是著重在沈從文作品中各式各樣的影響力，她指出，沈從文的著作充滿著各種文學作品的痕跡，像是《聖經》、日本私小說的傳統、佛經、《史記》、俄羅斯文學作品等等。裴春芳相信分析沈從文作品的傳統典範必須先擱在一旁，轉而關注作者如何駕馭自己的心性（也就是劉勰所說的「文心」）。[37]雖然她的文章並未進一步跨越概念層次，但是在某種程度上也已經開啓了沈從文小說演變的討論。

張新穎追隨這股潮流，於二〇〇五年出版《沈從文精讀》一書。在這本書中，他試著打破沈從文公認的創作生涯分野，也就是不將沈從文的文學作品和物質文化研究區分開來。張新穎這本書精讀了八篇著作，範圍涵蓋沈從文整個寫作生涯至一九八一年。張氏藉這條軸線畫出自己在沈從文作品中所看到的一條共同軸線，並透過此軸線來證明這些作品如何呈現沈從文對自己作爲一個積極行動者（active agent）在想法上的改變。

隨著沈從文小說「熱」完全深入社會，沈氏的物質文化作品也逐漸廣爲人知。二〇〇一年向成國對湘西的景色與地標進行考察，[38]從沈從文討論物質文化的文章中選出五個地方，並且拍下沈從文用以舉例說明的許多「文物」。雖然向成國這篇發表在《湘西》雜誌的文章主要是作爲湘西的通俗史，但他在結論中指出，沈從文認爲物質器物能夠作爲物換星移、物是人非的具體明證。根據沈從文的說法，這些文物與地方傳說結合在一起，提供人類綿延不斷的歷史。向成國所使用的詞是「定格」，意指被「捕捉到相框之中」。此觀點與楊瑞仁的看法一致，他們認爲沈從文創作文學以及研究古代中國物質文化的方法有一貫的人文規則。[39]

二〇〇二年，《花花朵朵．罈罈罐罐——沈從文談藝術與文物》出版，該書收錄了沈從文物質文化相關的論文，時間可追溯到他在湘西的歲月以及初至北京的頭幾個月。這本選集的出版，首次將沈從文一九四九年之前的作品與後期的物質文化研究並列。《野人獻曝》隨後在二〇〇四年出版，該書收錄了二十二篇沈從文討論中國藝術史文物世界的論文。這本書是沈從文物質文化研究選集中，第一本將焦點放在沈從文橫跨藝術、文化史以及文學研究方法上。在該書的前言中，編者王豐強調，沈從文的「鄉下人」特質，對於理解他一九三〇年代作品與後期的物質文化研究之間，兩者心態的一貫性相當重要。40

二〇〇四年，王德威在臺大以及多所大學演講，題目是〈沈從文的三個頓悟（épiphanie）〉，演講中所引用的有關沈從文生平的故事，都是在二〇〇二年《沈從文全集》出版之後才有的資料。王德威在這場尚未轉為文字出版的演講中，根據沈從文對各種文物所留下的記錄（包括姪子黃永玉所刻的木雕及沈從文早期的生活照），深入剖析沈從文一九四七年至一九五六年間的心境，並且透過這些心境的了解，讓我們進一步探究沈從文頓悟自我意義的過程。

順著這個脈絡，二〇〇七年，沈從文的另一本合集《心與物遊》的出版，顯示出對於沈從文研究的焦點進一步轉移，而這本書也同時鼓勵了學者與評論家跳到一個新的方法，他們不再尋找沈從文作品之間表面的連結，而是開始將沈從文的創作心靈視為他文學作品背後的驅力，41 沈從文研究中對「實體文物」（physical objects）的重視自此展開。

上述的精簡摘要無意忽略眾多研究沈從文生平與著作的作品，事實上，過去四十年來，沈從文研究已經發展為一個成熟的領域，特別是在這個大領域下，有許多次領域的論著都把沈從文放到特定的歷史、文學與文化脈絡來思考。

誠如前述，金介甫、凌宇以及吳立昌等學者，是首批從沈從文所處的中國現代史（政治史與知識史）當中，來思索沈氏作品的學者，他們自沈從文的作品管窺他的生活，也把沈從文的作品視爲沈從文傳記的基礎。[42]除了這三本重要的傳記之外，也有許多書籍探討沈從文一生中特定的歷史事件。

李輝所寫的《沈從文與丁玲》於一九九〇年出版，作者在這本書中詳實記錄了沈和丁之間的友情，比較兩人迥異的生命追求，以及他們在二十世紀政治動盪中國裡不同的命運。[43]李揚《沈從文最後四十年》在一九九〇年代問世，回顧沈從文自一九四六年至一九八八年過世之間的事蹟。李揚在書中透過沈從文的書信及文章，呈現沈從文個人經歷的認知，並且從中反射那些圍繞在他身上的社會與政治風暴。

另外兩本書則是從另外一個角度探討沈從文與報刊之間的關係。第一本是李瑞生的《報刊情緣——沈從文投稿與編輯活動探跡》，這本書詳細記載了沈從文出版的歷程，以及沈從文在每一份報紙與刊物的角色。[44]第二本是杜素娟所寫的《沈從文與大公報》，她認爲大公報是評價沈從文文學界角色的起點。因爲大公報曾被視爲是「京派文學」的搖籃，而沈從文擔任過大公報的文學副刊主編。爲了確立沈從文對此文風的影響，杜素娟回溯了該報副刊編輯方針的轉變、主要人物的替換，還有透過他們的努力所崛起的作家與作品。

還有些論著以所謂的「湘西精神」來定位沈從文。二〇〇三年，劉一友的《沈從文與湘西》中指出，沈從文的作品是理解湘西悠久文化傳統的重要管道；他認爲沈從文提倡楚文化的作品與努力，代表了《楚辭》傳統的延續。而周仁政在二〇〇五年所出版的《巫覡人文──沈從文與巫楚文化》一書也有類似的見解，他藉由回顧沈從文作品中的苗族巫術傳統，關注苗族的少數民族文化。周仁政認為，提倡湘西傳統的精神，代表了人文自然觀點的復甦，而這種觀點卻一直被現代化的支持者所忽略。[45]

此外，沈從文的作品除了成爲學術研究主題，也被用來推廣湘西文化。有些攝影集將湘西的照片與沈從文的作品摘錄放在一塊，[46]還有一些湘西的旅遊手冊會強調當地是沈從文的故鄉，藉由他的知名度讓湘西成爲一個吸引遊客的景點。[47]透過這些作品，沈從文的作品逐漸成爲湘西最有影響力的民間聲音。

這些引用也廣泛使用沈從文的散文和小說來支持某些文學理論。提摩西．歐克斯（Timothy Oakes）透過沈從文在《湘行散記》中所勾勒的風土人情來連結地方主義、現代主義與女性主義。[48]劉禾（Lydia Liu）在分析中國文學與文化時，以沈從文〈三個男人和一個女人〉這篇小故事來說明社會裡的階級壓迫。藉由故事主人翁在裡頭的主觀描述，劉禾從故事人物之間的身分焦慮與階級衝突來詮釋這部作品。[49]劉洪濤則在非理性主義的論述中企圖建立現代主義、佛洛依德學派（Freudianism）與人類心理學之間的連結，並且把沈從文的小說當作一個非理性主義的例子。[50]

另外兩本近期之作都在二〇〇七年出版，這兩本書都關注沈從文信念與理想的特定面向。第一本是吳投文所寫的《沈從文的生命詩學》，這本書呈現沈從文的生平與作品是他個人評價的集合，認爲沈從文的一生就是一場追求詩學的旅程。作者從沈從文對生命、神性與人性的態度指出，沈氏一輩子對人類理想的追尋可被視爲是一種獨一無二的「沈從文範式」。[51]康長福則是從另一個角度，採取更抽象的論述角度，探索沈從文如何看待文學在現實世界中的角色。對於沈從文人文自然的概念，作者一開始採取和吳投文類似的觀點作爲開頭，進而擴大討論範圍，試圖勾勒出沈從文理想的文學世界。[52]

然而，沈從文研究中對於他藝術成就的關注相對較少。王繼志與陳龍所寫的《沈從文的文學世界》，是少數將重心放在沈從文創作藝術面的作品。[53]除了分析沈氏作品，他們也由沈從文在各種文類所採取的特定敘事風格，抽繹出沈從文作品中正直、道德意圖以及知識理想的形象。他們希望藉此傳達左派評論界對於沈從文的定位，亦即沈從文的作品在對抗共產黨現實主義之文藝政策上的角色。

章節摘要

本書的寫作動機完全不同於前述作品，雖然我大量仰賴這些從中國歷史脈絡來解讀沈從文生平與寫作的文獻，但我的挑戰在於把沈從文的作品視爲一個整體來詮釋。我試著跨越作品本身的歷史脈絡，因此我必須理解隱含在作品之中的知識框架。如此一來，可供我研究參考的資料就不多，整個過程彷彿一切從頭開始，所以我的研究基礎並不建基於他人的脈絡與框架，而是立足在沈從文作品本身，我試著從他的著作中找到解釋，同時尋找一種能夠理解他作品的方式。

然而我還是稍微依循慣例，以把沈從文當作一個鄉下人的標準做法入手。只不過我把沈從文一貫的鄉下人身分認同當作分析起點的原因，並不是因爲它可能已經變成一個普遍的參照點，而是爲了讓我記錄沈從文對於鄉下人的看法與定義在不同時間點的改變。更重要的是，我認爲沈從文對鄉下人的認同概念，或者是在時間序列上對於這個認同點的變化，促成（或隨著）他小說家身分的演變。

不論是研究沈從文的各家之言，或是他自己對於作爲鄉下人的人生之旅，所有人幾乎都有個共識，那就是他堅定無悔地追尋自由。不論是離鄉背景去讀書，北京時在貧困中掙扎，對個人性慾的抑制，或者是以作家的身分爭取自主權，他的生命彰顯的就是一個人試著從外在環境的制約中解放開來。沈從文竭力掌握自己命運的形象，是他在不同的自傳作品中常見的特質，而從他對小說人物的描述也可以看到自由的不同面向。因此，他對於自由的想法，不僅呈現在他對於鄉下人的描繪中，也出現在他對自己的看法裡。

隨著沈從文對「身爲鄉下人意味什麼」的觀點改變，這個鄉下人的自由概念也在創作生涯中幾經變化。雖然這些變化絕對是社會政治動盪時期不可避免的副產品，但重要的是，我們不能把政治脈絡的變化與沈從文作品之間的關係，僅僅視爲是一種單純的因果關係，比方說，雖然沈從文因爲他個人的決心而避免在文化大革命下鄉接受再教育，但卻也是這個非常時期讓他有另外的動機去爭取心理上的自由。

我的取徑兼顧了藝術性與個人發展。藉由耙梳沈從文的藝術表現與他個人的創作形象，我從反向建立起學者用來將沈從文描繪成一個「自然之子」與「本土作家」所使用的資料。我並不立志在沈從文的鄉下人概念上追求一個宏大與替代的理論，而是試著探索沈從文身爲一個作家的演變，並且避免把他的變化套用進一個制式化的預設模型當中，讓自己觀察與吸收他人的洞見，並且進一步解釋沈從文的發展。

在方法上，我有幾項重要的預設。首先，我的分析都來自沈從文一九三〇年代初在青島所做的幾項宣稱，那就是他自認已達到「新道家」的思維方式與「泛神的感情」。沈從文自己與張新穎的評論都明白地指出，青島時期（一九三一—一九三三）是沈從文完全發展爲人與小說家的一段時間。從這個預設出發，我試著追尋沈從文實現此事所留下的痕跡，還有他之後所走的路。

第二個預設是沈從文的自我表現與藝術表現兩者實爲一體兩面。這個看法在沈從文的文學批評和他個人對自己小說評價上，非常類似於徐復觀在中國藝術上的自我表現論。

雖然沈從文從來都不自認爲是哲學家，徐復觀將莊子所說的自我修養視爲中國藝術的本質，這在檢視沈從文的創意上是個實用的工具。[54]徐復觀文章中提到莊子所謂的藝術本體就是藝術創造的驅力，這樣的觀點將過去認爲「藝術是爲藝術而生」或是「藝術是爲生命而生」的工具論看法，大幅度地轉移到藝術本質至上的概念，也就是「生命本身就是一種藝術形式」。[55]他也指出，從這個觀點來看，藝術的形式本身並不是主要關注重點，藝術內在所呈現出的修養才是我們所關懷的箇中旨趣，更重要的是，徐復觀認爲從道家的角度來看，個人的精神通常反映在客觀的自然世界裡，此論點對於詮釋中國山水畫中的自然景致產生很大的影響。[56]錢兆明也觀察到：

> 我們已習於在中國的藝術中發現一種蘊含精氣神的明顯慾望，一種得道的渴望。對於秉持道家傳統的中國藝術家來說，創作一幅畫是擺脫個人成見進而悟道的方法。因此，他們作品最精緻的部分（通常是花鳥與山水）有股力量，能夠引領觀看者忘我並進入一種天地合一境界，並且體會到道家所說的天機。[57]

誠如在後面章節所述，對於自然的廣泛描述是沈從文小說中一項鮮明的特色，此外，在他的文學評論中，沈從文認爲作者的性情以及個人內在的特質，是了解作者所描繪自然現象相當重要的關鍵。[58]

迄言之，上述的兩項重要假設，一是新道家與泛神的感情，二是自我認知與個人修養是藝術表現重要的一部分，一旦將這兩者納入研究中，我們就有了分析沈從文作品的著力點。大致而言，如果創作的心靈被認爲是藝術表現的驅動力，那麼創作的媒介，不論是繪畫與語言文字，都可以被視爲是呈現主觀心靈的載具。因此，在分析沈從文作品時，這些預設提供了一個基礎，讓我們可以採用更廣泛的分析工具，也讓我們有機會可以了解沈從文作品及生平較不爲人知的一面。

其中一個分析工具就是中國的藝術理論，特別是各種處理中國文人藝術與詩作的理論。那些和沈從文同處於一九二〇至一九三〇年代文藝界的人士中，已經出現了明顯支持文人價值的舉動。一九一七年，藝術史家、藝術理論家同時也是寫實畫家的陳師曾（一八七六—一九二三）發表了一篇文章，清清楚楚地鼓吹文人價值、他的理論稍後被延伸，並且由畫家與散文家豐子愷（一八九八—一九七五）以及文人畫家齊白石（一八六四—一九五七）所引用實踐（後文會詳細說明）。陳師曾整理出一個好的文人藝術家該有的四項特質，而其中核心價值就在於個人特質與完整性的發展。他的觀點在一九三〇年代與京派文學的支持者的見解是一致的；京派文學以周作人爲首，而沈從文則是主要的捍衛者之一。[59]

爲了進一步闡述此論點，我思考一些由劉勰（約四六五—五二〇）與謝赫（約四七九—五〇二）從莊子哲學所開展出的中國文人美學原則。劉勰的《文心雕龍》不僅僅被視爲是第一本系統性的文學評論作品，其獨特的方法也對往後中國藝術哲學基礎的形成產生極深遠的影響。劉勰「對文學的起源、文學史、傳統、個人才華、修辭、文學形式以及文學作品的接受都形成一個全面觀點」。[60]從劉勰的「全面觀點」，我採取了他特有的兩階段分析：「文心」（馴化心靈）以及「雕龍」（刻劃出一部優美的作品）。

我同意王風的論點：沈從文「鄉下人」的自我認同可以貫穿其一生。[61]但是，王風只說這是沈從文個人傾向的一部分，而沒有進一步說明「鄉下人」這個詞對於沈從文的意義爲何，也沒有提到鄉下人這個演變的概念在沈從文一生又扮演何種角色。

同前文所述，沈從文「鄉下人」身分認同的立場不僅影響他如何過活，也影響他如何寫作。因此，本書從這個角度評價沈從文小說中的技巧，根據他鄉下人概念的演變來分析其作品不同的軸線。小說的不同軸線是來自他對於個人存在的意義所發展出來的想法，而最終則是對於人類存在意義的關懷。

謝赫在〈古畫品錄〉的理論使我連結到我對沈從文小說的分析。我認爲，沈從文作品中的繪畫效果（研究沈氏作品的人通常只間接點到）不僅僅是一種文體上的特色，事實上也有很深的哲學與美學基礎。這樣的論點讓我們能夠以另外一種方式理解沈從文的文學成就，那就是，強調個人獨特風格的重要性，而這一點在其他從教誨的角度以及政治社會角度詮釋沈氏作品的人身上，是根本看不到的。

這樣的方法並非開前絕後，事實上，豐子愷在一九三四年寫了多篇探討中國藝術與詩詞價值的文章，用以反對那些秉持西方藝術現實主義傳統的人。具體地說，豐子愷認爲中國人強調藝術心靈（用謝赫的理論來說）比同一時期的西方人還要更進步。[62] 一九三四年，豐子愷在〈詩人的平面觀〉中，解釋古典詩人是如何將視覺應用到他們的詩品之中；這篇文章與沈從文的作品一起發表在巴金所創辦的《文學季刊》。[63] 由於他們二人的作品時常同時發表在同一刊物，沈從文不可能對文人藝術價值的鼓吹（尤其是豐子愷文章所談的論述）一無所知。

建立在中國文人美學可用來理解沈從文自我認知與作品兩者之間關係的假定基礎之上，在後續研究論述中，我所使用的許多詞彙來自於特定領域，像是「道」、「自然」、「神」、「自由」、「我」這些概念，都應該從莊子哲學的角度來理解。誠如葛瑞漢（A. C. Graham）在《論道者：中國古代哲學辯論》（*Disputers of the Tao: Philosophical Argument in Ancient China*）所言，道這個概念長久以來都被用來代表不同的哲學系統，因此不應該被視爲是一個靜止的概念，即使將莊子與老子的道家連在一塊，也是後人附鑿而上的歷史建構。[64]

不過，要進一步闡析區分各個哲學傳統的不同目的（不論是儒家或法家爲了建立或統治王國，或者是莊子爲了保護私人生活），實在過於龐雜，且業已超出我用來討論沈從文作品的範圍。簡言之，在莊子哲理以及道家概念的汲取上，我採取葛瑞漢的詮釋，他認為「自然」是莊子描述存在狀態的核心，並且發現莊子在討論工藝時，表現出一種「道家的生活藝術」。葛瑞漢對莊子的這些註解，亦滲透到我對沈從文的理解中。[65]

莊子的哲學在其有生之年就一直有人在研究，而對於它的理解也不斷演變，並且持續影響到其他哲學學派，如禪學與新儒家。

莊子哲學在西方並非沒有相對應的思想，[66]將創作心靈視為藝術作品的驅動力也非中國傳統所獨有。許多藝術理論家與哲學家將哲學之間與美學傳統之間的比較視為值得研究的領域。一九三〇年，豐子愷就認眞思考過西方視覺藝術與東方畫作（中國與日本）之間的根本差異。他指出東方的繪畫如何影響西方藝術的發展（特別集中在莫內印象派之作），雖然我們必須承認這樣的影響一直到十九世紀才開始浮現。[67]此外，即便豐子愷的討論主要限定在視覺傳統，但相同的方法也見諸許多英國文學研究之中。[68]

為了要更進一步地理解沈從文的創作心靈，我決定採取中國的美學原則，這樣的取徑有助於我們對沈從文小說的美學面向有更一貫的認識。藉由相同的方法，我也研究了他人生後半段較不為人所知的作品。在討論了他作家的生涯之後，我試圖探索他後期、反身性的作品是否可以讓我們洞察他中晚年——從一九四九年兩度自殺到一九八八年逝世這段時間——自我認知的變化。

沈從文一直到過世前都還認為自己是個鄉下人，他在八十四歲時說：「我人來到城市五、六十年，始終還是個鄉下人。」[69]由於沈從文在過世前都還引述莊子來闡述他對自己的看法，我大膽假設莊子的個人修煉及修養的概念也可以延伸到我們對沈從文人生後期的理解。

順著這個假設，我繼續審視沈從文探討中國物質文化的論文中對風景與文化遺跡的評論是否跟他早期（從他對湘西的描寫開始）的寫作一致。

如同題目所說，我在此處理的是沈從文的美學，而不是涵蓋沈從文文學作品的方方面面。我強調對沈從文個人與內在沉思以及文學作品進行哲學而非心理學上的理解。我的取徑預設了人類能夠擁有一種超越當下情境的能力，並且想像有一個心靈凌駕於外在於政治社會領域的文學空間，而文學作品就是此空間最直率的表達。

沈從文「鄉下人」的身分認同是本書第一章的起點，也是讓我們管窺沈從文作品的鏡頭。由於分析沈從文的自我認知是檢視其作品的關鍵，我就由追蹤沈從文鄉下人認同的發展著手，探索這個概念在他整個寫作生涯所扮演的角色有何戲劇性的變化。

仔細品嘗沈從文自傳性的作品，就可以揭露涵蓋在他鄉下人概念下那廣闊深沉的意義：沈從文將這個詞應用到自己外在與內在的現實情況，也使得這個詞裝滿了社會政治的意涵與道德指涉。這個概念也被當作文學工具，表現出一種抒情式的自我呈現，並能夠傳達出哲學理想與存在的狀態。探索沈從文鄉下人概念的完整性，讓我們可以用一種廣闊的視野分析他的作品，也讓這個研究超越了夏志清在一九六一年所立下的典範。

透過檢視這些自傳性的作品我們可以發現，沈從文對於自我的認知與刻劃，並非總是單一且線性的描述。在他的作品當中，同樣的事實往往會藉由約略不同的角度來進行反覆闡說與建構，而每一次所強調的重點也落在故事不同的部分，然而，我並不把這些差異視為矛盾，而是當作並存的事實。藉由各種方式處理相同的記憶，沈從文間接提出以下這個問題：人是否有可能眞正地作為一個單一且連貫的實體存在？每當他寫下一部新的自傳，過去即變成當下的一部分，即使這樣做似乎給未來提供了線索，也在讀者（似乎還有他自己）的心中埋下種子。

雖然「鄉下人」這個概念可以透過各種方式來理解，但沈從文對此概念的詮釋都有一個共通點：他個人對自由的堅持。沈從文對自由的堅持貫穿他的一生，無論是在北京殘喘過活的歲月；終其一生對個人存在目的的追尋企求；創作初期對於鄉下人生活方式的刻劃；以及後來逐漸放棄如此直率不受拘束的生活方式。在他生命歷程的每一個階段，在在顯露出他對於自由的永恆信念。

最後一個階段，亦即沈從文開始從他早期、田園式的理想撤退出來之際，可以說是他人生的轉捩點。正是在此階段，沈從文開始內化他與自然並存的認知，提出一種活得自由的新方式——這需要超越個人當下慾望的能力，以達成一種放身自得的抽象概念，而不受任何外在力量的操弄。

針對沈從文對「自然」這個詞理解的改變相當明顯。評論界過去一直選擇從字面上進行詮釋，而消極地看待此變化，因此認為沈從文從「自然」以及「鄉村」退出，將使得沈從文不再能歸類為一個眞正的鄉下人。然而，上述觀點也許過於浮面與武斷。如果可以從另一個視角切入，瞭解對於沈從文來說的自然，不再意味著英文裡的Nature（自然）這個詞所代表的客觀現實，而是「自然如此」，就比較能夠說明與體會沈從文的一舉一動。重新定義自然一詞，不再視其為外在客觀的物質世界，而是將其與內心眞我作連結，有了這樣的認知後，就可以串起王曉明的「鄉下紳士」與「鄉下人」兩者之間顯著的矛盾。

沈從文一直追求跳脫快速變遷的政治環境來評價自己的一生，也一直希望在「鄉下人」的概念理想下工作，即使沈從文後期的創作往往被視爲是一段與前期完全迥異的知識探索，然而，他依然試圖將此訴求延續到他的下半生。因此，本書在第二章提出以下的論點：沈從文的寫作過程（有時候還有他的繪畫過程）可被視爲是一段自我修煉的過程，也可以被視爲是讓他調整個人對外在世界認知的過程。

沈從文創作生涯的第二階段是他一生最困頓的時期，時間從一九五〇年代持續到一九八〇年代。由於這段時間的政治氛圍特別敏感艱困，在內外交迫的情況之下，沈從文不僅生活條件惡劣，身體狀況亦急轉直下。由於沈從文的聲望主要是建立在他的文學成就，現有討論沈從文的作品主要集中在他前一個時期的創作，也就是他創作的高峰期。然而，第二章的討論並不限縮於他的前期作品，而是希望完整地含納沈從文的一生，不過這樣的討論，不免仍受到現有的、關於沈從文的文學理論的影響。

雖然沈從文的人生境遇在一九四九年之後，受到政治氛圍等等外在力量所限制，但也因爲如此，有了清楚的時空脈絡參照，他內心發展的軸線變得較爲容易追尋。我將從他一九四九年心理崩潰復原之後所寫的詩開始，證明藉由閱讀他各種作品（包括不同文類與藝術形式），我們將可以從中知道，其內心對自我意義的理解有何緩慢的變化。

沈從文也藉由閱讀歷史著作來面對自身的存在。他常提到自己在閱讀太史公，也就是司馬遷的作品《史記》，還有在晚唐詩人李商隱的詩作中找到慰藉。雖然當他在前期進行文學創作時就已經高度景仰這些文人，但是在他的生命晚期，他對這些人的作品有了更多的共鳴與認同，而不單單是從知識分子的觀點來看待他們的文學成就。由於認同這些文人的心境，沈從文肯定語言傳遞了個人經驗以及影響他人的力量，且這股力量得以跨越時間與空間的巨大鴻溝。

藉由掌握沈從文逐漸改變的自我認知此一特質來看待他的創作之後，第三章將往前回溯，評價他早期的小說，並且說明早期作品裡包含了他所謂的「自傳傾向」（autobiographical sensibilities，這是黃衛總〔Martin Huang〕的用語）。[70] 藉由他不斷變化的「鄉下人」概念來貼近他一九三〇年代所寫的各種故事，我們將探索這個變化對於他的小說書寫之影響。透過細讀沈從文的五部作品，我將呈現作者在傳達個人對自我與世界的認知時所使用的各種技巧，其中本章所選的五部作品皆完成於沈從文對自我與鄉下人概念的思索發展至相對穩定的時期，畢竟沈從文在一九三〇年代時，就已經宣稱自己精通新道家的思維方式並發展出成熟的人格。

可是當沈從文一九四九年不再把寫小說當作主要工作之後，我們要如何看待他的後期作品？我在第四章裡劃分沈從文前後兩個創作生涯的分界，找出那條連結他文學創作以及物質文化寫作的軸線。藉由這些散文與小說的分析，沈從文的美學與中國美學的守護神（genius loci）逐漸浮現一種特有的相似性，那就是隸屬於特定地方的特有氣氛。講得更白一些，就是所謂的「地方精神」。我相信沈從文在物質文化上的表現跨越了現實主義與非現實主義對於外在世界之藝術呈現的二元區別。

蘇文瑜對於周作人「趣味」論與「本色」論細緻且深入的分析，開啓一道門讓我們可以用來研究沈從文跟故鄉之間的關係，尤其是將這些詞彙用來分析沈從文後期針對湘西藝術的寫作。我將說明湘西以及沈從文對湘西的欣賞影響了他對於物質文化的看法——這不僅僅反映了湘西的區域性（locality），也反映出作者的區域性。

使用中國文人的美學來進行文學批評，對現代中國文學的發展論述提出了另一種可能。如同前面所言，沈從文和文人知識分子有些部分很相近，他們都習於將自身的理性思維方式、所建構的世界觀還有對自我的看法帶進自己的作品之中，這樣的理解取徑是研究沈從文京派文學的基礎。我對沈從文美學的研究，很清楚地作爲中國文人美學持續在現代文學中發揮效力的具體例證。也因此中國文人美學也許能夠成爲一種新的架構，幫助我們理解不同社會、政治氛圍下所創作出來的藝術作品。

第一章
作爲「鄉下人」的沈從文

沈從文最爲人所知的是，透過田園詩的手法描繪出湘西老鄉的景致。他有許多小故事都圍繞著鳳凰小城的風土民情，而且這些小故事也成爲他最有名的一批作品。用他的話來說，這些故事「文字中一部分充滿泥土氣息」，而且流露出異常鮮明的典型田園風光。[1] 沈從文認爲鳳凰古城是他「精神起源之地」，因此竭力想將它保存下來，並保護它免於民國前十年的戰亂與現代制度改革的蹂躪。藉由持續不斷且內心澎湃的創作書寫，沈從文試著對城市的讀者們重建並宣傳湘西的風土文物，甚至是當地人民的精神特質。[2]

沈從文對這些作品的期待主要有二：首先，他希望作品具有教育的效果，讓城市的讀者著迷於他對鳳凰古城所勾勒出的神祕特質；其次，他也希望這樣的作品可起到一種保存作用，即使湘西不再，但如此景致風情還是可以永存於他的作品之中。[3]

沈從文一直認爲自己是「鄉下人」。從他在北京開始寫作以來，這點就是他自我認同中很重要的一部分。許多人都記得，沈從文在八十四歲時說過：「我來到城市五、六十年，但始終還是個鄉下人。」[4]這種自我身分的認同引領他直接或間接地定義「鄉下人」這個概念，而他的基本人格特質也與此標籤並存。

由於他一直堅持自己是個鄉下人，加上他身爲湘西作家的文壇聲望，沈從文所呈現的鄉下人早成爲評論界的一大主題。一九六一年開始，夏志清就提醒大家注意沈從文所使用的這個詞及其背後所潛藏的意義。夏志清強調沈從文由此概念「表示他與其他作家的不同」，之後他也評論沈從文這種自我看法的重要性，並加上自己的詮釋：

> 「我實在是個鄉下人，說鄉下人我毫無驕傲，也不在自貶，鄉下人照例有根深蒂固永遠是鄉巴佬的性情，愛憎和哀樂自有它獨特的式樣，與城市中人截然不同！他保守，頑固，愛土地，也不缺少機警，卻不甚懂詭詐。他對一切事照例十分認眞，似乎也太認眞了，這認眞處某一時就不免成爲『傻頭傻腦』」。像其他許多現代中國作家一樣，沈從文出身雖然貧苦，但總算是個書香門第，絕非鄉巴佬。但他既自稱「鄉下人」，自有一番深意。一方面，這固然是要非難那班在思想上貪時髦，一下子就爲新興的主義理想沖昏了頭腦，把自己的傳統忘記得一乾二淨的作家。第二方面，他自稱爲「鄉下人」，無非是要我們注意一下他心智活動中一個永不枯朽的泉源。這就是他從小在內地就與之爲伍的農夫、士兵、船夫和小生意人。他對這些身價卑微的人，一直忠心不

貳。[5]

這段文字顯示夏志清企圖總結沈從文在現代中國文學中的定位。雖然夏志清嘗試將沈從文的身分認同與中國快速現代化的時代背景相結合，然而這樣的評論還是相當表面。不過，他的方法已經將沈從文身分認同與寫作等幾個相關問題帶上檯面。評論界與學者將夏志清的評論整理出幾個面向，並以此爲研究的起點，探討沈從文的文學成就與「鄉下」這個特定主題之間的關係。自此沈從文的作品逐漸被放在幾個類別，像是「地方主義」、「本土化運動」與「原始主義」之中被認識與閱讀，「鄉下人」這個概念開始在沈從文研究裡變成專門的主題。普林斯是第一個研究此概念的學者，之後的聶華苓、金介甫、凌宇、王曉明、王繼志與陳龍，都在後續的探討中直接處理此議題。[6]

只不過這些研究大都從客觀的角度來理解「鄉下人」，並憑此發展出一套理論，說明沈從文在現代中國文學發展脈絡中的位置，但截至目前爲止，還沒有任何研究是特別針對沈從文對於「鄉下人」這個概念的不同展現與隨著時間的演變進行討論。在某種程度上，夏志清、普林斯、王曉明都未點出「鄉下人」這個觀念上的可能面向，而直接否定沈從文就是眞正的「鄉下人」。因此，我在此企圖尋找沈從文知識與文學發展的眞實軌跡，並指出沈從文在表現「鄉下人」這個概念的轉變，進而揭示他在文學作品中美學表現的變化。我認爲恰恰是沈從文的自我認知，不論此認知出於跟隨或反抗同時期作家的論述，讓他可以自稱爲鄉下人，也正是這不斷變化的自我認知造成他文學多元表現形式的改變。

值得注意的是，夏志清的引文說明了沈從文鄉下人這個詞是來自於一九三六年短篇小說選集的前言，也就是〈《習作選集》代序〉。這段時間對沈從文來說相當具象徵意義。首先，決定要出版這本以鄉下人作爲選集主軸的時間正是他從一九二三年以來的十年後的事。從這裡，我們可以發覺到，透過首次造訪湘西的旅途中所書寫的家書中，他藉由離開家鄉到北京討生活這樣的都市歷練，重新以審視鄉下人所代表的符號作爲自我與外界之間差異的偏好表現。在這些書信中，沈從文表示，這是他第一次意識到這麼多鄉下人（儘管他從一九二五年以來描寫這些人已長達九年）。在旅途中，他決定一回到北京，就要出版一本以這些人物爲本的短篇故事選集。[7]

事實上，沈從文後來之所以自認爲具有這些鄉下人與生俱來的正面特質，主要是源於他在旅途中的痛苦、掙扎及反思；在這個階段，他認爲「鄉下人」是具有「崇拜朝氣，歡喜自由」的人。[8]他在信裡提到：「我還想說他們（船夫）的行爲，比起風雅人來，也實在道德得多。」[9]

可是這些說法應該要拿來與沈從文前幾年的情感做比較，當時他的生活方式與他內心對鄉下人的看法出現了分歧。沈從文曾在一九二九年表示，都市生活讓他失去了鄉下人的特質，對這樣的失落他感到羞愧，[10]有時他甚至會在思索鄉下人的意義時感到徬徨無助，並夾雜著外人那種理所當然的道德優越感。一九三一年的短篇小說〈虎雛〉，作者以第一人稱的敘事方式教導一個年輕、不受教的鄉下人要能夠掌握自己的命運，但一切努力最終都徒勞無功。[11]在這樣的想法下，沈從文開始認爲鄉下人或許只能在一個不受外在干擾的環境下生活，也就是說，只有在被自然所圍繞時，他們才可以保有自身的特質，所以沈從文冀望爲他們保留一塊土地：「他們對於生命歡愉的熱情，就證明這種熱情使他們還配在世界上佔據一片土地，活得更愉快更長久一些。」[12]

關於沈從文的「鄉下人」概念之分析，評論者們各有其不同見解。蘇雪林認爲，沈從文是從城市讀者的角度來呈現他眼中的「鄉下人」。她認爲沈從文對湘西鄉間的描寫是一種簡單的區分工具，製造了一種「異國情調」，然而蘇雪林也指出沈從文「富有單純的美」。[13]夏志清也認爲，沈從文對鄉下人田園般的描述，可以媲美著名的浪漫派地方作家渥茲華斯（William Wordsworth）、葉慈（W. B. Yeats）和福克納。普林斯則說：「儘管沈從文出生於鄉下，但他算不上個鄉下人」，而且「即使他的鄉下概念是以現實爲本，這仍舊是藝術家想像出來的產物。」[14]聶華苓對於沈從文鄉下人的研究是以都市裡的鄉下人那不可共量（incommensurability）的特質爲基礎。她認爲，「沈從文的鄉下人在某種意義上是卡繆《異鄉人》的孿生兄弟，兩者都有種疏離感。」[15]

凌宇則再往前一步，認爲沈從文所呈現的鄉下人相當原始卻不純眞：因爲鄉下人如果無法與時俱進，他們註定要邊緣化，也就無法掌控自己的生命。他緊接著說「鄉下人」起初指的是「自然人」，一種「蒙昧的人」，這群人落在現代社會的進程之後，而最終會發現自己是個「陌生人」。

王繼志與陳龍試著揉合聶華苓與凌宇對於「陌生人」不同的理解，指出他們兩個都從「都市文明人」的觀點看待鄉下人。他們如此評論：「自然人就是自然人，不需要更多的條件。」他們接著點出沈從文小說中個別人物的性格，藉此支持他們提出沈從文承繼了文學現實主義原則的理論。[16]

沈從文所寫的故事橫跨不同文類，包括城市諷刺寓言、年輕知識分子在都市中的存在問題、對故鄉與孩提的追憶、神話（特別是來自苗族與土家的神話），以及模仿聖經或佛經知名故事所寫的小說。許多評論家將這些文類分開處理，而有些人則是試著找到一套框架來涵蓋所有作品。比方說，凌宇藉由一個有不同主題的圖表，從寫實的程度（從幻想到現實）、人類歷史的不同階段（從早期到現代人類社會）這兩個座標，來取代以城市及鄉下兩條軸線定位沈從文作品的方式。另一方面，王曉明則是直接處理沈從文自己的鄉下人身分認同，指出沈從文只有在初抵北京時稱得上是個鄉下人，之後就變成城市人。[17]我們的確可以從沈從文的散文與小說中找到論述來支持這兩種截然不同的觀點以及介於兩者之間的想法，但將「鄉下人」套入一個單一定義這種做法，永遠無法眞實呈現沈從文「鄉下人」概念的完整視野。

從政治社會的角度來看，「鄉下」一詞是討論沈從文鄉下人自我認同的基本起點，《漢語大字典》認爲「鄉下人」與「鄉巴佬」帶有輕蔑之意，而且這個概念在現代中國文學的論述裡，跟「農民」和「農人」有很強的政治連帶。然而，「鄉」這個字本身就帶有很強的文化意涵：它在許多詞裡頭都有中性的區域概念，例如鄉鎮或鄉民；故鄉與鄉愁這兩個詞彙中，則摻雜著「家」或「源」的意思；而同鄉一詞則是隱含友情與親密之意；最後，鄉下這個詞逐步發展爲城市的對比。

城市與鄉下之間的緊張關係由來已久。例如，雷蒙・威廉斯（Raymond Williams）在《鄉下與城鎮》（*The Country and the City*）這本書裡就曾廣泛討論這個詞的複雜性。雖然威廉斯的書主要針對英語世界做探討，但他的分析也同樣適用在東方經驗，他指出：「鄉下與城市是不斷變動的歷史現實，不論是在它們本身或者兩者之間的關係，但是鄉下與城市的概念及意象都保有它們自身的力量。」[18]

鄉村的聚落以及城市不僅僅是人群的集合，在西方與中國傳統中，這兩個詞也帶有豐富的意義，它們形成兩個對立的意識形態，而且都帶有正面與負面的意涵（雖然特定的經驗因人而異）。從正面來看，「城市」跟現代性、嶄新、進步以及隨處可見的人類成就連在一起，而鄉下則是有平靜、純眞與自然的生活方式等意象。從負面來看，「城市」意味著資本主義的惡果與人際疏離，而鄉下則是與老舊、落後和原始脫離不了關係。

梅儀慈（Yi-Tsi Mei Feuerwerker）對於鄉下人（或農夫〔peasants〕）這個概念從魯迅、趙樹理一直到後毛澤東時期在現代中國文學中的興起有詳細討論。他說明政治與道德因素如何影響知識分子將鄉下及鄉下人的意象呈現爲「他者」（other），藉此他們可以在特別的政治社會氛圍中爲他們的自我呈現（self-presentation）建立基礎。[19]

想當然耳，沈從文的鄉下血統深深影響了他在文學上如何表現這個地方與這群人。他的寫作帶有鄉下這個詞的許多共同意涵以及他對鄉下特色的誇讚，在這一點上他並非唯一的人。早期的新文學運動中，鄉土文學肇始於五四運動中一個很重要的概念，也就是文學應該要表現人民眞實的生活。人們鼓勵作家拜訪中國各地農村，藉此發掘與書寫當地的居民，而這樣的做法其實也是企圖精準呈現整體國家生活樣態的大規模計畫之一部分。然而，這樣做的結果卻在基層民眾生活上出現了兩個大相逕庭的樣貌。

魯迅，王德威筆下的現代中國鄉土文學之父，對鄉村就抱持負面的看法。[20]他認爲農村代表舊中國的價值觀，而這是當代中國社會宿疾的根源。[21]

魯迅的弟弟周作人則持相反立場，他用故鄉與家鄉來指涉農村，滿懷情意地將農村描寫成一個提供尋根與歸屬感來牽引個人性情的地方。蘇文瑜研究周作人的文學理論與思想時，分析了魯迅與周作人對於時間與文化認知的差異是如何形塑他們的文學實踐和整體觀點。[22]有趣的是，周氏兄弟孩提的成長經驗是如此相似，而「鄉下」對他們的意義卻是南轅北轍。

因此，在思索「鄉下人」的意義時必須謹記一件事，也就是雖然關心鄉下這個主題對國家改革相當重要，作者對此主題的回應往往會因個人的觀點與道德傾向而有很大的不同。

雖然沈從文向來不喜歡自己被歸類為「鄉土作家」，但他對於鄉下與城市這兩個相對價值先入為主的觀念，卻某種程度暴露出他個人的喜好與偏見。[23]一般而言，沈從文對「鄉下人」這個詞有各式各樣的用法，但似乎都不曾包含「鄉巴佬」這個貶抑的意思，而且他在用這個詞時也從未超出質樸的含意，他似乎原本就認為鄉下人的本質是人類真正自然（true nature）的核心。[24]

可是，對於什麼是真正自然，沈從文的態度似乎就比較搖擺不定。寫作生涯初期，沈從文是一個以書寫鄉下人當下經驗的鄉下人，接下來，他開始寫出身為鄉下人曾經擁有的生活回憶，然後，他探索他所想像的鄉下人內在精神，從一個旁觀者的角度書寫鄉下人的憂愁，最後，他對鄉下人的概念越來越抽象與理想化，而這個概念也進一步昇華成為他小說中的冥想繆思。在最後一個階段，作者努力想要保留遺失已久的純淨人性，他認為純淨的人性已經被現代現實的殘酷摧毀殆盡，而努力保存純淨人性是點亮未來希望的方法。

因此，沈從文的「鄉下人」概念可以歸納出兩個重要的功能：首先，它讓沈從文的寫作有了焦點，不論是描寫農村的生活方式，或者是探索那些以此種生活方式維生的人本性為何，他的作品基本上便是環繞著這個核心命題而開展鋪陳；第二，在書寫鄉下人的過程中，這個概念本身事實上已經逐漸衍生發展，甚至超越了作品的書寫範疇，擴大成沈從文對於生命追尋的隱含信念，一個亦即此精神特質象徵的整體理想，在他心中，這種精神特質對一個好的作家甚至是一個好的人格發展來說都相當重要。

我在這裡把注意力集中在沈從文對於「鄉下人」概念的發展，檢視的起點將從他還是一個來到北京的二十來歲年輕人，橫越他三十歲左右時期的創作高峰，最終來到他在一九四九年該年自殺不成爲止。在前面我將說明他的文學作品（至少是他創作生涯的第一階段，也是大部分的評論視爲他重大成就的作品）所呈現的鄉下與鄉下人之多樣性，基本上這樣的多樣性是他不斷自我檢驗所帶來的結果。藉由思考沈從文鄉下人的自我認知，我們可以很清楚地看到他故事中所表現出來的鄉下人，乃是順著他對自己的看法而改變的。此觀察一路適用，直到他一九三〇年代末、四〇年代初寫作開始走向哲學化（philosophisation）時期爲止。沈從文使用這個詞的發展相當緩慢，雖然不同的時期稍有重疊，但在不同階段之間仍出現了實質上的轉變，我會用每個時期的不同作品來說明。

我認爲沈從文在作品中所描述的，種種自身與鄉下人的相近之處，其實不應該被視爲是沈從文一生的自傳性刻劃，那不盡然是對於生命歷程的寫實與描摹，相反的，他生命中的同一素材片段時常以不同的詮釋面貌，在不同作品中重複出現與呈現，用以配合各式情境脈絡。因此，與其說沈從文是現實主義作家，我認爲沈從文對湘西的描寫更類似於前現代的中國文人、詩人和畫家（雖然有許多學者直到二十世紀都還承繼此原則）。這些藝術家認爲己身的素質是引導一個人如何表現世界的主要力量。在這個傳統之下，客觀的世界與主觀的心智並非分離的實體，兩者會在藝術品產出的過程中相互關聯。當然，這樣的問題若從認識論的角度來看會過於恢弘浩大而無法在此完整處理，我在這裡所要呈現的是，沈從文如何遵循這些美學原則進行書寫創作（直接或間接），而道家在宇宙整體性的脈絡下如何表現人類的理想，這樣的生命思索與哲理可以在沈從文對於周圍環境與鄉下人生活的描述裡發覺，我將會在第三章回頭處理這個問題。

在北京的鄉下人

想直接了解沈從文如何看待自己鄉下人的身分就只能看他的自傳。作者在離開鄉下將近十年之後，在一九三一年才寫下這本書。因此，這部自傳不但包含了他與農村的關係，也必然帶有他在城市的生活經驗。在這一小節裡，我想暫且擱置沈從文與鄉下互動最爲人知的一面，也就是他與湘西的關係，而先集中討論在他寫作生涯前兩年，鄉下人這個概念浮現的過程。25

如同王曉明所指出，雖然沈從文在湘西的生活有時令人難以忍受（一九四六年他在離開二十五年後所寫的〈從現實學習〉一文中如此說道），但即使是在從軍之際，他也對生活毫無畏懼。反倒是他在北京的窮困生活讓他必須面對生與死的現實，促使他寫下自己的感受，試著昇華自己心靈痛苦的狀態。26

沈從文的早期寫作大部分是以日記的形式書寫，是對他當時所經歷的苦難生活最即時的回應。在這個階段，沈從文並未提到他過去在湘西的經驗，反而是專注在他的沮喪心境，以及尋找讓自己繼續生活在北京的理由；他後來對自己北京歲月的描述，呼應了這些早期作品所流露的情感。當然，我們不能以沈從文的日記或是雜記作爲完全解讀他內心世界的果斷依據。而沈從文對這些事件的自我沉澱，透露給我們的，或許不是當時降臨於他生活的事件本身，而是他寫作當下最重要的關懷與思考，因此這些作品對於我們探索沈從文對鄉下的認知還是具有高度價值。

沈從文確知篇名的首篇問世之作是散文〈一封未曾付郵的信〉，於一九二四年十二月二十二日以筆名休芸芸發表。[27] 接下來是一系列五篇文章〈遙夜〉、十篇日記合成的〈公寓中〉以及〈狂人書簡〉。這些自傳性的書寫片段，完全不同於他那些根據湘西老家與人民生活所寫的知名故事，而這幾篇文章也在沈從文的作品中自成一類。不過，這些作品已經足以一鳴驚人，因而引起當時文壇的領袖人物如北京大學講師郁達夫與哲學教授林宰平等人的關注。

雖然「鄉下人」並非這些創作直接關注的主題，但是這些作品背後卻隱含著一個鄉下人如何面對城市生活的困頓與孤寂這個隱晦的命題。〈一封曾未付郵的信〉開頭即以第一人稱的敘述方式描寫主角「從文」以及他所住的公寓中那毫無同情心的掌櫃。[28] 夾在故事裡頭的是一封還沒寄給A先生的信，信裡頭他想要討一份差事，而這封信也是寫信者存活的最後一絲機會：

我是一個失業人——不，我並不失業，我簡直是無業人！我無家，我是浪人——我在十三歲以前就成了一個無家可歸的人了。過去的六年，我只是這裡——那裡無目的的流浪……我成了一張小而無根的浮萍，風是如何吹——風的去處，便是我的去處。……經驗告訴我是如何不適於徒坐。我便想法去覓相當的工作，我到一些同鄉們跟前去陳述我自己的願望，我到各小工場去詢問；我又各處照這個樣子寫了好多封信去表明我的願望是如此低而容易滿足。可是，總是失望了。……我只要生！我不管如何生活方式都滿意！我願意用我手與腦終日勞作來換每日低限度的生活費。我願……我請先生為我尋一生活法。[29]

故事的結尾是主角把信撕爛丟掉，因為他壓根就沒半毛錢買郵票。[30]

有趣的是，眞實世界中，緊跟在沈從文一九二四年十一月寫給郁達夫一封類似的信之後，這篇文章在郁達夫的幫助下順利發表，恰好呼應了小說中的情節。[31]事實上，這樣的故事風格很像是郁達夫的自傳體（他引自日本的「私小說」），彷彿他一九二一年著名的短篇小說〈沉淪〉。丁玲在幾年後也在她的〈莎菲女士的日記〉師法此類文體風格。

〈公寓中〉跟〈一封曾未付郵的信〉一樣採取第一人稱敘述法，暴露敘事者的內心世界，而他的意識似乎未超越個人，沉浸在對性與疾病的專注之中。[32]書中的每一篇作品都相當簡短與零碎，集中在主角對於未來不可知的恐懼，以及在當下活下來的艱難：

日子過得並不慢，單把我到京的日子來數一下，也就是五個月了！體子雖然很弱，果不是自己厭倦了生活周遭事事物物來解決自己；倒靠天爲結束，說不定還有許多歲月！對於一切未來，我實在沒有力量去預算計畫了！我正同陷進一個無底心的黑暗澗谷一樣，只是往下墮，只是往下墮。[33]

他希望自己可以像新生兒般哭嚎，藉著眼淚洗淨他在過去二十年所遭遇的苦難與屈辱，我們似乎可以看得出身爲鄉下人的沈從文，在這篇作品裡某種程度上是把自己的湘西歲月當作一種滋養身心與精神的經驗。他一方面沈醉於自己在城市裡粗鄙的地位，另一方面則繼續描寫對當權者冰冷的控訴：

勝利屬於強者，那是無須乎解釋的一句話，這世界只要我能打倒你，我便可以坐在你身上。我能夠操縱你的命運。我可以吃掉你。……愛！同情！公理！一類名詞：不過我們拿來說起好聽一點罷了！誰曾見事實上的被凌虐者，能因「同情」與「愛」一類話得到一些救助？愛與同情，最多只能在被凌虐者對於更可憐的一種心的憫惻。[34]

雖不認爲自己這輩子有機會擺脫貧窮，但是當賣煤油的老頭想要把錢借給他買燈，說故事的人發現自己深受這個舉止所感動，於是故事在此出現轉折。[35]沈從文在一九四九年所寫的〈一個人的自白〉提到，與賣煤油老頭相遇的眞實經驗，基本上重新燃起他對人性的信念，事後證明這是他寫作生涯的關鍵時刻，因爲這老人的舉動喚起沈從文對鄉下人的憐憫與同情。他逐漸認爲這個老人所代表的不僅僅是底層社會所存在的好人，而且是所有「鄉下人」與生俱來的基本美德。[36]

寫〈公寓中〉的時候，沈從文把他對底層人物情操高尚的看法延伸到妓女身上。他寫到逛窯子只是爲了想摸一摸女體而被羞辱，他反覆痛苦地思考城市中性交易的僞善。一九二七年，他寫下一首名爲〈曙〉的詩以及一篇〈十四夜間〉的短篇故事，這兩篇故事都與他遇到的妓女有關，他認爲妓女比他平常在都市所遇到的人都還要更令人感到欣慰，他幾乎要斬釘截鐵地說妓女比恩客的道德還要高尚。這些故事的場景設定都是在北京，但是在他後來以湘西爲背景的故事中，只要寫到妓女他都採取一樣的態度，例如一九二九年的〈柏子〉以及一九三〇年的〈丈夫〉。

〈致唯綱先生〉這封公開信則是在回應林宰平對他小說的誇獎，而這也是他第一次直接且公開介紹自己的出身背景。[37]他在信中反駁林宰平預設沈從文是個大學生，並說：「人在軍中混大，竟也有點厭煩了（但不是覺悟），才跑到這裡。」[38]沈從文認爲林宰平是對自己的寫作影響最深的人，他一樣鼓勵林先生：「一個人要活著很容易，但一旦活著，要緊握理想並堅持下去就很難。」[39]

一九二六年，沈從文又寫了〈此後的我〉，文章提到這是他生活混亂的時期，而他經歷了「郁達夫式悲哀擴張的結果」，亦即沉浸在對個人生活的迷戀之中。他開始思索要如何讓自己跳脫這多愁善感的狀態，並靜下來想想要如何才能贏得女人的愛與芳心，做起白日夢，夢到錢居然比平時多了起來，女孩子對於性慾居然也慷慨起來了：

爲堅固這希望起見，便以爲性的選擇，有一時小姐太太們終會脫去了身分的束縛，來自己挑選建設在身體官能部分的愛，而且這種覺悟縱不是普遍，但極不普遍之中自己便終會去碰到。[40]

在此同時，沈從文對城市和鄉下反差的感受也越來越強，他作品裡頭所浮現的鄉下景象反襯出城市的扭曲樣貌，他眼中明亮、朝氣蓬勃的農村景致讓城市看起來既灰暗又無益於身心健康。[41]

事實上，沈從文所了解到的僅僅是湘西少數民族的文化面貌。一九二六年三月，他在寫給民俗學家江紹原的信中提到湘西端午節時所特有的極惡打架風俗：「在哪一個時候我可以寫一點關於那種架，打前打後的詳細情形給你個人看。不知道，這書中亦有什麼書上或傳說來的意義不？」[42]他也寫信給小表弟請他抄些湘西的山歌，其中四十一首收錄在他後來出版的《篁人謠曲》。[43]沈從文在前言寫道：

我還希望我在一兩年內能得到一點錢，轉身去看看，把我們那地方比歌謠要有趣味的十月間還儺願時酬神的喜劇介紹到外面來。此外還有曲子有趣的習俗，和有價值的曲人的故事。我並且也應把曲話全都學會，好用音譯與直譯的方法，把曲歌介紹一點給世人。[44]

沈從文在後來的小說中也借用這些山歌來處理苗族的習俗，像是〈雨後〉和〈採蕨〉都是直接引自他更早的作品。他也提到自己有幸參與魯迅、周作人兩兄弟所掀起的地方文學運動，他認爲這場運動讓他有機會完全了解自己的文學潛能。當然，他在一九二七年至一九二九年根據湘西神話與傳說所寫下的故事，正符合當時地方文學的氣味。[45]

一九二七年所寫的〈連長〉是沈從文首次採用第三人稱敘事手法所寫的作品。他開始更全面地檢視愛與慾望等人性的本質，也採取一種道德的語調來描寫鄉下生活，並因此成爲鄉下的代言人。[46] 然而，由於這篇的寫作時間正好與他不再採第一人稱敘事的時間相符，或許也是他第一篇把「鄉下人」當作一個異於自己的群體所寫的作品。他所打造的題材以及湘西人的人格特質在後來也變成他作品特有的風格，像是《鳳子》、《神巫之愛》和《邊城》。

隨著沈從文把湘西當作其寫作泉源，特別是他之前的從軍經驗與湖南地方傳說，他源源不絕地產出大量作品，光是一九二七年一年就發表了約七十篇作品，包括詩與劇本，之後更在短短四年內出版了一百多篇短篇故事。

鄉下人：外來的道德實體

當沈從文在一九二九年出版的〈龍朱〉、〈媚金、豹子與那羊〉與《神巫之愛》等故事寫到苗族文化與神話時，也開始將愛的力量變成作品的重要核心。如此一來，他就可以透過強調傳統苗族社會人格上的精神特質，以及他們超越了所有外在與社會的限制，把愛當作人性最高形式的純潔性這些性靈特點，抒發他對於中國混亂時局的看法。同時，他也透過〈七個野人與最後一個迎春節〉（一九二九）、《阿麗思中國遊記》突顯城市與鄉下之間道德價值的差距。一直以來，鄉下的生活方式在他的作品中佔據著顯著位置，而不僅僅是對立於城市生活方式的參照。以〈某夫婦〉（一九二九）爲例，作者將鄉下與城市的文化並陳，因此我們可以很清楚地看到沈從文對農村的偏好。這一點在一九三〇年他寫給後來的妻子張兆和的信也提到，信中他開始把自己敘述成下等人，然而他希望：「讓這些下等人皆以一種完美的人格出現」。[47]

在這個階段，沈從文所要表達的已經不限於鄉下比城市更優越，他開始說鄉下是每個人的尋根之處，藉由這樣的定位來對抗城市，而城市在他的筆下向來是阻礙人類發展其潛能的黑暗迷障。學者彭曉燕就是將此論點作爲她研究的核心，她採取工具論的角度指出這些故事都是爲了要滿足或呈現一種烏托邦的理想，而這個烏托邦理想不僅同時滿足了五四運動所提倡的個人生活改革，也延續了屈原〈九歌〉以及陶淵明〈桃花源記〉所留下的傳統。[48]

但是在沈從文書寫農村生活方式的優點之際，他也不曾逃避面對橫亙在農村生活內部的挑戰。他極度關心鄉下人在現代環境下的遭遇，還有當城市一步步擴張，更加侵蝕鄉下的傳統生活方式時，等在他們未來的前景爲何。比方說，沈從文描寫了許多他在部隊裡所遇到的鄉下人，感嘆這些人們已經無法再過著祖先那種平靜且無憂無慮的日子。所以王德威就很尖銳地說：「如果沈從文心裡有烏托邦，那就是一個破碎的烏托邦。」[49]

沈從文書寫死亡時清清楚楚地區分出兩種人。他刻意把人的死亡劃成兩類，一類是默默無聞地死去或苟且度過餘生後死去，另外一種則是如同鄉下人一般有意義的死亡或捨身取義，並表明自己非常討厭前者，而高度同情後者。在早期的自傳裡，像是一九二九年所寫的〈我的教育〉，[50]作者明白表現出對不鳴而死的厭惡，而在同一年所寫的神祕故事〈媚金、豹子與那羊〉[51]，沈從文則是彰顯光榮而死的價值。[52]他很平淡的說，帶著光榮死去要比平庸一輩子在道德上更爲高尙。然而，藉由突顯兩種死亡的優劣差別，沈從文也表現出他對下層階級（在他的眼中就是鄉下人）強烈的忠誠，而他也希望可以盡一切力量保存鄉下人的人性尊嚴。

在〈我的教育〉這篇文章裡，沈從文創造了第一人稱的敘事者，讓他在說故事的同時，保有一種純眞感以及遠距離旁觀者的立場。敘事者的表達相當直白，毫無保留地敘說軍中的種種生活情境，譬如吃飯、四處閒晃以及殺人，皆已成爲軍隊日常生活之一部分，與此同時，敘事者也不斷地想方設法從平淡的生活瑣事中尋找樂子，像是找食物或者是對天氣說些無聊且不著邊際的看法等等，總而言之敘事者從未反省也不認爲自己有需要質疑所處的環境，相反的，故事的重點都在於他如何融入或者是適應這種新的生活方式。

這篇故事描述的是部隊生活，所以死亡在整篇文章中佔據顯著地位。在沈從文眼中，被殺的鄉下人顯然比殺人的鄉下人有更崇高的道德地位。故事裡所謂的暴民之所以被打、凌虐與殺害完全是爲了讓麻木不仁的士兵開心：「兵士中許多人都覺得明天要殺人，是有趣味的一件事，他們生活太平凡單調了。要刺激，除了殺頭，沒有算是可以使這些很強的一群人興奮的事了。」[53]

在沈從文眼中，這些抗拒或接受命運的人（有些甚至是勇敢的伸出脖子等待處決），他們的勇氣與這些活死人有鮮明的對比，後者雖然活著但卻完全不知道生活的眞正目的。

隨著故事的節奏加快，亡者也越來越不受尊敬，之後的每一段都是以哪一天殺了多少人作爲開頭。比方說，敘事者在第十三段告訴讀者，「今天又送來七個」，第十四段也寫道，「今天殺四個，全躺到那橋上，橋下的溪水正是不流的水，完全成了血色，大家皆爭伏到欄杆上去看。」在殘殺發生的當天晚上，所有參與暴行的人全部都醉酒飽肉一頓，試著忘記白天的一切。沈從文點出了這些爲所欲爲的軍人以及部隊裡的其他人對屠殺暴行有多麼冷漠，也爲這種恐怖的情境增加了些許寒意：

他們殺了人，他們似乎即刻就忘記了，被殺的家中也似乎即刻就忘記家中有一個人被殺的事實了，大家就是這個樣子活下來。我這樣想到時心中稍稍有點難過。不過我明白這事是一定不易的。雖然劊子手回營時磨刀，夜裡且買了一百錢紙爲死人燒焚，但這全是規矩而已，規矩以外記下一些別人的痛苦或恐怖，是誰也無這義務的。[54]

沈從文的看法在這幾年間越來越悲觀。一九二九年的〈牛〉，一九三〇年的〈建設〉以及一九三一年的〈虎雛〉都可以看到他過去對鄉下人的頌揚被一種宿命論所蓋過。沈從文認爲那種傳統鄉下人所過的潔淨純樸的生活已經不再，現代城市的價值觀使得傳統的德行淪喪且日漸滲透到日常大眾的生活當中，也因爲如此，生活在現代的鄉下人似乎已經無可避免地追尋城市腳步，邁向墮落腐敗的道路。張手擁抱城市生活中各種誘惑與腐化，有時甚至讓沈從文也自覺深受其害。[55]在〈虎雛〉這篇故事中，作者創造了一個主角，他想要用故事教導鄉下人外在世界是怎麼一回事，但最後卻完全徒勞無功。故事將敘事者與鄉下人區分開，讓我們隱約看出沈從文已經不再把自己視爲「鄉下人」，而是把鄉下人當作一個與自己有別的實體（entity），也就是說作者在〈虎雛〉中雖然還是很同情鄉下人的境遇，也不斷捍衛鄉下人的生活方式，但卻已經再度調整自己身爲鄉下人的自我認知。

然而，我們對於他到底調整出何種認知並不能確切證明。但是，我可以用沈從文在〈我的教育〉中所傳達的概念來說明：細察這篇故事裡，敘事者在以「鄉下人」作爲一個獨立的自我實體與代表自我這個概念上的變化。事實上，我們無法指出〈我的教育〉中的敘事者是那位隨機被逮而被殺的鄉下人，還是那位殺人的士兵，總之敘事者在故事裡的位置似乎「模糊不清」，而這樣的說法也可以用來理解沈從文在這段時間裡對鄉下人這個身分認知的變化。

沈從文於〈寫在《龍朱》之前〉一文中，表達了在現實的淘洗之下，他對於自身與原鄉生活模式、價值理念開始漸行漸遠感到無奈與抱歉。儘管自己流著少數民族的血液，卻再也無法忠於祖先的生活，住往城市之後，勇敢與熱情早已在現代化過程中消失殆盡。他說自己的生命早已被現代都市生活所吞噬，在描寫到農村祖先的光榮時代時，他認爲自己早已成爲一個情感被閹割的無用之人。他很羞愧的說自己爲了要賺錢餬口，必須要賤賣自己的作品。[56]

聶華苓對於沈從文鄉下人的看法則落在鄉下人與城市之間不可共量的特質之上。聶華苓所討論的主題不只包含了沈從文（他對於城市生活方式的不適），也包含了那些面對現代化浪潮席捲農村卻依然想努力保有眞正鄉下人特質的人。雖然沈從文對於周遭環境表現出一種疏離感，也將他的同鄉描寫成困在兩套價值之間的人，但他仍然不停止繼續尋找方法讓鄉下人的特質能夠復甦並獲得欣賞。

沈從文跟鄉下的關係：湘西的大書

一直要到一九三〇年《從文自傳》的出版，沈從文才開正式宣稱自己的確是一個鄉下人，一個從鄉間來的人。[57]就族群上來說，沈從文從祖母那遺傳了四分之一的土著血統，而媽媽是半個土家人，[58]他也傾向把自己熱情洋溢的氣質歸因於周朝時發展而出的楚國文化傳統，事實上，他的故事中有許多環節都提到了這個地區人們的文化與特質。[59]

這本自傳是第一本完整描述沈從文孩提時期與青年歲月的書。在後來比較完整的英文及中文傳記中，金介甫與凌宇都補上了許多沈從文在自傳中所遺漏的歷史，特別是這個地區以及沈從文家族血統的歷史發展，不過兩位作者皆以此傳記爲主要資料來源，試著建立出沈從文年輕時代的生活樣貌。比方說，凌宇延續沈從文對自己「自然之子」的看法，並進一步指出沈從文後期的美學思想是根植於他早期的湘西經驗。[60]即使在吳世勇所編的《沈從文年譜》裡，沈從文早期的湘西歲月之細節也完全出自於他所寫的自傳。沈從文過去當然寫過發生在同一時期的各種事件，但卻一直未曾特別指出這些事件是否就是他的眞實人生經歷，事實上，如前述所言，同一個事件素材往往會被沈從文應用到不同作品之中，並在描述上有些許落差。

但是，當我們仔細思考沈從文的自傳時，心底自然會浮現以下的疑惑：他爲什麼會在三十歲就急著替自己立傳？又爲什麼他選擇只寫湘西歲月，而不是整整三十年的生活？這個問題在近半個世紀之後，也就是一九八〇年此書重新刊行時獲得解答：沈從文在自傳的後面加上一篇附記，他提到上海有一位準備辦新書店的朋友想要出版一系列的傳記，邀請他來打頭陣。

從書寫背景來看，沈從文之所以同意加入此出版計畫，或許是因爲在文壇成名之後，想要把自己描寫成一個獨特的文人。[61]此外，自傳出版的時間正好與《窄而霉齋閒話》推出時間相當，後面這本書被視爲是沈從文批評海派文學的開端。這些攻擊之音被納進他著名的「京海文學論戰」之中，一直持續到一九三七年。

沈從文指出海派文學底下有兩種作家，一種是有政治企圖的作家，他們想透過文學進行革命；另一種則是以賺錢爲目的，主要是尋求短期的商業利益。沈從文則是站在京派學者作家這一邊，相信作家應該要以個人作品的藝術性爲主要關懷，而不是受到政治或經濟利益的誘惑而寫作，相反的，無論哪一類型的海派作家都不是純粹地爲藝術而生。在沈從文看來，只有爲藝術而寫才有可能眞的觸動讀者。所以在文學論戰之際出版的《從文自傳》被視爲是一本反海派的手冊，呈現出要如何在他所強烈抨擊的文學寫作之外另闢蹊徑。

就文體來看，沈從文在附記裡提到，自傳是他試著從複雜難懂、重修辭的說故事方式轉向一種乾脆明朗的敘事風格。作品的節奏明快有力，形式上則以一連串的素描勾勒作爲呈現。他解釋了自己轉向的原因：

> 既可溫習一下個人生命發展過程，也可以讓讀者明白我是在怎樣環境下活過來的一個人。特別

在生活陷於完全絕望中，還能充滿勇氣和信心始終堅持工作……部分讀者可能覺得「別具一格，離奇有趣」。只有少數相知親友，才能體會到近於出入地獄的沉重和辛酸。62

沈從文將自傳的焦點牢牢扣住湘西歲月，也成功帶出完整的鄉下概念，讓此概念作爲文學之目的。作者在故事中多次將湘西的文化與精神介紹給城市讀者，顯示其文學想像是出自於自己在湘西的時光，這麼做也讓他可以強化自己是鄉下人的說法。沈從文指出教會他所有自然知識的鄉間是「一本大書」，藉此相對於課本這「一本小書」。他在學校讀書的時候，還是說：「我上了許多課仍然放不下那一本大書。」63

他希望呈現自己的湘西生活，包括與當地人的互動、該地的基本地理等等條件，是如何形塑他的個人特質。因此，他把自己的歷史放在更大的湘西脈絡中，藉由當地環境與居民的獨特性對比出整體的社會及政治面貌。對沈從文來說，寫《從文自傳》在某種意義上是一種探索個人起源的習作，以求能更好地面對或決定自己未來的形態。

二〇〇三年，張新穎將這本書連結到莊子「有自也而可」，就是說每個人都有他自己的來源，指出這本書是沈從文創作的轉捩點：

> 《從文自傳》的寫作，也正是沿途追索自己生命的來歷。……從文自傳的完成，使他達到了另一個境界。找到了自己之後，最能代表自己個人特色的作品就呼之欲出了。果然，《邊城》和

《湘行散記》接踵而來。[64]

沈從文將湘西的隻字片語收錄在一塊，讓我們很清楚地看到是哪些環境因素影響他的發展。但很重要的是，我們必須記住自傳本身是一種自我形塑（self-fashioning）的建構過程：沈從文所說的故事，不論是一個老是想蹺課不受管教的小孩，或者是一個遊蕩在軍隊日常生活內外的年輕士兵，肯定都是經過作者本身的仔細篩選、安排，希望藉此來說明這些經驗如何豐富他的想像力並提煉他的美學鑑賞力。

因此，作者在自傳中將個人生命歷程置入湘西廣大的歷史與地理脈絡中。這本書的特色是快速的節奏變化，有些章節如浮光掠影，有些則是又緩慢又仔細，比方說作者的軍人家庭背景就被快速地帶過，而他的孩提時光與在部隊的生活，則是用一則又一則簡短、快速的轉捩點切隔開來。

不同情節的描寫節奏差異，或許也反映沈從文身爲作者的發展速度，《從文自傳》的內在架構是建立在他的自覺，以及他從一個天眞無邪的孩童變成一個憂鬱的年輕人的這段旅程。整本書瀰漫一股揮之不去的孤獨感，並時常刻劃他內心對於自由的追尋，尤其對於那些促成沈從文年少時期出外遊蕩的機遇，無論是在外在層面或是心理層面，書中總是多加著墨。

作者根據自己進入體制的時間來分割自傳的章節，但他指出，自己受到「教育」的場域並不是在正式的體制環境內，而是在體制外的其他地方。對於年輕的沈從文來說，他的家庭環境、私塾，還有新式學校與軍事預備學校，都僅僅是橫亙在他個人自由之路上的阻礙。但對於此，他都是以一種嘲諷而非感傷的語調串連起自己在這些場域的經驗，他不說這些場域中的限制讓人喘不過氣或覺得痛苦，反而是描寫破壞場域規定所帶來的喜悅與興奮感，使得這些所謂的「限制」變成機會，也就是給他發展自己文學想像的機會。（「那不是冤屈。我應感謝那種處罰，使我無法同自然接近時，給我一個練習想像的機會。」）65

每當家人想出一個更激烈的手段來對付他們眼中任性的小孩，沈從文就會樂於有一個新的機會讓自己可以挑戰極限以及走出不同的路。他正是想保持這種心態，直到他母親決定把他送走的那天。他寫道：

> 我自己還正好泡在河水裡，試驗我從那老戰兵學來的沉入底以後的耐久力，與仰臥水面的上浮力。這天正是七月十五中元節，我記得分明，到河邊還爲的是拿了些紙錢同水酒白肉奠祭河鬼，照習俗這一天誰也不敢落水，河中清靜異常。紙錢燒過後，卻把酒倒到水中去，把肉吃盡，脫了衣袴，獨自一人在清清的河水中拍浮了約兩點鐘左右。66

寫過湘西的重要性以及湘西對他個人發展的深遠影響之後，沈從文緊接著提到當軍人以及稅吏的不好經驗。在描寫軍隊生活時，作者把重點放在描寫他平時訓練外的活動上，對於自己的工作反倒著墨不多，比方說作者不寫他尋樂的事，而是大談他備受歡迎的爛狗肉食譜。（「就因爲這點性格，名義上作的是司書，實際上每五天一場，我總得作一回廚子。大約當時我燜狗肉的本領較之寫字的本領實在也高一著，我的生活興味，對於作廚子辦菜，又似乎比寫點公函呈文之類更相近。」）[67]由於他滔滔不絕且投入地談論部隊之事，許多平淡無奇的日常瑣事被他寫得精采無比。整本自傳最令人印象最深刻的就是他在對於軍隊生活的平淡回憶描寫中，穿插進自己親眼目睹大屠殺景象的一幕：

> 我在那地方（懷化）約一年零四個月，大致眼看殺過七百人。一些人在什麼情形下被拷打，在什麼狀態下被把頭砍下，我皆懂透了。又看到許多所謂人類做出的蠢事，簡直無從說起。這一份經驗在我心上有了一個分量，使我活下來永遠不能同城市中人愛憎感覺一致了。[68]

這段文字再次觸及沈從文之前討論很多的兩種死亡方式：有意義的死亡與無意義的死亡之間的區分。當然，這與他在〈我的教育〉裡所說的是同一件事，只不過這裡的處理方式與之前詳細描寫殺人的方式迥然不同，而是採取一種更乾脆直白卻不特意渲染的方式來書寫。當作者寫到殘酷與恣意的殺人事件時，他刻意將描述控制在有多少人喪生這件事情上，也許這樣強化了他在〈我的教育〉中，每一段皆以殺人數字統計作開頭所帶來的效果。在〈清鄉所見〉這篇故事當中，孤單的沈從文花了一整頁的篇幅寫到，他的部隊在四個月的時間才殺了一千人「而已」，而他前面的兩個部隊卻分別殺了兩千與三千人。[69]他描寫殺人過程是如何循序漸進慢慢展開，一開始先是抓到四十三個老實的鄉下人，接著殺了幾個因害怕而認罪的人後，剩下的人則是施以毒打和夾棍，最後才是宣判他們死刑，其中唯有富人能花錢保命，因此，殺的人數慢慢累積攀升，情勢越來越緊繃直到全數人斃命為止。

沈從文描寫此事所用的超然語調可以讓讀者透過作者毫無掩飾的手法一窺當時情況。誠如王德威所言，沈從文刻意選擇的文體可視爲是五四現實主義論述的延伸。[70]但是，這背後有可能有一種更深沉的哲學動機，讓我們想起《道德經》第五章的一段話：

天地不仁，以萬物爲芻狗。聖人不仁，以百姓爲芻狗。
天地之間，其猶橐籥乎！虛而不屈，動而愈出。
多言數窮，不如守中。[71]

對此另一種解讀方式是，敘事者之所以缺乏判斷，代表著個人對外在事件的無力感，可是這未必表示個人的生死都是出於無奈。接下來沈從文透過兩個故事更深入地探討何謂「有意義的死亡」。第一個例子是說兩個鄉下人因仇決鬥，不論是誰都展現出要爲自己所相信的事奮戰到死的決心，另外一個故事則是說到一個鄉下人在被處決之前那令人難以忘記的微笑。

第二個故事所講的豆腐販也就是沈從文在一九三〇年出版過的《三個男人和一個女人》中曾經提到的人物。豆腐店老闆因爲從墳墓裡把所迷戀的女孩挖出來而被逮捕，雖然在小說裡豆腐販的命運隨著他的消失無蹤而留下無限問號，但在自傳裡，沈從文提到豆腐販已經被抓到並砍了頭。然而，豆腐販對於判決的反應只是淡淡地接受自己行爲所帶來的必然後果，原因是他的愛已經超越任何社會與道德規範，[72]因此，只要他能夠至少再看到摯愛最後一眼，那麼他就可以了無憾恨地面對死亡。在沈從文心中，這個男人的微笑改變了死亡對他的意義，爲所愛而死甚至是爲心中的崇高理想而犧牲生命，這樣的死亡不僅死而無憾，更可說是得其所哉，死亡的意義也因此昇華。沈從文離家之前，自然是他追求內心自由最主要的因素，但是在部隊的時光使他發展出一種非正統的道德標準，而這出於他對鄉下人的全新理解。

沈從文在這段時間所遇到的人多是泛泛之交，但他在自傳裡卻用了相對多的篇幅仔細描寫這些人。許多時候他甚至是原封不動地寫下他們的對話，使得這些部分看起來就像是他所杜撰的小說。比方說，在〈一個大王〉中，沈從文描述自己從這位獨特的頭目或「大丈夫」所學到的經驗。當然，這些都算是離經叛道的經驗，因爲沈從文說這個人教他如何在衝動時燒房子、殺人與強暴婦女：「我從他那兒明白所謂罪惡，而且知道了這些罪惡如何爲社會所不容，卻也知道了這些罪惡如何培養出這個堅實強悍的靈魂。」[73]

沈從文並不用法律的道德標準來評價此人，而是洞悉了宰制那位「大丈夫」行動的眞實人性慾望。他描寫了一對鴛鴦大盜之間不被認可的愛是如何超越社會道德規範，而且他認爲接受死亡是他們忠於自己人性的最高表現。

在說明了鄉下人的命運之後，他開始表達自己希冀獨立自主的渴望。在〈姓文的祕書〉這篇故事裡，作者提到這位同名的祕書把他介紹到《辭源》和報社工作，讓他得以接觸到全新的知識領域，也讓他知道在眼前的經驗之外還有多少豐富的生活存在。這些境遇變成他改變的起點：「這人當時只能說他很有趣，現在想起他那個風格，也作過我全生活一顆釘子，一個齒輪，對於他有可感謝處了。」74

沈從文內在世界的發展變化貫穿了整本自傳，倒數第二章〈學歷史的地方〉是另外一個重大的轉捩點。這一章描寫了他在保靖的生活，他在那擔任陳渠珍將軍的書記，而陳渠珍將軍對於生命與知識的態度深深影響了沈從文。這段時間他開始讀書，學會如何鑑賞中國繪畫。起初，他很努力地在將軍的辦公室看經籍：

這就是說我從這方面對於這個民族在一段長長的年分中，用一片顏色，一把錢，一塊青銅或一堆泥土，以及一組文字，加上自己生命作成的種種藝術，皆得了一個初步普遍的認識。由於這點初步知識，使一個以鑑賞人類生活與自然現象為生的鄉下人，進而對於人類智慧光輝的領會，發生了極寬泛而深切的興味。75

同一時期，他與知識淵博的姨父聶仁德之間的互動讓他獲益良多，他們談大乘佛教、談宋元哲學、談演化論，這個增長知識的機會不僅拓展了他的視野，甚至用外界更多源源不絕的知識來滿足他求知若渴的慾望。

最後一章〈一個轉機〉節奏明快地把情節帶到高潮。文章裡列出沈從文離開湘西的原因，還有他來到新學校而新增的各種機會。他在將軍辦的報紙擔任校對，開始學習寫現代白話文，學習使用標點符號，也從新式報紙中認識了五四運動的領袖。

一九二二年，沈從文生了一場四十天的大病，正當他慶祝自己的重生時，一位好友在河裡溺斃。[76]這種生命無常的痛苦經驗，讓他決定孤注一擲看看：

> 好壞我總有一天得死去，多見幾個新鮮日頭，多過幾個新鮮的橋，在一些危險中使盡最後一點氣力，咽下最後一口氣，比較這裡病死或無意中爲流彈打死，似乎應有意思些。到後我便這樣決定了：儘管向更遠處走去，向一個生疏世界走去，把自己生命押上去，賭一注看看，看看我自己來支配一下自己，比讓命運來處置得更合理一點呢還是更糟糕一點？若好，一切有辦法，一切今天不能解決的明天可望解決，那我贏了；若不好，向一個陌生地方跑去，我終於有一時肚子癟癟的倒在人家空房下陰溝邊，那我輸了。[77]

於是，他決心放膽一試去北京讀書，如果讀書不成便退而求其次當個警察，如果警察也做不成那才只好認輸。在十幾天的準備與轉車之後，他來到一家小客店，然後在旅客簿上寫下：「沈從文年二十歲學生湖南鳳凰縣人」。這是他首度使用他後來的筆名：「沈從文」。[78]

雖然沈從文在這部自傳中，刻劃了一幅相對光明正面且積極進取的童年歲月圖像，而故事結局也以一段樂觀的話語作收，暗示前方有個光明的未來在等著他，然而，這樣一段話在看似敦勵自許的同時，也夾帶著一股強烈的不確定感：「便開始進到一個使我永遠無從畢業的學校，來學那課永遠學不盡的人生了。」[79]

歷經城市生活的洗禮，沈從文在《從文自傳》裡，開始能夠跳脫鄉下本位的視野，從另一個角度來觀照自我過往人生。此外，自傳寫作的時間也恰與他開始採取道家的自然觀（自然存在的整體性）的時間相吻合，而這段時間在他生命的發展過程中是很重要的時刻。[80]他在一九四三年的文章〈水雲〉中，便談到了在這段時期於人生哲理思想上的轉折，以及從此種下的深遠影響，不過，早在他具體地以文字來指陳、點破這樣的心境轉向以前，沈從文早已逐步浸融於道家哲理當中。比方說，他早期努力追求張兆和時所寫給她的書信，就帶有濃厚的道家情懷，一九三一年沈從文在離開青島前寫了一封信給她，信中詳細說明了他對於愛情還有對於道家所追求之「自然」的種種觀點，而他後來也透過更進一步地闡釋，將這個觀點發展地更爲全面具體。他把張兆和的美比喻成自然的美，他愛她就像是人愛自然之美，日升、白雲、花朵與明月。[81]之後，他把這股信念稱作「泛神論」與「新道家」的思維方式，也開始在後續的故事中以及《從文自傳》中多次提到這些概念。

掌握了沈從文關於「新道家」和「泛神論」的想法後，我們就可以理解沈從文在自傳之中所詳細描述的，那種自然和諧的生活型態。作爲一個自我歷程的書寫者與敘述者，沈從文的身分不再是那個痛苦的鄉下人；而是搖身成爲城市與鄉下的橋梁，透過一則又一則故事，將家鄉景致風貌娓娓敘說與都市讀者知曉。

從緊張到融合

截至目前爲止，我們針對本章節主題的討論主要環繞在沈從文有多麼同情他眼中的「鄉下人」，還有他之後如何透過鄉下人背後的符號象徵發展個人文風。然而，這些發展都是在他離開眞正的鄉下、離開湘西老家之後才發生的事，用王德威的話來說，它是透過一種「想像的鄉愁」（imaginary nostalgia）不斷演變的過程。[82] 因此，在本章接下來的重點，我將探討沈從文如何與他想像鄉愁裡的鄉下人直接互動。

在現實中，沈從文一離開鄉間，就發現自己對所遇到的鄉下人越來越不自在，顯見彼此之間身分的疏離與隔閡也越來越大，爲了要處理這樣的轉折，他開始進行一連串反思來處理這樣的落差。這個內省過程其實是肇始於沈從文認爲不必再把所有從鄉下來的人都貼上「鄉下人」這個標籤，反而是用「鄉下人」一詞來指涉這些人之中，某些道德特質更爲特殊的人。這樣的頓悟，促使沈從文在一九三六年《習作選集》的前言如此說道：「鄉下人太少了。倘若多有兩個鄉下人，我們這個『文壇』會熱鬧一點吧。」夏志清後來在討論沈從文的鄉下人身分時即是由這句話著手。[83]

一九三四年，沈從文返回故鄉鳳凰探視病榻上的母親。在這趟二十五天的搭船旅程中他寫了約五十封信給妻子，詳述這段旅程的經歷並向她報平安。這是他在北京、上海、青島等地寫了那麼久的鄉下人之後，十年來第一次跟這些鄉下人面對面的接觸。信的內容很清楚地顯示，當他貼近這些人之後，絲毫沒有「想像的鄉愁」那種純淨又浪漫的舒適感，而是發現當他的私人利益與自己一向又愛又嚮往的那群鄉下人之間產生衝突時，自己的情感層面上出現了矛盾。信裡頭所表現對鄉下人生活與勇敢的欣慕嚮往，完全取決於反復無常的河流與天候狀況會不會對他的航程造成困擾而定，也顯示出沈從文對於他與這群人之間那明顯的差異越來越深的焦慮感。

沈從文找來三個船夫划船。啓程之前他們就先訂出抵達日期，但因爲天候不定造成行船過程常常要停下來，看起來他們的行程會有所延宕。由於他離開北京的時間有限，沈從文對於拖延感到相當不耐，所以他只得討好船夫要他們超前，即便這樣做並不符合他們的研判：「故我爲他們稱幾斤魚，這幾斤魚把船弄活動了。」他在家書中表達了他對船行速度的沮喪，以及他對於要靠東西收買船夫感到良心受創：

但是天知道，這小船走得卻如何慢！天氣既那麼冷，還得使三個划船人在水裡風裡把船弄上去，心中又不安。使他們高興倒容易，晚上各人多吃半斤肉，這船就可以在水面上飛。84

當天候狀況變差，他抱怨說：「船又停了，你說急不急人。船正泊到一個泥堤下，一切聲音皆沒有，只有水在船底流過的聲音。遠處的雪一片白，天氣好冷！」他對於讓船夫跳到河堤上拖繩子拉船前進感到相當愧疚：「望到他們那個背影，我有說不出的同情，不好意思催促。」85

歷經心中有愧與克服對於船夫的惱怒這兩種情緒之後，他轉而佩服他們。他在信裡開始表達對他們的敬意，認爲他們是群完人，對生活所求不多：

但這樣船夫在這條河裡至少就有卅萬，全是在能夠用力時把力氣賣給人，到老了就死掉的。他們的希望只是多吃一碗飯，多吃一片肉，攏岸時得了錢，就拿去花到吊腳樓上女人身上去，一回兩回，錢完事了，船又應當下行了。天氣雖然熱，這些人生活永遠是一樣的。他們也不高興，爲了船擱淺，爲了太冷太熱，爲了租船人太苛刻。他們也常大笑大樂，爲了順風扯篷，爲了吃酒吃肉，爲了說點粗糙的關於女人的故事。[86]

當沈從文開始認眞思考要拿這些船夫作爲寫作題材時，關鍵的時刻已經降臨。他心裡想：「我相信若我動手來寫，一定寫得很好，但我總還嫌力量不及，因爲未來這些人就太大了。」[87]他在幾天後又這樣說：

我愛這種地方、這些人物。他們生活的單純，使我永遠有點憂鬱。我同他們那麼「熟」——一個中國人對他們發生特別興味，我以爲我可以算第一位！但同時我又與他們那麼「陌生」，永遠無法同他們過日子，眞古怪！我多愛他們，五四以來用他們作對象我還是唯一的一人！我泊船的上面就恰恰是〈柏子〉文章上提到的東西，我還可以看到那些大腳婦人從窗口喊船上人。我猜想得出她們如何過日子，我猜得毫不錯誤。[88]

把信從頭到尾看一遍，我們可以清楚地看見，沈從文對於整趟旅程的感受以及對船夫的情緒隨著旅程的起伏產生激烈變化。比方說，他可能會在這一封信讚賞船夫的勇氣及人格尊嚴，卻在下一封信責怪他們給自己添麻煩與困擾：

我運氣壞，遇到這種小船眞說不出口。看到他們早早的停泊，我竟不知怎麼辦。照規矩他們又可以自由停泊的，他們可以從各樣事情上找機會，說出不能開動的理由。我呢，也覺得天氣太冷，不忍要他們在水中受折磨。可是旁人少受些折磨，我就多受些折磨，你說我怎麼辦？89

但是他又會很快地轉往另一連串更富情感的想法，他寫道：「小地方的光、色、習慣、觀念，人的好處同壞處，凡接觸到它時，無一不使你十分感動。便是那點愚蠢，狡滑，也彷彿使你城市中人非原諒他們不可。」90

信裡有些段落也很深入地記述沈從文如何和這些船夫疏離。不同於之前的小說中，沈從文習慣用統一性、群體性的方式看待這群人，在這裡他開始把鄉下人分成不同的實體，重視這些人的個體性與獨特性。除此之外，當他把自己從船夫中抽離出來，也就跳脫以往他一直努力建立的「鄉下人」概念，他採取一種第三人的旁觀者立場，而不是一個積極主動的參與者。舉例來說，作者被一個站在河堤等著工作、年紀很大的苦力所吸引，書裡把他描寫成「托爾斯泰」，他問道：

「這人爲什麼而活下去？他想不想過爲什麼活下去這件事？」不止這人不想起，我這十天來所見到的人，似乎並不想起這種事情的。城市中讀書人也似乎不大想到過。可是，一個人不想到這一點，還能好好生存下去，很稀奇的。三三，一切生存皆爲了生存，必有所愛方可生存下去。多數人愛點錢，愛吃點好東西，皆可以從從容容活下去的。這種多數人眞是爲生而生的。但少數人呢，卻看得遠一點，爲民族爲人類而生。這種少數人常常爲一個民族的代表，生命放光，爲的是他會凝聚精力使生命放光！我們皆應當莫自棄，也應當把自己凝聚起來！[91]

沈從文在這段引文似乎想說「多數」的人（不論來自鄉下或城市）都像是那位在河堤上不疾不徐的老人，可以堅強且毫不猶豫地接受自己的命運。另一方面，他則認爲自己恰恰與他們相反：他是屬於少數人，他不能僅僅自滿於豐衣足食；他覺得有必要「看得更遠」。他在之後的信更清楚地說出，他希望把這些「多數」人當作寫作素材，打算回到北京之後寫十篇以上的短篇小說，並且很有信心地說：「寫得好，一定是種很大的成功。」[92]

這樣的企圖代表沈從文與「鄉下人」這個詞的關係已經來到一個重要的分水嶺，在這個階段，作者決定跳脫多數人那種安於命運的生活方式，追求一種不汲汲營營於物質滿足的生命模式，這也是他過去對鄉下人概念還未轉型之時，所認爲鄉下人的理想生活方式。沈從文一路以來都說自己是鄉下人，在離鄉多年重返湘西，和當地人互動相處以後，沈從文反倒指出現實生活中所遇到的鄉下人是多數，但自己卻隸屬少數、不自安於命運的那一群，不過這樣的分類方式有種內在的矛盾，不可避免要帶來許多批評。

事實上，王曉明就認爲沈從文已逐漸蛻變爲城市人。他給沈從文貼上「土紳士」的標籤，而且認爲自從沈從文搬到城市之後，便漸漸失去原有的簡單質樸性格，然而，卻正是這種性格讓沈從文可以在早期創作出如此獨特又有偉大特質的作品。王曉明指出沈從文早期的熱情因需要一種制約、受控制的城市外表而遭到壓抑，所以他失去那種身爲年輕鄉下人的內心掙扎，那股內心掙扎在於，急著想掌握一種必要語言來捕捉自己的內心感受。沈從文跟另一個五四時期的重要作家，同時也是他的好朋友巴金討論過此事。一九三四年，巴金寫了短篇故事〈沉落〉，暗中攻擊周作人布爾喬亞的生活方式以及他對中國危機的漠不關心。[93] 沈從文被這篇故事所激怒，因此他寫了一封信給巴金，表達自己完全不同意巴金對周作人毫不留情的攻擊，以及巴金對普通老百姓的日常生活所抱持的憤怒態度。[94]

他在信中奉勸巴金不要用「失望」與「氣憤」來寫作，建議他寫作前要先試著控制自己的情緒。他說寫作不應該僅僅作爲宣洩憤怒的管道，勸他要學著靜靜忍受，如同他在其他地方所說：「你得學控馭感情，才能夠運用感情。你必需靜，凝眸先看明白了你自己。你能夠冷方會熱。」[95]

在〈給一個寫詩的〉這篇文章裡，沈從文對相同的問題也是這麼說：「我想告訴你的是你自己寫作時用不著多大興奮。神聖偉大的悲哀不一定有一攤血一把眼淚，一個聰明作家寫人類痛苦是用微笑表現的。」[96]

可是巴金並不同意沈從文的信念，他認爲寫作無須去除個人情感，也依然對於周作人的文筆理路抱持著不置可否的態度。許多年後，一九八八年巴金談到此事還是相當堅定：「從文認爲我不理解周，我看倒是從文不理解他。可能我們兩人對周都不理解，但事實是他終於做了服務侵略者的漢奸。」[97]一九三五年，巴金寫了一篇文章回應沈從文的批評，文章的題目依舊是〈沉落〉。[98]巴金強調說如果沈從文認爲他寫文章都是出於一時衝動，舉止看起來像隻「瘋狗」，也毫不關心作品的藝術價值，那麼這樣的氣質和表現更應該恰恰符合沈從文一向熱烈支持的鄉下人才對。

沈從文認爲自己有需要重新調整對於鄉下人自我認知所帶出的一個問題，那就是鄉下人與「優雅的作家」這兩個角色能否相容。針對沈從文鄉土作家的問題，范家進在二〇〇二年的作品中同意巴金與王曉明的立場：沈從文逐漸從鄉下人這個身分脫離是他整個寫作生涯反覆發生的事。范家進也抱怨這樣的態度並未被大眾認眞處理，並覺得沈從文堅持把個人修養作爲改進寫作的方式，將成爲他發展的一大阻礙。[99]

王曉明與范家進的觀察來自他們對沈從文對「自然」這個詞的理解。如果「過得自然」僅僅是回應沈從文早期對鄉下人的描述，是指不受限制的行動自由，那麼沈從文後來對於鄉下人一詞比較細緻的定義就意味著，繼續堅持沈從文有著鄉下人的自我認同是突兀且矛盾的。然而，爲了打破並解決這個矛盾，我們必須先檢視沈從文如何把他對人類本性的看法說得更有系統。

朝向道家的一：〈燭虛〉

一趟行船體驗，致使沈從文發現自己這個「孤獨旅人」[100]和那些在河堤與船上工作的船夫有很大的差異，迫使他重新評估自己過去對鄉下人本質的認知。雖然他堅持拒絕採取任何特定的政黨立場，但卻常常在行文談話中，顯露對於社會與政治的焦慮。我們可以很清楚地看到，沈從文不再採用他最初理想主義的說法來看待社會，他認爲僅僅採取鄉下人的生活方式，不足以醫治他眼中城市人的「病」。

沈從文在出任大公報文藝副刊編輯期間，依然積極鼓吹言論自由和藝術自主，時常發表一些和自己的想法互相抵觸的文章。一九三五年後期，他寫了幾篇短文，表現出一般民眾對於國內政治動盪的回應是多麼讓他失望。舉例來說，沈從文在〈煩悶〉裡批評了大多數的城市知識分子：

> 讀書人不外乎三五朋友説説氣話，罵罵政府，或看看戲，打打牌。（再個人主義一點，也有關上房門灌兩斤黃酒的。）其餘官場中人商業中人呢，仍然是那一套，再加上打打檯球，下盤棋，八大胡同走走，正陽樓吃兩隻螃蟹，大吼一陣五魁八馬，也就完事了。試公公平平的想想，有多少人不是那麼打發他的日子的？[101]

在他眼中，這些人跟他在湘西船上所遇到的船夫毫無不同，他們也成爲了他眼中的「多數」。[102]

同年，沈從文又一次說他對於自己是少數人之一感到興奮，這些人徹底地貼近生活，並認為思索人類的未來是他們的責任。他進一步說：這些人「教書與讀書都不是爲了追求個人的財富與地位」，所以他們可以了解人類的眞正價值。[103]緊接著，他在〈時間〉這篇文章更深入這個主題：

兩種人既同樣有個「怎麼樣來耗費這幾十個年頭」的打算，要從人與人之間找尋生存的意義和價值，即或擇業相同，成就卻不相同……因此世界上有大詩人，同時也就有蹩腳詩人，有偉大革命家，同時也有虛僞革命家。[104]

他指出許多名人，像是釋迦牟尼、孔子、耶穌與屈原，不僅僅從宗教與教義眞理的分野來看待他們，而是看他們直接的社會影響力：

歷史上這種人並不多，可是間或有一個兩個，就很像樣子了。這種人自然也只能活個幾十年，可是他的觀念，他的意見，他的風度，他的文章，卻可以活在人類記憶中幾千年。一切人生命都有個時間限制，這種人的生命又似乎不大受這種限制。[105]

當他的注意力從小說轉移到文學批評的這一個短暫時期，沈從文寫出〈沉默〉（一九三六）這篇文章：

> 我不寫作，卻在思索寫作對於我們生命的意義。我想起二千年來許多人，想起這些人如何使用他那一隻手。有些人經過一千年三千年那隻手還儼然有力量能揪住多數人的神經或感情，屈抑它，鬆弛它，繃緊它，完全是一隻魔手。……我知道我們的手，不過是人類一顆心走向另一顆心的一道橋梁。作成這橋梁取材不一，也可以用金玉木石（建築或雕刻），也可以用顏色（繪畫），也可以用文字，用各種不同的文字。……大多數偉大作品，是因爲它「存在」，成爲多數需要。並不是因爲多數需要，它因之「產生」。[106]

藉由思索古文物的藝術性，沈從文將他對自然的理解提升至超越現象世界邊界的層次；而恰恰是這股想超越日常生活外在與偶發元素的慾望，還有想深入物質本身的精神核心，激勵沈從文挖掘出作爲一名作家的新的可能性。

一九三七年中日戰爭爆發，由於北京被日本佔領，沈從文必須經由湖南逃往昆明。在幾個月艱辛的旅程之後，他終於抵達昆明，和妻子及兩個兒子在那裡落腳。雖然沒有人知道這場戰事會延續多長，以及他們要在那待多久，一旦全家在那落戶，生活就變得相對簡單與穩定，沈從文利用這段時間展開一段漫長的自省過程。

在一九三九年至一九四一年間以日記的形式所寫的〈燭虛〉、〈潛淵〉、〈長庚〉等文章裡，沈從文試著將他到目前爲止的生活經驗提煉成哲學沉思。這塊領域成爲他作品中最抽象也最難懂的一部分，卻也提供了一把鑰匙，讓我們可以了解如何將他泛神論的信念理性化；基本上，這些作品呈現了沈從文各個階段的內在世界，讓我們得以看出他有多麼努力想理解生命對他的意義。

整個歷程始於〈燭虛〉的前兩段。沈從文在此批評了現代知識分子，指出他們把地位與名望置於智識的情操之上。沈從文從宇宙整體觀的內部對人類生命的沉思，解釋了他為什麼不斷追問人類更高存在的意義，以及語言的目的究竟為何。

這些作品並非具有系統性，甚至可說是寫得相當零散，看起來像是日記，呈現出破碎且雜亂無章的詞句，然而這些破碎的句子並不是要建構一套完整的哲學系統，反之它們的意義在於沈從文直覺上如何使用「美」、「生活」與「神」這些字。

寫作的過程中，沈從文試著對不同類型的人進行區分與歸類。他的分類方式就是之前將人分成「多數」與「少數」兩群人，並且在此進一步闡釋兩種自我：純淨的人與懶惰不會思考的人。此種區分方式只用在人身上，而不包括其他生物，因為區分所依據的原則是人都有「超越習慣心與眼的能力」。[107]沈從文所說的「超越能力」是指人有進行內省的力量。根據他的說法，不會思考的人（懶惰的人）是指大部分有受過教育的人，他們大多把心力放在追求或拒絕社會與政治地位，也是指那些「好鬥」與「懶惰」的人。[108]這類人也相當「貪心」，雖然貪心是人性內在的本質，但這些無法控制慾望的人根本連禽獸都不如，完全受制於求生與繁衍的原始衝動。

沈從文將受過教育的人與「不會思考」連在一塊，初看似乎有點違反直覺。當然從定義來看，受教育的過程需要一些思想，但是以沈從文的用法來看，思考這個動作指的是特定的思考「方式」。不會思考的人是說他們無法從存在的角度思考，反之那些會思考的人則辦得到，並且對於做人的意義有一定程度的理解。懶惰的人只會關心自我與衝動，而無法從宇宙整體觀設想自己。眞正的人不一定要受過傳統教育，卻可以超越偶發的經驗並把他們視爲短暫現象。後面這種人懂得欣賞宇宙不斷變化的本質，並且將此視爲生命現象的一部分；他們接受自然週期性的改變，而不是努力把自己想要的、表面的秩序強加在事物之上。[109]

我們必須注意的是沈從文在指涉「純淨的自己」或者是「大丈夫」時只用「人」這個字，而不像過去他在說兩種對立的人時是用不同的形容詞，如「不會思考」與「懶惰」的人。可是除了說自己非常喜歡「大丈夫」而不喜歡「不會思考的人」之外，他對此並未多做解釋，也未試著確定或解釋這兩種存在方式的定義。

另一方面，沈從文也提到他爲什麼覺得人應該想辦法達到這種自我修行的理想的「人」的境界，他認爲這個過程是莊子式的冥想，指出「大丈夫」是每個人與生俱來就有的特質，但是大多數的人因陷入社會泥沼所以失去此項人格，因此，爲了讓這些特質重新出現，有必要把社會對個人不好的負面影響清理乾淨，這些影響慫恿人向個人利益與自我低頭，並且不顧一切地追求名望與權力。沈從文相信唯有透過此方式，我們才能夠歡欣地迎接一個公平的世界並跟自然合而爲一。[110]

一個人如果達到天人合一的境界，就跟沈從文所自認的一般，將不再繼續追求人的慾望，也不會想壓制自己的情感，反之他們可以駕馭情緒，透過這些情緒來成就個人完整的藝術潛能。根據此邏輯，雖然個人的自我實現有很大一部分依賴慾望與情感，但依然能夠免於被它們牽引和控制。同理可證，對於無常世界的事實與衰敗免疫或毫無知覺並不表示抓住永恆，而是要靠個人自覺性地提升思想才能達成。因此慾望與情緒的意識經驗（conscious experience）變成帶動啓蒙的工具，也因此讓啓蒙的過程變成一種私人經驗。

從定義來看，達成啓蒙似乎已經成爲沈從文追求個人知識（self-knowledge）的主要目的，就像他不斷的問「純淨自我」的本質爲何。在後來所寫的〈綠魘〉裡，沈從文試著把這個想法說得更有系統。他寫道：「不信一切惟將生命貼近土地，與自然相鄰，亦如自然一部分的。」之後又補充說：「生命單純莊嚴處，有時竟不可彷彿。至於相信一切的，到末了卻將儼若得到一切，惟必然失去了用爲認識一切的那個自己。」[111]他解釋自己在接受宿命論的原則之後，逐漸認爲萬事萬物都是神聖整體的一部分。控制時間的人就可以控制生命，而這樣的人認同神聖，而無常僅僅是「我」的認知以及感官現象。沈從文對於神聖的理解使得他可以欣賞圍繞在身邊各種生命的微小細節：「結隊旋飛自得其樂的蜉蝣」、「極目綠蕪照眼，再分辨不出被犁頭劃過的縱橫赭色條紋」、「綠色斑駁金光燦爛的小小甲蟲」。[112]

沈從文接下來進一步說明讓他有此認知背後的機制，這種機制讓他找到純淨自我的核心：

> 我實需要「靜」，用它來培養「知」，啓發「慧」，悟徹「愛」和「怨」等等文字相對的意義。到明白較多後，再用它來重新給「人」好好作一度詮釋，超越世俗愛憎哀樂的方式，探索「人」的靈魂深處或意識邊際，發現「人」，說明「愛」與「死」可能具有若干新的形式。這工

作必然可將那個「我」擴大，佔有更大的空間，或更長久的時間。[113]

諷刺的是，沈從文不斷向內探求，追尋人的存在核心，反而造成人沒有能力回到社會世界。他尋找自我的行動考掘得越深，就越難和外在世界產生聯繫。他將尋找的過程寫成一系列有標示日期的片段文字，結論寫到他渴望進入一種「純淨」與「自我脫離」的狀態。他說：「我必須同外物完全隔絕，方能同『自己』重新接近。」[114]

但是，沈從文也很敏銳地察覺到全心全意追尋人生意義所帶來的問題，也體會到尋找答案只是讓人的「自我」更加混亂，因爲這樣的追尋必定會讓他觸及一連串違反生物原則的問題。[115]人要想尋找自我的意義就必須從現實生活抽離，才能讓思考更有效，但如果這樣的抽離並未調和，人就會變成瘋子：

> 其實哲人或瘋子，在違反生物原則，否認自然秩序上，將腦子向抽象思索，意義完全相同。[116]這種人大都富於常識，會打小算盤，知從「實在」上討生活，或從「意義」、「名份」上討生活。這些人所需要的既只是「生活」，並非對於「生命」具有何等特殊理解，故亦從不追尋生命如何使用，方覺更有意義。……然而一切文學美術以及多數思想組織上巨大成就，卻常唯這種痴漢有分與多數無涉，則顯而易見。[117]

不僅是抽象的想法會讓人發瘋，沈從文也指出，不管就抽象的層面來看，你的思考理論有多麼清晰具體，但是當試著將所想的問題連回現實世界時，思緒就會開始崩潰：

我正在發瘋，爲抽象而發瘋。我看到一些符號，一片形，一把線，一種無聲的音樂，無文字的詩歌。我看到生命一種最完整的形式，這一切都在抽象中好好存在，在事實前反而消滅。[118]

因此沈從文導出一個結果，死亡是從生命與抽象中解脫的唯一方式：「由無數造物空間時間綜合而成之一種美的抽象。然生命與抽象固不可分，眞欲逃避，唯有死亡。是的，我的休息，便是多數人說的死。」[119]

張新穎就是採取此說法，第一個公開指出沈從文的沮喪是造成他一九四九年自殺最主要的原因。[120]雖然這些文字是明證，但是沈從文在這個階段的沮喪似乎距離後來全面性的心灰意冷還有段距離，因爲現階段他至少可以透過爲文學找出一條康莊大道來尋找生命的出口。沈從文在〈燭虛〉的引言中提到文學的目的，用一段本體論的論述清楚地呼應《道德經》第五章的開頭：「自然既博大，也極殘忍，戰勝一切，孕育眾生。螻蟻蚍蜉，偉人巨匠，一樣在它懷抱中，和光同塵，因新陳代謝，有華屋山丘。」[121]由於體悟到自我不過是自然整體一段稍縱即逝的片段，沈從文提出了他對文學目的的看法：「智者明白『現象』，不爲困縛，所以能用文字，在一切有生陸續失去意義，本身亦因死亡毫無意義時，使生命之光，煜煜照人，如燭如金。」[122]

如果意識被意識本身所涵蓋，人的心裡不斷「思考」一種欠缺自由意志的狀態（當然在此脈絡下恰恰是思考這項舉動預先假定行動者是自由的），人要如何存活在這樣的宇宙之中？沈從文不曾對此問題提出解答。反之，他提出寫作是個人自由以及個人意見表達自由的象徵：「看看自己用筆寫下的一切，總覺得很痛苦。先以爲我『爲運用文字而生』，現在反覺得『文字佔有了我大部分生命。除此以外，別無所有，別無所餘。』」[123]因此，沈從文想要用寫作來保存生命之美，並且打造一個實在的世界，即使現實中他認爲所有的事物都很快地失去它們的原意。

同一時期，他在一九四〇年八月進行一系列的演講體現五四運動的軌跡。演講中，沈從文延續其強烈擁護寫作的態度，宣稱想要寫作發揮效果，就必須對人的存在有所理解。他接著說寫作的目的就是要適當地描述出你的理解，如此一來讀者就可以體會作者的啓蒙，也就可以發展出相同的慾望來提升他們日常生活的存在，並活得有夢想。[124]

客觀上來說，這種新道家泛神論者對於自我的認知，似乎與他早期談很多的湘西人物特質有不小落差。但我們必須要注意的是，此種泛神論的看法早在一九三一年就已經隱約可見，雖然當時還是處於萌芽階段，但它們卻深埋在他心中並持續滋長，且隨著沈從文的思想不斷提煉與發展，在他的每一篇新作品中，這些觀點的輪廓也就越來越昭然可見。[125]

一九四〇年所寫的〈美與愛〉，沈從文對於宇宙的「泛神論觀點」提煉得更爲清晰，[126]這篇文章以引用〈燭虛〉曾敘述的一段話開始：[127]「一個人過於愛有生一切時，必因爲在一切有生中發現了『美』，亦即發現了『神』。必覺得那點光與色，形與線，即足代表一種最高的德性使人樂於受它的統制，受它的處置。」[128]並且接著說：

一微笑，一皺眉，無不同樣可以顯出那種聖境。一個人的手足眉髮在此一閃即逝更縹緲的印象中，既無不可以見出造物者手藝之無比精巧。凡知道用各種感覺捕捉住這種美麗神奇光影的，此光影在生命中即終生不滅。但丁、歌德、曹植、李煜便是將這種光影用文字組成形式，保留的比較完整的幾個人。這些人寫成的作品雖各不相同，所得啓示必中外古今如一，即一剎那間被美麗所照耀，所征服，所教育是也。

這段時期，沈從文對自我的認知以及哲學上的理解促使他寫出另外一篇文章，詳細記錄他身爲作家的發展。那就是後來的〈水雲〉。這篇文章解釋了沈從文個人對於「自然」與「人」組成元素的特殊理解，以及這些理解如何與他對湘西的看法並行發展。

〈水雲〉：從任性的鄉下人到道家的虛無主義者

一九三〇年代末到四〇年代初，由於沈從文的自我認知以及世界觀快速發展。他的哲學理論顯然發展得更加穩固，他自身業已認爲自己可以用抽象的概念來捕捉經驗的本質。他寫道：「哲理名言差不多完全是一個人生活過來思索過來後說出的話語。」[129]

對沈從文來說，藝術創作是他行使自由來詮釋自然的方法，透過文學，他可以根據自己對現實的理解自由地打造一個世界。「自然」這個詞最初是由道家的始祖老子所提出，用來描述一種完全不靠外在實體而存在的情況或狀態。因此，老子認爲這種狀態是萬物萬象的起源，也就是「道」。這種萬事萬物不需要外在催化劑的想法，被佛教徒與道家哲學所採用，也用來表示萬物的本來面目。得道就成爲個人修行最高的境界。

自然並非存在於主觀個體之外的客觀世界，而是說做眞正的自己：從字面來看，「自」是「自己」，「然」是「樣子」。藉由個人修爲，人可以發現自己本來的面目，不受任何外在力量所制約。[130]沈從文認爲在描寫個體的時候是有可能悟道的，也提到小說在表達個人哲學上比起正式、非小說的書寫形式更爲有效。[131]

一九四三年，沈從文針對他過去十二年來的生活與文學作品寫了一篇自傳性的文章。他試著解釋他生命中的事件如何影響他的小說，而且按照時間順序描寫他在青島、北京與昆明的歲月。這篇兩萬多字的〈水雲〉透露作者世界觀的內在演變，以及此種演變如何影響他的創作，就如同這篇文章某個版本的副標題所說：「我怎麼創造故事，故事怎麼創造我？」[132]

在〈水雲〉當中，沈從文透露他身爲鄉下人的另一種可能發展。他從抵達青島開始寫起，寫起來超然又有自信：

我是個鄉下人，走向任何一處照例都帶了一把尺，一把秤，和普通社會權量不合。一切臨近我命運中的事事物物，我有我自己的尺寸和分量，來證實生命的價值與意義。我用不著你們名叫「社會」爲制定的那個東西。我討厭一般標準，尤其是僞「思想家」爲扭曲壓扁人性而定下的庸俗鄉愿標準。133

可是，他逐漸發現自己聽從某種想法：

成功與幸福，不是偉人的目的，就是俗人的期望，這與我全不相干。眞正等待我的只有死亡，在死亡未臨以前，我也許還可以做點小事，即保留這些「偶然」勢力各以不同方式陸續浸入一個鄉下人生命中所具有的衝突與和諧程序。我還得在「神」之解體的時代，重新給神作一種光明讚頌。134

接著，沈從文轉到一種虛無的境界，或許這並不代表他自己的狀態，而是指他所使用的「鄉下人」概念已經演變成爲一種獨特的內化狀態（internalised state）；沈從文不再認爲「鄉下人」是表示一種建立在地理或地方上的道德概念。

〈水雲〉共分六個部分：前三部分寫的是沈從文青島生活時期，第四部分是他在北京的甜蜜時光，第五部分寫的是他在昆明早期的歲月以及感情生活，而最後一部分談的是他在昆明寫作的歲月。

故事透過第一人稱作者的口吻來敘述，反映出他內心底層兩股不斷交互辯證的聲音。一個是鄉下人超然理性主義的聲音，代表著自由意志，而另外一個聲音則是宿命論者與不可知論者。

沈從文透過這些聲音，在〈水雲〉裡重探他在《八駿圖》、《邊城》、《看虹錄》所打造的景象。他很快地把三個故事重說一遍，以第一人稱的手法把情節鋪陳出來，由他自己而不是小說原文裡的虛構人物擔任主角。他說一開始寫這些故事是想彌補他遭受壓抑之苦，以及身爲鄉下人未獲得滿足的慾望與愛。[135]更重要的是，作者描述貫穿全文的兩個聲音如何影響他的行動與寫作，而聽來傲慢的宿命論最終取得上風。

〈水雲〉主要描述沈從文在此時期跟幾個意外闖入他生命的女人之間的風花雪月，他把她們都稱之爲「偶然」。他的感情與情事的抉擇變成文中兩股聲音討論的對象。文章的架構是將智識與感性自我的二元化分，與生活是受宿命或自由意志所控制的辯論相互並排參照。

有些評論把這篇文章作爲沈從文傳記資料的參照點。比方說，金介甫說文中所提和《八駿圖》有關的事實都是錯的，因爲裡頭的日期跟所知的出版日期並不一致；他也不認爲〈水雲〉只是沈從文在爲他和高青子的關係辯解。[136]然而，他還是覺得這本書主要是自傳性文字，作者透過一種他所說的「精神自傳」，定位（identify）故事中的女人。

然而，〈水雲〉眞正的價值並不會因資料的準確性而打了折扣，即使小說中的眞實性的確是沈從文作品引人注意的一點。他在這本書所說的是幾段愛情如何讓他寫出不同的故事，以及他如何抽取自己的情感來創作這些故事。表面上是情節的抒情化（lyricisation）以及心理狀態的哲學化，但是潛藏在敘述背後所透露的是一種似是而非的現實：一方面，敘事者解釋說與「偶然」的錯身而過提升了他對生命的認知；另一方面，他也說她們讓他對自己的認識更加模糊且不明確。這樣的認知展現在他對自然現象田園詩般、寧靜的描述，反映出他所說的「道家思想」。[137]

當沈從文在昆明落腳之後，他說：

> 失去了「我」後卻認識了「人」，體會到「神」，以及人心的曲折，神性的單純。牆壁上一方黃色陽光，庭院裡一點草，藍天中一粒星子，人人都有機會看見的事事物物，多用平常感情去接近它，對於我，卻因為常常和某一個偶然某一時的生命同時嵌入我印象中。[138]

〈水雲〉有趣之處不在於沈從文對各段感情的坦白吐實，也不在於他說寫作是把心放在感情結果的一種方法，而在於他把意識本身作為觀察的對象。[139]他生命插曲中濃烈的貪婪與熱情促使他試著在寫作過程中保存這些經驗，諷刺的是，這也被證明是治療「愛情疾病」的一種方法：「可是生命眞正的意義是什麼？是節制還是奔放？是矜持還是瘋狂？是一個故事還是一堆人事？」[140]

由於沈從文自認是個鄉下人，所有的問題與行為結果只可用他自己的標準來衡量，[141]因此鄉下人逐漸代表一種主觀與獨立的理性力量。有了這樣的體悟，沈從文不再期待藉由書寫來修正自己生命中的不完美：他漸漸地認為唯有質疑自己的控制慾，才可將個人的意識推升到另一個層次。因此，文章一開始就是宿命論佔上風，排除對自由意志與控制慾的信念，然而，一切最終還是被迫屈服於外在現象的力量之下，就如同宗教上的經驗一般。[142]

當然，如此抽象的泛神論世界觀完完全全偏離了沈從文之前「鄉下人」的想法。他感受到兩者之間的差距，就像是他了解兩者之間那明顯的矛盾。當他決定離開其中一個「偶然」，她罵他是僞君子：「你口口聲聲說是一個鄉下人，從不用鄉下人的坦白來說明友誼，卻裝作一個紳士，拘謹到令人以爲是世故，矜持到近乎虛僞。然在另外一個人面前，我卻猜想得出，你可能又會完全如一個鄉下人。」他回說：「對於你，我不願用輕微損害取得快樂，對於人，我不能作絲毫計較保護安全。這是熱情的兩種形式，只爲的你們原是兩種人，兩種愛，兩種取和予。」[143]

後來女人離開了他。失去摯愛所帶來的悲傷促使沈從文努力超越自己的情感，如此一來他就可以和眞正的自己達成協議，也可以了解這樣對於人的意義何在。沈從文的故事正好說明他如何從一段被放棄的愛情體悟到自己的不完全（inadequacies），也可以讓他從中得到所需的力量與智慧將體悟概念化。沈從文把慾望、情感與自我認知視爲三個糾結在一塊的因素：心裡對人的慾望與深深的愛讓他可以達到一種跟「神」聯繫在一塊的自我認知。他寫到其中一個「偶然」：「接近她時，我能從她的微笑和皺眉中發現神，離開她時，又能從一切自然形式色香中發現她。」[144]因此只有在用情如此之深後，他才能眞正的擺脫愛情的羈絆，並眞正碰觸到「神」。

這並不是說沈從文放棄了他之前在鄉下人身上所看到的熱情與淡泊，而是說他逐漸在調整自己的優先順序。他認爲個人的自由是最有價值的人格特質之一，而培養自制是確保自主性的方法。他相信完全由熱情引導不顧後果，聽任自己的衝動，事實上根本無法自由行動。他理解每個人都有自己的盲點，對不同的事抱有期望，他雖然體察到此種利益與價值上的衝突，卻選擇對此無所作爲，並評論說：「沉默也是一種難得品德，在許多方面可以看得出來。因爲它在同情之外，還包含容忍，保留否定。」[145]

沈從文相信寫作與人性處於一種完美的和諧狀態，寫作代表一種修行，參與其中就會限制人眼前的衝動：

> 作家把寫作看作本來就是一種違反動物原則的行爲，又像是件自然不過的事情。爲的是他的寫作，實在還被另外一種比食和性本能更強烈的永生願望所壓迫，所苦惱。他的創作動力，可說是從性本能分出，加上一種想像的貪心而成的。比生孩子還更進一步，即將生命的理想從肉體分離。[146]

他引述十七世紀數學家帕斯卡（Blaise Pascal）的話：「人生全部的尊嚴在能思想。」[147] 透過語言保存思想能夠把智慧交給下一代，也就可超越當下的時空限制進行溝通。沈從文希望藉著保存消失已久的人性，如誠實、溫暖與熱情，呼喚另一種價值體系。他說有幾股彼此衝突的力量試著對人施加影響，一種在神界，另一種在人間，「如果一個人想要在另一個人生命中擁有神力，他就必須放棄人的理想。」[148]

他也認爲人的慾望與情感從精神上來說應該引導行動，而這樣的體悟讓他可以把夢想與幻想視爲是神的表現。如此理解情感與慾望伴隨著他對人們處境的理解，也伴隨著現實處境的不完美。慾望的高漲教他看清眞正的美，而藉由對美的保存，他可以彌補現實的不完美。然而，這樣的保存只可以針對過去（亦即已知），而無法保存不可知的未來。

沈從文如實記錄自己如何戰勝慾望與情感，但也記錄了他向慾望與情感妥協的過程，使他可以和讀者之間進行交流，因爲讀者可以與前一種經驗產生共鳴，然後從他後一種經驗尋求指引。[149]可是沈從文幾乎不受自我懷疑的聲音所影響：如同他在〈水雲〉所問的：「我關心的是一株杏花還是幾個人？是幾個在過去生命中發生影響的人，還是另外更多數未來的生活方式？等待回答，沒有回答。」他在文後對此提出另外一個系統化的解答：「××，你寫的可是眞是情？」他答非所問的說：「尤其是美，不能在風光中靜止。」[150]這確實是個抽象的答案，但他的答非所問恰符合他對於鄉下人的德行描寫：鄉下人的追尋會在澄澈的冥思當中臻於完滿，且不需要透過任何理性。

沈從文不認爲宿命論的勝利讓我們有理由把生命視爲毫無意義的事，反之他覺得擺脫個人（self）與自我（ego）是達到天人合一的機會。他也不認爲一個連貫一致、有目的的世界之所以崩潰是失去控制之後自然而然的結果，反之他覺得這往道家的「一」跨了一步。在這個他稱之爲「神」的整體性之後，捨棄自我讓他可以滲入自然，接著就可以和神交流；他高度懷疑人的道德與價值，對他來說幻想與夢想比起俗事的現實更貼近神與絕對（the absolute），而內在與外在也不再由自我意識來區分。這看起來似乎與評論界一般所認知的鄉下人價值有很大的落差，但沈從文的身爲鄉下人還保有他對自己生活方式的眞誠，以及對自己道德的接受。

舊事重提：〈從現實學習〉

儘管沈從文的道家信念讓他把生命視爲整體的一部分，不受人爲的限制，但他仍不滿自己所處的現實世界。一九四三年的〈水雲〉之後，沈從文和文壇的關係越來越疏遠，也日益不滿文學想要走的方向。他批判左翼文學以及國民黨政府暴戾貪腐，這表示他不僅僅把自己隔絕在主流文壇之外，也招致不同政治立場的人對他的攻擊。但是，這樣的困境絲毫沒有阻止他繼續追求文學的自主性。一九四六年，沈從文寫了〈從現實學習〉，這篇文章強烈捍衛他所主張的立場，也重新提起他成爲作家的故事。151

從一九三一年開始，沈從文寫了多篇文章攻擊參與左翼革命運動的作家，以及在國民黨出官入相的文人。他不少評論一方面大罵文學的商業化，另一方面則是譴責高度政治化的革命文學。李揚在《沈從文的最後四十年》裡指出，沈從文的血液裡流著天眞的因子，以至於他對於充滿政治敏感度的行爲有著頑固的堅持：他拒絕接受他人對自己的攻擊（不論在當時的他看來有多麼公正與客觀），這勢必給他樹立許多敵人。152

事實上，沈從文拒絕加入任何陣營持續給他帶來大麻煩。一九四八年的兩次受訪中，沈從文說不論多少的訓示都無法讓他對革命派或反動派宣示政治忠誠，而他也已習慣於處理這給他帶來的壓力。他也認爲一旦文學作家參與革命，他們的作品就每況愈下，丁玲、郭沫若與何其芳就是明證。153 沈從文對其他作家直言不諱的批評引來反批評，使得他用萎縮沮喪來回應外界攻擊。154 蘇文瑜認爲，沈從文的回應之一就是用鄉下人的性格，把自己和主流目標導向、政治帶動的文學，區分開來。155 事實上，沈從文就用這個詞說明他爲什麼如此固執，不願屈服於當時文壇的趨勢：

我是個鄉下人，鄉下人的特點照例「相當頑固」，所以雖被派「落伍」了十三年，將來說不定還要被文壇除名，還依然認爲一個作者不將作品與「商業」、「政策」混在一處，他腦子會清明一些。156

可是到了一九四〇年代末，沈從文渴望政治跟文學分開這件事似乎越來越沒希望——似乎沒有人要聽他的。而他也早在一九三九年所寫的文章就預見此情況：「百年後也許會有一個好事者，從我這個記載加以檢舉，判案似地說道：『這個人在××年已充分表示厭世精神。』」157〈從現實學習〉是篇自省文，沈從文在此回應左翼作家的攻擊。他一開始就說自己是個「不折不扣的鄉巴佬」，然後開始說自己這趟旅程經歷過哪四個階段才到達這裡，並試著回應那些指控他忽視事實而偏好抽象的人對他的攻擊。158

這四個階段分別是一九二三至一九二六年、一九二七至一九三〇年、一九三一至一九三七年、一九三七至一九四五年，這些階段主要是根據他在不同城市所經歷的時光而定，雖然文章本身書寫主題不以這些地方爲主，而是他在這些地方生活發展的偶然。他試著說明自己生命所做的決定，然後說自己是個落伍的鄉下人；他說自己要戰勝落伍，並且保有自己強烈的信念。他也公開自行出版的計畫，要專心改進寫作技巧讓作品對社會大眾有用。159

面對各種外部壓力，這篇文章的語調雖然帶著嘲諷與輕視，卻是能夠看出沈從文如何以各種不同方式建構自我的一篇作品。他在文中以「鄉下人」的人格區分自己與當時帶有政治傾向的文學之間的差異。這個行為表面看起來被動，但實際上卻是積極主動。

從時間點上來看，〈從現實學習〉起訖於《從文自傳》停止的地方，也就是作者抵達北京那一天。文章四個部分的每一部分都分別連結到他生命中所遭遇的一場鬥爭。這些事情有些在他過去的著作已經提過，但沈從文不以個人線性思考發展來寫，而是以參與鬥爭的「鄉下人」角度來述說。因此他的關懷不是像他在〈水雲〉所談的個人情史與情感，而是他以文學自主之名所參與的社會和政治鬥爭。當時五四運動的目的是鼓勵年輕人取得知識並嫻熟寫作技巧，使他們可以協助國家重建，但他抨擊現在文壇已經偏離此原始目標：

> 即「勤學」與「活動」已分離為二。許多習文學的，當時即擱了學習的筆，在種種現實中活動，聯絡這個，對付那個，歡迎活的，紀念死的，開會，打架——這一切又一律即名為革命過程中的爭鬥，莊嚴與猥褻的奇異混和，竟若每事的必然，不如此即不成其為活動……這一來，我這個鄉下人可糊塗了。160

沈從文在此說自己是鄉下人，指出他已和自己強力反對的論述脫離，同時也在文章中流露出謙卑的語調，以削弱抵抗這些個人評論必然引來的罵名，另外沈從文也傳達出了他的「漂泊感」，說自己開始和高度政治化的文學主流之間有了距離。

沈從文在文章的每一節都突顯自己內心狀態與整個社會政治情境的差異。他指稱戰爭所帶來的改朝換代，以及作家所面對的惡劣經濟環境，造成他無法專心精進自己的寫作。然而，他也強調身爲鄉下人的不屈不撓；鄉下人相信學習的價值與堅忍不拔，使他可以堅持二十五年，但這些都不是五四運動口號或者是革命文學的宣傳。他把鄉下人對於學習與堅忍能夠帶來救贖力量的強烈信念，視爲他僅有的老本，而正是這些信念讓他一直拒絕承認失敗，且不願屈從於任何政治召喚，也是這些信念使他與眾不同，雖然難免曲高和寡卻始終堅定不移，事實上，當他決定前往北京讀書時，就已經拋棄了封官晉爵的渴望。[161]

他的動機是追求獨立而不是政治影響力。那些參加政治運動或把靈魂賣給統治者的想法早被他咒逐（值得一提的是沈從文始終未加入共產黨）。沈從文在〈從現實學習〉裡再度提到他在故鄉親眼目睹的屠殺事件，以及他離開湘西的理由，只不過這一次的口吻不似《從文自傳》裡的抒情和懷舊，也不似〈致維綱先生〉裡的嘲諷和尖銳。沈從文把屠殺的事實講得更直白，但故事的衝擊則是透過作者通篇故事裡所描述的鄉下人特質擴散開來。鄉下人與生俱來的謙遜質樸，突顯沈從文的高尚道德情操和其他在政治上汲汲營營的作家有所不同。

沈從文也透過這篇文章來誇讚京派文學作家，像是曹禺、蘆焚（王長簡）、卞之琳、蕭乾、林徽因、李健吾以及其他文壇領袖，如朱光潛、聞一多、鄭作棟等。這些作家都是左翼攻擊的目標，因此就算沈從文只不過是認同自己隸屬於他們，聽起來也帶有挑釁的意味。他認為倚靠企業或政黨對作家來說比較輕鬆，但獨立寫作則不是如此：「若依然只照一個『老京派』方式低頭寫，寫來用自由投稿方式找主顧，當然無出路。」[162]

如此看來，沈從文所鼓吹的文學看起來似乎有點矛盾，一方是簡單質樸的鄉下人價值，另外一方則是京派的高度菁英文學。但是，沈從文從來不覺得這是個問題，因此也不曾煩惱要怎樣才能串起這兩種南轅北轍的概念。如此一來，這篇文章也成為那些罵他偽善的人批評的目標。[163]

沈從文對於自己的決定相當堅定也不願屈服，他相信「自由」是繼續往前的唯一正途，也深信作家需要謙遜與沉默，需要敬重知識，但是他表達這些信念的方式卻是絕對主義式的，容不下任何一個他不認同的人。他在寫作時不斷地爭取自由以表達個人的信念與理想，不僅讓對手不悅也引起更大肆的批評。[164]沈從文採取鄉下人立場為自己辯白無助於和緩辯論氣氛，反之卻讓情況更加緊繃，也使得沈從文更加陰鬱，最終造成他決心自殺以及決定放棄寫作。

從〈綠魘〉到自殺筆記：兩個時期的瘋狂

一九四九年一月，郭沫若一九四八年所寫的文章〈斥反動文藝〉被寫成大字報，豎立在北京大學門外。沈從文當時還在北大教書，而事後證明這是沈從文崩潰的時間點：從一九三〇年代年末到四〇年代初，沈從文一直覺得自己還可以繼續寫，但此時此刻沈從文卻覺得必須要承認失敗了。一九四八年十二月三十一日，沈從文宣布自己要「封筆」，而大字報事件只是強化他頭也不回的決心。[165]他寫給吉六的信說：

人近中年，情緒凝固，又或因性情內向，缺少社交適應能力，用筆方式，二十年三十年統統由一個「思」字出發，此時卻必需用「信」字出發，此時卻必需用「信」字起步，或不容易扭轉，過不多久，即未被迫擱筆，亦終得把筆擱下。這是我們一代若干人必然結果。[166]

一九四九年一月二日，沈從文在〈題〈綠魘〉文旁〉再度說道：「我應當去休息了。神經已發展到一個我能適應的最高點上。我不毀也會瘋去。」[167]

這段話寫於沈從文心理狀態接連惡化之後，最終造成他在一九四九年三月二十八日自殺。事實上，他不爲外在現實世界所接受早就有跡可尋，甚至是在他寫〈燭虛〉、〈潛淵〉等日記時就露出端倪。前面已經提過，張新穎認爲沈從文的心理狀態在雲南就已經開始惡化，而當他帶著家人搬到昆明時情緒崩潰的情況更是變本加厲。[168]根據張新穎的看法，即使「存在感」這個事實從來沒有成功地成就任何事物，沈從文還是不斷試著解開存在的眞正意義與目的：他心裡的掙扎事實上把他更進一步推離現實，也使得他無法過正常的日常生活。[169]張新穎覺得以〈水雲〉爲首的《七色夢魘》文集，清楚呈現沈從文內心純淨思想和外在現實之間的格格不入。

一九四九年一月底，沈從文已經有精神崩潰的徵兆。[170]張兆和代他接受林徽因與梁思成的邀請，決定前往清華園住幾天（一七六七年所蓋的宮殿，後來成爲清華大學的名字與校園）。白天有哲學家與作家朋友陪伴在沈從文身邊，陪他討論他所關心的問題，沈從文相對冷靜與穩定；可是一到晚上，沈從文就再度陷入一種心理痛苦的狀態。從他在張兆和寫給他的一封信上的評語，可以清楚的看到他心理痛苦的跡象：「我照料我自己，『我』在什麼地方？」；「尋覓，也無處可以找到」；「我『意志』是什麼？我寫的全是要不得的，這是人家說的。我寫了些什麼我也就不知道。」；「給我不太痛苦的休息，不用醒，就好了，我說的全無人明白。沒有一個朋友肯明白敢明白我並不瘋。」；「我沒有前提，只是希望有個不太難堪的結尾。完全在孤立中。孤立而絕望，我本不具生存的幻望。我應當那麼休息了！」[171]

這段時間沈從文還寫了兩篇散文，一是一九四九年二月所寫的〈一個人的自白〉，另一篇則是一九四九年三月六日自殺之前所寫的〈關於西南漆器之其他——一章自傳〉，兩篇作品讓人可以深入了解他這段時間的思想歷程。

沈從文在這兩篇文章又重訪自己的過去。〈一個人的自白〉是他在清華大學校園心理狀態相對穩定的時候所寫，〈關於西南漆器之其他——一章自傳〉是在他返回自己家庭時所寫的一系列文章之一。[172]後面這篇文章是沈從文首度在自傳中提到爲何他自己的內心如此黯淡，可是所寫的小說表面上看起來卻如此樸實與清新。他坦率地說出自己常常抱怨讀者僅會欣賞他文體的明亮與樸實，卻忽略作品背後蘊藏的熱情與悲痛。[173]更重要的是，他指出並解釋自己「孤僻」性格形成的原因。他也透過

〈關於西南漆器及其他——一種自傳〉來消弭《從文自傳》給人在感受上的落差。〈一個人的自白〉全文充滿「屈辱」這樣的字眼；沈從文似乎覺得只有克服屈辱才能讓他堅持追尋自己的理想。[174]他整理了自己的回憶，並且列出了一長串受屈辱的經驗，包括常常被那快變成「神經病」的老師毒打，不到十四歲就離鄉背井，求學不順，還有在創作初期作品的文字被《成報副刊》編輯改得面目全非。[175]沈從文指出這些經驗迫使他在「承認」或「否定」自己的命運之間做選擇。[176]否定自己命運的力量在於你選擇了什麼作爲替代，以及如何堅持下去。除此之外，正是這些不好的經驗賦予他力量，讓他把自己的創作想得如此光明：

> 於是一切都在「微笑」中擔當下來了。……這微笑有生活全部屈辱痛苦的印記。有對生命或人生無比深刻的悲憫。有否定。有承認。有《舊約》中殉教者被淨化後的眼淚。心身多方面的困苦與屈辱烙印，是去不掉的。如無從變爲仇恨，必然是將傷痕包裹起來，用文字包裹起來，不許外露。[177]

「教育」、「學習」與「學校」等字眼在這兩篇作品也是隨處可見，但主要是指沈從文自己的學習經驗，而不是傳統教育脈絡下的意義；但這些經驗造就了沈從文的人格發展，因此以「書」和「教育」等字眼作爲稱呼。[178]他在《從文自傳》落筆的第一段話就是：「拿起我這枝筆來，想寫點我在這地面上二十年所過的日子，所見的人物，所聽的聲音，所嗅的氣味；也就是說我眞眞實實所受的人生教育……。」

全書的最後一段話則是描寫他抵達北京當天的心情：「便開始進到一個使我永遠無從畢業的學校，來學那課永遠學不盡的人生了。」[179]往後沈從文好幾次在〈從現實學習〉、〈水雲〉以及〈永遠無法畢業的學校〉等作品指出「那課永遠學不盡的人生」是他性情變化的緣由。因此，沈從文在〈一個人的自白〉往前看自己人生所經歷的事，會覺得正是自己的生活經驗，特別是不愉快的經驗，培養他成爲一個人。在這個意義上，這些描述爲他眞實的經驗增加了另一種理性化的面向，相較於我們在《從文自傳》所看到的沈從文，提供了另外一種更積極正面的觀點。

沈從文在〈一個人的自白〉中對自己離家這件事的態度，完全不同於他在《從文自傳》的描述。他在自傳裡把離家描寫得像件自然不過的事，前一個句子他還在河裡泡水，後一個句子他就啓程離開，離鄉的痛楚絲毫不露痕跡。另一方面，在《從文自傳》出版四年前所寫的〈卒伍〉（一九二八）則是把傷心難過表現得一清二楚：「不是爲任何希望，我就離開了家中的一切人了。」[180]

儘管〈卒伍〉寫作的時間距離〈一個人的自白〉有二十年之久，但有許多句子是雷同的。比方說，《從文自傳》對家道中落這件事近乎隻字未提，但〈卒伍〉裡卻是力透紙背，而作者在〈一個人的自白〉又提了這件事。沈從文以一種類似魯迅在《吶喊》自序中所用的語調向自己捫心自問：「有誰從小康人家而墜入困頓的嗎？有誰在這麼小的時候就遭逢如此不幸？只有這樣的人才能同情我們處境。」[181]

〈卒伍〉只談離家前的那一天，故事節奏比較快，但描寫得非常仔細，突顯這天特殊的意義：一雙新襪子、大吃一頓，還有她媽媽少見的溫柔。沈從文用部隊那又大又重的背包突顯他身材的瘦小。他也提到自己和將軍女兒的友情改變了他依附於將軍家的那段時光。沈從文甚至在故事中說離家入伍是他悲劇性人格的開端。[182]

當他把這些故事搬到《從文自傳》中時，卻刻意忽略了曾經遭受過的痛苦與屈辱經驗，而用一種務實的態度述說這些故事。從他幾度重寫這些故事，我們可以看到他漸漸把憤怒與屈辱淡化。王德威點出：「沈從文維持一種懷舊的態度，結合了諷刺的好奇感以及一種知性與感性的距離感。」[183]但是，這種「知性與感性的距離感」不只是爲了文學效果，這是沈從文所謂「情緒的體操」，他認爲練習表達人的情感是培養自己的方式，可以讓你對人性有更深的理解。[184]

蘇雪林在評論沈從文對部隊生活的描述時，批評他是個站在外頭往內看的旁觀者，因此是以一種表面的觀點看事物。[185]沈從文直接回應她的批評：「旁觀者其所以永遠如在旁觀，原有個現實背景縛住。一切作品都缺少對人生深入，只是表面的圖繪。原因是人生在我筆下，是綜合的，再現的。」[186]

在〈一個人的自白〉中，沈從文解釋，寫下這些孩提與北京生活受屈辱的遙遠回憶，雖然一直都很痛苦，但卻是讓他可以忍受眼下北京生活折磨的一種逃逸出口。但不變的是，這些事件「帶走他生命的陽光」，讓他變成一個內向的人。沈從文認爲生活的困苦不會讓他自殺，因爲他可以在「否定」中找到慰藉，[187]也就是說他將自己沉浸在重寫過往回憶之中，回到簡單樸實的鄉下生活，並且逃避現實。

沈從文說即使離開故鄉，他也不覺得自己的生活輕鬆寫意，即使他的一生達到某種成就，他一輩子都感到很孤單，而且不斷強調生存的基本問題，也就是在沒有人可以討論、沒有書可以釋疑的情況下，該如何面對「今天」與「明天」。[188] 這種特別憂傷的語調貫穿了〈一個人的自白〉裡的字句。他強調個人經驗對作者作品的重要性，抱怨：「歷來批評者對於這一點，都忽略了作者生命經驗的連續性和不可分割性。」然後接著說：「如果批評從『思想』著眼，用公式和一定形態加以範圍，自然更不會得到要領，毀譽都若並無意義可言！」[189]

沈從文也提供了一個看待他作品的方法。他提到自己作品對鄉土的愛是源於一種現實與幻象的揉合，而不是受到任何外在原則所驅動。他說自己結合了對陌生人溫暖的回憶以及對生命極度困頓的描述，是爲了創作出一種故事，將日常生活的艱辛掩藏在美麗與童話般的寧靜之下。因此，他在《邊城》讓煤油店的老闆搖身一變爲船夫：「我讓他爲人服務渡了五十年船。並把他的那點善良好意，擴大到我作品中，並且還擴大到我此後生命中。」[190]

〈一個人的自白〉（一九四九）的語調和〈從現實學習〉（一九四六）完全不同。三年前，沈從文處於守勢而非攻擊的位置。他希望讀者對他的生命旅程有同理心，也要求他們了解個人的困頓與絕望在其創作歷程扮演什麼樣的角色：

年青朋友都歡喜說人生如戰鬥，戰鬥方式自然極多，我很知道。可是可有一個人在十六歲到廿四歲間那麼和人生戰鬥過來，在三十年掙扎中而取得更健康合理發展？或從理論上可得到更健康的結論？我想得到一個回答。[191]

他不再試著影響文學運動的方向，反之則是開始尋找自己能夠施得上力的事來做。當他從積極參與共產革命的姪女張以瑛那裡回來之後，他就希望能找到一個新方法參與其中。張以瑛拜訪過他之後，沈從文在一九四九年三月十三日寫了一封信給她，表達自己重新工作的願望：

我因過去生命限制，小時候生活受挫折過多過久，心受傷損。從「個人掙扎」方式中戰勝困難，支持下來，因之性情內向，難於與社會適應。而個人獨自爲戰精神加強，長處與弱點即在一處。如工作恰巧和時代需要相配合，當然還可爲國家下一代作些事。（因縱不能用筆寫文章，即作美術史小說史研究，也必然還有些新的發現，條理出一個新路，足爲後來者方便。）192

沈從文在信中對姪女說他需要找一份工作，讓自己脫離完全孤立的情況，即使是重新入伍也可以。他正在找一種方法重建，甚至是改造自己，他希望這樣的過程在三到五年後可以看到效果。他也問以瑛能否幫他跟家族友人陳沂說一聲，請他幫忙安排一些工作。陳沂因爲這封信特地來找沈從文，然後在一九四九年三月二十日寫了一封信給當時的共產黨華北局宣傳部長周揚，但這封信就像石沉大海毫無回音。三月二十八日，沈從文決定自殺，想要替自己與外在世界之間的鬥爭劃下句點。193 作爲一個鄉下人的沈從文也在此結束他人生的第一階段。

第二章

後期的自我書寫：鄉下人的堅持

一九八八年四月，沈從文傳記的作者凌宇打算召開一場沈從文國際研討會。可是沈從文對此不表支持，並寫了一封信給凌宇：

因爲你寫傳記，許多報紙已轉載，就打量來一回國際性宣傳，我覺得這很不好，成功也無多意義，我素來即不歡喜拜生祝壽這一套俗不可耐的行爲。……再說我們雖比較熟，其實還只是表面上的事，你那傳記其實只是星星點點的臨時湊合。由外人看來，很能傳神，實說來，還不能夠從深處抓住我的弱點，還是從表面上貫串點滴材料，和我本人還有一點距離。你希望做我的專家，還要幾年相熟，說的話一定不同。[1]

或許淩宇相當看重沈從文這段話，這封信使他想「從深處抓住（沈從文的）弱點」，如此一來就可以解開所謂的「沈從文之謎」。淩宇甚至考慮根據自己的新發現重寫沈從文傳記，尤其是整本書的後半部，也就是沈從文決定放棄文學創作之後的歲月。[2]

一九七〇年代末文化大革命結束之後，一股所謂的「沈從文熱」開始在華人世界內外蔓延。一九七九年，沈從文湘西老家的學者開始在吉首大學推動沈從文研究，並且辦了份雜誌探討沈氏的生平與作品。沈從文所寫的《從文自傳》在一九八〇年重新發表在《新文學史料》，而秦牧也發表了一篇〈海外的沈從文熱〉。[3]許多人都相信這股風潮的興起可能是因爲當時強烈主導中國政治局勢的四人幫遭到逮捕之故，四人幫的下台不僅標誌文化大革命的結束，也意味著鄧小平在一九七八年成爲中國共產黨的最高領導人。

雖然政治環境的改變有利於重燃大眾對沈從文作品的興趣，但在經歷了幾十年的遺忘之後，反倒是沈從文後期投注在物質文化研究上的精力率先攫取住眾人目光，成爲最引人好奇的一點。打從一開始，學者們便認爲沈從文將自己的後半生投入在物質文化研究上是一件頗值得關注的事。

「沈從文之謎」起於學者試著了解或重新挖出沈從文那段無聲的歲月。沈從文傳記陸續問世，而關注沈從文較不爲人知的特質與人格的書也相繼出版。[4]這些作品主要由沈從文的好友及家人所寫，透過和沈從文相處的經驗勾勒出他的面貌。其中一本書的編者說這本書「可以使更多人，不論是現在，或是下一代人，更了解他並且從中獲得啓發」，它「將沈從文描繪成一個哲學家，不僅僅是『知識淵博』還情深意摯。」並且將他一生的成就與正直人格形容爲「不朽」。[5]

上述種種舉措，除了很明顯地將沈從文重新引介回文壇以外，這些探討「沈從文之謎」的作品，大多數都關注沈從文對自己的看法，以及促使他最終放棄創作小說的政治批評所帶來的明顯轉折，沈從文重新進入文學領域的身分就不僅僅是一個小說大師或物質文化的學者，更同時是生命的哲學家，這意味著沈從文的主體性（subjectivity）已被視爲是他文學成就不可分割的一部分。

孫韜龍與王豐的評論則是藉由沈從文鄉下人的自我身分認同，解釋他對湘西地區獨特的呈現，還有他後期針對中國物質文化的廣泛寫作。他們也認爲這樣有可能在沈從文前後兩段生涯之間建立起連續性。[6]根據孫韜龍的看法，沈從文得出「鄉下人的概念」就等於是他「自我發現」的過程，這也決定了他的生活方式，以及對文學與美學的態度。

孫韜龍的方法成功地把「鄉下人的概念」從一個湘西人民典型的圖像轉變爲沈從文的個人修養。他這樣做的目的是想要改正過去大家對這個詞彙的誤解，並且從社會主義者的角度指出沈從文的生活經驗已足以證明「他一直站在勞動人民這一邊」，保有勞動人民內心的想法與情感，而且是一個著根在勞動人民當中的作者。[7]

王豐則是引了沈從文在《中國古代服飾研究》序言所說「這份工作和個人前半生搞的文學創作方法態度或仍有相通處」，並指出，儘管情況不同，沈從文對自己作品不屈不撓的態度是他前後兩段創作生涯很重要的連結。[8]

我在第一章便提到，沈從文鄉下人概念的改變和他對自己生命態度改變，以及作品中所呈現的鄉下人概念密不可分，在他的作品中對於鄉下人形象的描寫，顯現出沈從文是一個勇於接受命運的人，而且這樣的特質往往伴隨著一種光榮感，一種忠於自己且不屈服於外在限制的決心。其中所蘊含的自由感不僅呈現在他所描繪的鄉下人中，也表現在他自己最爲人所知的一面上，這反過來讓他利用鄉下人來促使他進一步定義他對於眞正的鄉下人來詮釋他自我定位。

本章的目標在於檢視一九四九年自殺之後到一九八八年五月過世期間，沈從文如何書寫自己。但是，我無意做深層的心理分析，而是集中在沈從文如何透過不同的文類與文體來表達貫穿他生命後期的復原、自我探索，以及自我肯定。爲達到此目標，本章所涵蓋的作品非常之廣，從日記、詩歌、書信、接受改造被迫要寫的自我檢查，甚至是素描。儘管文類與文體上有很大的差異，我選擇這些作品的共同原因在於它們都包含了他對於自我敘事的持續努力。

當然，我聚焦於此並非想淡化當時施加在沈從文及其同輩人身上的政治苦難，事實上，關於此時期政治不公的研究已經不少，但大多是探討知識分子的改造運動，以及之後個別知識分子爲了對抗改造所發起的鬥爭。[9]所以本書的目的在於挖掘沈從文如何看待這些特別艱苦的歲月，以及在此過程中如何調整自我認知。

我們可以越來越清楚地看到，特別是在自殺之後的復原期，沈從文不再爲特定的讀者寫作，他的書寫對象變成自己，他寫作的目的不再是希望任何人可以理解，反倒是要確認自己存在的意義。不過這些作品多數是在他死後才發現。

沈從文閱讀中國歷史上的文學作品所獲得的平靜與自由，讓他可以和國家快速變動的政治環境保持一種距離感。中國文學的美學傳統是倚靠個人心智的培養來反映世界的客觀事實，而當沈從文在思索文學美學的悠久傳統時，他探討物質文化的文章也開始反映出這樣的美學主體性。關於這個主題在第四章會有更進一步的談論。

我在此處追蹤沈從文自復原初期的孤寂，到他後來說自己是一匹「無從馴服的斑馬」，所呈現的是一個拒絕妥協、意志堅強的人。此外，這也顯示一個人唯有找到將自我（ego）從意識前端除去的方法，並且將自己視做宇宙整體的一部分，才能夠清楚掌握通往個體自由的道路。

〈四月六日〉與〈五月卅下十點北平宿舍〉：重生[10]

沈從文研究物質文化的成果有可能被視爲一個大師的心靈之作，[11]但達到這個偉大成就的道路肯定非常困難。沈從文自殺被發現之後，隨即被送往精神病院。一九四九年四月二日，張兆和在寫給沈從文兄姊的信中提到，沈從文的情緒擺盪在積極與消極兩端，他一方面想加入新政治運動，另一方面則是覺得很偏執又很沮喪。她說沈從文想像有一股由外而來的壓力存在：

社會一變動，雖然外面的壓力並不如想像的大（其實並沒有壓力），他自己心上的壓力首先把自己打倒了。當然，一個人從小自己奮鬥出來，寫下一堆書，忽然社會變了，一切得重新估價，他對自己的成績是珍視的，想像自己作品在重新估價中將會完全被否定，這也是他致命的打擊。[12]

儘管沈從文被救回一命，當他試著擺脫低迷的情緒，心理狀態還是相當孤寂。他對自己說：「我應得從一個人起始，不是從個特殊人起始。」[13]在〈四月六日〉與〈五月卅下十點北平宿舍〉這兩篇文章中，他描寫自己的心理狀態，並記錄當下的想法。〈四月六日〉是沈從文復原之後所寫的第一篇文章，寫下他每個小時的心情，他搖擺在屈服自己命運或者保有希望並擁抱新社會的兩種情緒之間，此外，他也寫到要克服自己被殺的恐懼有多麼困難：

紅樓夢已醒了。寶玉少數熟人印象中，和國內萬千陌生讀者印象中，猶留下個舊朝代的種種風光場面，事實上，在新的估價中，已成爲一塊頑石，隨時可以扔去的頑石，隨時可以粉碎的頑石。這才眞是一個傳奇，即頑石明白自己曾經由頑石成爲寶玉，而又由寶玉變成頑石，過程竟極其清楚。石和玉還是同一個人！[14]

他接著說：「陽光依然那麼美好，溫暖而多情，對一切有生無不同樣給以溫暖和欣欣向榮的煥發情感。我卻行將被拒絕於群外，陽光不再屬於我有了。」[15]

沈從文把這股游離感連結到他早期在北京的生活經驗，又把他很久之前的記憶再寫了一遍。雖然身邊有那麼多熟悉的臉孔，他依然從這些新的經驗感受到相同的疏離感。他說自己的早期著作已經反映出他現在的狀態：

> 提到自己由想像發展，嘗嘗扮作一個惡棍和一個先知，總之都並不是眞的。眞的過失只是想像過於複雜。而因用筆構思過久，已形成一種病態。從病的發展看，也必然有瘋狂的一天，惟不應當如此和時代相關連，和不相干人事相關連。從〈綠魘〉應當即可看出這種隱性的瘋狂，是神經過分疲勞的必然結果。綜合聯想處理於文字上，已不大爲他人所能理解，到作人事說明時，那能條理分明？[16]

想到他在〈綠魘〉所說的「隱性瘋子」，沈從文認爲自己已經快變成他早期作品所提到的三種「瘋女人」。[17]這三種神祕的女人源於古代苗族的神話，分別透過蠱來施展巫術，或是變成靈媒，又或者成爲落洞女子（指的是被神鬼迷惑的年輕女子），這三種人在傳統社會都被打上「瘋」的印記。沈從文認爲這些現象背後的原因是，人類慾望在這個對女性加諸許多道德期待的社會中遭到「壓抑」。他說：「用現代心理學來分析，它的產生同它在社會上的意義，都有它必然的原因。一知半解的讀書人，想破除迷信，想打倒它，否認這種『先知』，正說明另一種人的『無知』」。[18]

這個觀點讓我們想到魯迅著名的小說《狂人日記》。魯迅在這篇小說中質疑了社會對瘋狂的定義，以及先知與狂人之間的區別。以魯迅書中的狂人爲例，他的「康復」以及之後找到一份政治工作，都是爲了要反映出一個人的權力意志屈從於大眾社會下的結果。前文就已經提到，沈從文認同屈原與莊子的命運，他們兩人脫離社會生活，讓自己的個人意識與大眾意識保持距離。當他把故事連結到古代的神祕之術，就可以追溯現代心理學的原則。至於個人的命運，他說：「我明白了。但是究竟明白什麼，還是想不明白。」以及，「我要新生，在一切毀謗和侮辱打擊與鬥爭中，得回我應得的新生。」[19]

〈四月六日〉的結尾相對積極正面，但這樣的心智狀態並未持續太久。沈從文在〈五月卅下十點北平宿舍〉寫道：「我沒有瘋！可是爲什麼家庭還照舊，我卻如此孤立無援無助的存在。」他重訪了自己在《邊城》所提到的端午節回憶：「家鄉中一定是還有龍船下河。翠翠，翠翠，你是在一零四小房間中酣睡，還是在杜鵑聲中想起我，在我死去以後還想起我？翠翠，三三，我難道又瘋狂了？」[20]還有：

難道我應當休息了？難道我……

我在搜尋喪失了的我。

原來那個我在什麼地方去了呢？就是我手中的筆，爲什麼一下子會光彩全失，每個字都若凍結到紙上，完全失去相互間關係，失去意義？[21]

看起來沈從文唯一的現實感，似乎建立在自己先前作品所描繪過的景象，而不是實體的存在。這也清楚呼應他先前的說法：由想像的世界所帶來的現實感，遠比日常生活的短暫現實還要眞實。因此，沈從文小說裡的人物在他心中的重要性，就跟他在這個爲世俗所接受的「現實世界」中所遇到的人物一樣。事實上，我們常常覺得小說裡的虛構人物對沈從文來說，可能比他眞實世界裡的泛泛之交還要眞實。一九四九年七月，他寫到自己過去三十年所認識的人已經變成陌生人；在他看來，這些人和自己的疏離，是對他的舉動所發出的無聲譴責。他說：「即家中孩子，也對於我如路人，只奇怪又發了瘋。難道我眞瘋了？我不能瘋的！可事實上，我可能已近於半瘋。」[22]

但他並不允許自己沉浸在這些懷疑的聲音裡，而是著手尋找一個新方法來表達他對於找不到前進方式的焦慮。最終，沈從文說，要想重新獲得自我存在感，不在於透過自己的社會地位來獲得，而是希望透過抒發自身情感時的魔幻畫面來表達自己的抽象情感。

樂章：找回失去的自我

一九四九年五月至六月幾個月的復原期間，沈從文選擇以詩歌呈現他內心的苦惱與掙扎。[23] 現存的三首樂章是〈第二樂章—第三樂章〉、〈從悲多汶樂曲所得〉以及〈黃昏和午夜〉。在他失去理性，而無法以更具體的文字來表達自己的心靈狀態時，他透過詩歌傳達他對自己印象式的觀點。樂曲與作曲就像是他重建自我的工具：「音樂實有它的偉大，即訴之於共通情感，比文字語言更公正，純粹，又充滿人的友愛和至情。」[24]

雖然他過去常提到樂章對自己小說的影響，而且也一直把它當作一種文體工具。[25]在此脈絡下，音樂的圖像變成是他看待自己最直接的符號，以及他個人情緒最直接的表現。〈第二樂章－第三樂章〉與〈從悲多汶樂曲所得〉都使用音樂概念來傳達他當下的存在感，並且強調音樂帶給他的影響。[26]

在〈第二樂章－第三樂章〉裡，沈從文一開始就提到樂章裡的音符是自我的再現，緊接著談一首完整的樂章裡個別音符與其他音符之間的關係，最後談作曲者與指揮（創作樂章是他們的權力）。無聲的音符代表他自己的地方感，就如同他所寫的：「熱情和溫柔埋葬在溫柔中。」他認爲樂章裡沒有自我容身之處：「這裡哪裡讓一切佔有。」他呈現出一幅假想自我並不存在的未來投影。

他說一個沒有自我的生命就像是：「沒有生命的火還是在燃燒。正切如一個樂章在進行，忽然全部聲音解體，散亂的堆積在旁。」而且：「這一堆零散聲音，任何努力都無從貫串回復本來。繩子斷碎了，任何結子都無從只是樂聲中遇到每個音響時，彷佛從那一堆散碎音中還起小小共鳴。」當他把自己比喻成作曲家和指揮者，自我影像就越發清楚：「文字在我生命中，正如同種音符在一個偉大樂曲家和指揮者手中一樣，敏感而有情，在組合中見出生命的洋溢。」[27]

因此，從一個無聲的音符開始到一個超越作曲家與指揮者樂章之外的音符，沈從文從這個過程之中慢慢構築出自我圖像。他描述了一個偉大音樂家誕生的各個階段：在這個過程中，透過對死亡的恐懼與厭惡，還有對萬物的深愛，讓自我以一種新生兒不可或缺的積極態度發展起來。

在〈從悲多汶樂曲所得〉裡，沈從文似乎開始從他先前寫詩時的絕望走了出來，他寫道：「於反覆發展中，將生命由煩躁、矛盾，及混亂，逐漸澄清瑩碧，純粹而純一。領會了人生，認識了人生，並熟習人生中辛苦二字的沉重意義。」[28]

樂曲家在樂章完成時那種生命的疲乏，代表著心靈（mind）已經達到一種與世調和而同的狀態。此時不僅心中溫柔滿溢，世界在經過這樣的心靈洗禮之後，則是充滿了希望與活力。正是在此時，沈從文覺得自己回到了他所熟悉的現實之中：「在樂曲的發展梳理中，於是我由脆弱逐漸強健了，正常了，單純了。」

作者將此種心靈狀態稱做「忘我」。在此狀態底下，他相信自己將逐漸了解容忍與犧牲的力量；他也說，正是透過自己對家人的愛，看見他們的生命是如此從容與單純，所以他接受種種試驗，重新向現實學習：「它分解了我又重鑄我，已得到一個完全新生。」[29]沈從文不再用寫字來思考，就像他早期的散文，來來回回以長長的字句不斷地思索宇宙的意義；詩歌的新形式可以把他的想法準確地鋪陳出來，沒有過多的字句來修飾他宣洩而出的想法。這並不是說他思緒中的基本元素一瞬間就變了樣，反之，他仍然相信自我實現的道路，是建立在個體能夠體認到自我只不過是瞬息萬變的廣袤宇宙中之滄海一粟。雖然他不覺得有必要爲自己思想中的個人中心主義（solipsism）感到抱歉。

一個人被離群方產生思索，
飽受思索帶來的人生辛苦，
延展和擴大，即造成空中樓閣一片，

寄身於其中，自然忘卻外面酷暑和高寒。30

樓閣崩塌之後，萬事萬物都失去它的原意：

我重新發現了自己，
從風雨中消失，又重現於風雨中。
我原只是人中一個十分脆弱的小點，
卻依舊在發展中繼續存在，
被迫離群復默然歸隊，
第一覺悟是皈依了「人」。31

莊子「忘我」的中心思想，因此成爲沈從文想重新融入社會與世界時，率先採用的解決之道。32從這三首現存的詩歌來看，沈從文認爲，要想往前就需要放棄之前一直操控他寫作的自我。但是，他也漸漸地體認到，單是「忘我」是不夠的，他需要接受改造，「像個中學生一樣重新開始。」往後一連串的改造運動中，他找到一塊地方，讓自己可以活在新的政治環境脈絡之下。

自我檢查——回到人的競賽

「沉默歸隊」這句形容，可以說爲沈從文這趟追尋理想抽象自我的旅程劃下句點，並代表著他作家生涯的結束，而革命文學則在沈從文缺席的情況下繼續發展。一九四九年七月二日，由郭沫若擔任主席「全國第一次文代會議」在北京召開，會議所列出的八百二十四名作家名單中，沈從文並不在其中。[33]

根據沈從文自己的分析，此時他的心理狀態已經從最差的情況逐漸恢復，但是之前遭到攻擊的經驗使他一直處於被處決的恐懼之中。然而，他覺得會面臨這樣的處境有部分是自己的錯，因爲他過去一直隨心所欲不希望受到任何枷鎖束縛，卻使得他被社會大眾所邊緣化。他宣稱自己已經失去判斷的能力，所以想找個新方法重建自己。[34]

一個月後，一九四九年八月，沈從文說自己想做點藝術史的工作，因此被派到北京中國歷史博物館擔任文物研究員，並且在北京大學博物館系兼課。可是這份新工作只做不到一年即中斷。一九五〇年三月開始，沈從文被要求參加一連串的知識分子改造和自我批判運動。他被送去華北革命大學待到一九五〇年十二月。一九五一年十月到一九五二年三月他又到四川參與土地改革運動。[35]面對生活的重大變故，他所採取的新策略從「成全一切」轉爲「積極忘我」。[36]由於改造運動的要求，沈從文寫了多篇文章回顧自己的個人與知識發展。除了一九五一年十一月十一日在《光明日報》所發表的〈我的學習〉之外，現在至少有三十篇文章留存下來。[37]沈從文在改造運動所寫的「作業」中，以當時的政治論述重新檢視自己一路走來所採取的路線。

沈從文以論說文的方式來寫這些「作業」。如果想判斷這些所謂的自白，以及寫作時咄咄逼人的語氣，是出於眞心或是政治考量將有點困難，但是這些作品提供我們一個實用的角度，了解沈從文在改革與妥協下如何建構自己的故事。令我們感到訝異的是，儘管他在寫作時面臨外在壓力，他依然拒絕爲自己過去的所作所爲感到愧疚抱歉，他唯一的告解就是說自己已認知到：有些決定並不恰當。[38] 在這些受當局要求作爲自我反省的文章當中，有些說法依然和他之前的作品一致，例如他還是公開譴責湘西鄉下人殘暴殺人，而且也再次提到他有時候要很努力賺錢餬口，想辦法活下去。[39] 因此，我們在這些作品裡看到沈從文重訪自己的過往，只不過這次是以批判的眼光來評價他服役期間的殘暴，也點出那些造成他「孤立性」的原因。[40]

他說自己對於「政治高於一切」和「文學藝術必從屬於政治，爲廣大人民服務」有了新的認知，並且點出了他過去許多行動的缺點。[41] 或許最重要的是，他也說自己在寫作上是屬於舊傳統的一部分。他竭盡所能地進行自我批判，第一次明白寫出自己作品中留存著傳統中國文學的遺風，並且表現出這股遺風對他個人小說的影響。

在批評了自己的個人主義態度是錯誤心態的產物之後，沈從文接著說：

> 空想是一種小資產階級中知識分子的特性，階級立場的模糊，唯心的發展，不正確的論斷都由之而來。一部分小說如《月下小景》、《七色魘集》等，充滿了一種觀念的注釋性，反映小資知

識分子對現實社會的逃避，對人民健康是有害。[42]

儘管沈從文傾向將自己在政治論述上的落後歸咎於文學傳統，但他並未堅持要繼承此傳統。他提出一個方法改造自己以便更符合時代精神，也準備要放棄文學寫作。一九五三年沈從文的作品被公開燒毀，而他似乎也眞的能接受這樣的命運安排，諷刺的是這些作品之前也遭到國民政府所查禁。[43]自我檢討期間，沈從文努力找出是哪些因素（不論是來自知識態度或社群）造就如今的他。如同〈從現實學習〉一文一樣，他把一生分成童年、軍隊、北京、上海、青島、昆明、重返北京等不同時期，但不同以往的是，只有這一次他把大部分的注意力放在自己內心狀態與外在現實的落差。根據他在〈從現實學習〉所提到的事實，他說自己是內向的，而這樣的性格是當時遭到社會所批判的「四舊」之一，他近一步說明自己之所以落在進步運動之後，乃是因爲他鄉下人的身分所致。整體而言，他似乎開始認爲自己無法接受過去所信仰的一切，但是也不避諱重提自己相信作家在寫作時應該保有自主性，而且他也指出自己繼承了古典詩人的個人主義傾向：

> 如果我們把這種孤立主義和隱逸遊俠的中國才情結合，中國則由屈原、賈誼到禰衡、嵇康到陶潛、李白，或成狂狷，或變隱逸，或通遊俠，同樣是孤立、感傷，不合乎新時代對於一個工作人員品性的要求。從社會學說看來，也可說是一種病。致病因子各有不同，大多是由於身體經受損害而起。或出於補償作用，或出於否定和反抗作用，因而如彼如此。有可能有時卻出於一種信念

凝固的作用，那就是當前的我自己。[44]

前面這段話可以看出他對自己內向性格的看法，也進一步點出自己抗拒現實的理由是，因為「自然主義及道家萬物皆同的自然」的共同信念。[45] 沈從文解釋他的內向性格意味著他自然想要從各式各樣的來源吸收知識，包括文學作品、自然環境、藝術和生物。他總結到，任何人都僅僅是滄海一粟以及瞬間消逝的光。沈從文重述在《邊城》所提的信念時，談到自己已經結合了這些新的理解，並透過語言重編故事，希望自己的故事能夠讓新一代對社會的進步充滿信心並有所認識。[46]

然而，他現在把這個特質拿來和王維、嵇康、陶潛等詩人的傳統想法做比較，[47] 表達了自己對不同藝術形式之間的連結有何看法，以及這些藝術形式對於了解人類存在的重要性。雖然一九三一年的《從文自傳》中就已提到，沈從文早在一九二二年擔任陳渠珍將軍的祕書時就開始接觸中國典籍與古文物，但這卻是他第一次點出這些古典作品與心態對他創作的影響。雖然作者自承此態度遠遠脫離當下的現實，但他選擇研究古文物也確認了他選擇從整體歷史的角度看待人性的信念。沈從文指出，擔任博物館館員並且投身物質文化研究的經驗所帶來的新知識，使得他可以照亮下一代的未來，了解自己的過去也同樣可以賦予當下意義。[48]

沈從文在這些自述作品中，也花不少篇幅談論自己的道家與佛教哲學，以及用文人的主體性來看待自己的文學創作。沈從文充滿歉意的語調，以及向來宣稱自己思想落伍的說法，給了他空間，得以表達在當時政治環境難以公開明說的想法。由於這樣的態度，他才能夠退到物質文化的研究當中，並發展出自己的美學情感。爲此，沈從文花大把時間沉浸在司馬遷的作品《史記》——對他而言，融入歷史脈絡之中讓他可以刻劃出自己當下處境所在的脈絡。

土改時的家書與其他家書：從古代詩人的眼中看自己——一種新的美感

沈從文寫信的技巧非常著名。從張兆和還是他的學生，到後來成爲他的家人，沈從文寫的信都非常優美，甚至因此被集合成冊出版。[49] 每當沈從文離家遠遊，便習慣給張兆和寫家書，即使一九四八年後他不再發表書信，但他還是保有寫信的習慣。哥哥沈雲六、太太張兆和以及兩個兒子都是最早讀到沈從文觀點的人。他最初就是在家書裡表現出再次成爲活躍作家的渴望。

這一小節主要集中在沈從文一九五一年到四川參加土改時所寫的家書，以及一九五七年家書裡所畫的素描，藉此呈現沈從文的生活觀與美學觀點。這一系列家書表現出沈從文對社會改造運動和一般大眾個人生活的第一手觀點。

土改運動期間，沈從文很詳細地記錄下他對每天行程的感想，對於運動之外的生活觀察，還有更重要的是當他獨自寫信時的想法。在他一九五一年十一月寫給家人的信裡提到：「我現在依靠《史記》度過這種長夜，就像我當初在北京無所事事的時候靠《史記》打發時間以及學習如何寫作。」[50]

沈從文在家書中提到，走進偉大文學人物的內心世界相當重要，比方說，沈從文從《史記・列傳》整理出他眼中的偉大作品是如何形成的，以及作品和作者之間的關係爲何。看起來沈從文似乎認爲，接受命運以及其伴隨而來的痛苦，都是爲了淬鍊出一部偉大的作品，一如他眼前的司馬遷一般。以下的引文出自《沈從文別集》裡〈事功和有情〉這篇文章，[51]這些對於我們理解沈從文如何詮釋司馬遷的故事非常重要：[52]

不知不覺間，竟彷彿如同回到了二千年前社會氣氛中，和作者時代生活情況中，以及用筆情感中。……就是寂寞能生長東西，常是不可思議的！中國歷史一部分，屬於情緒一部分的發展史，如從歷史人物作較深入分析，我們會明白，它的成長大多就是和寂寞分不開的。

過去我受《史記》影響深，先還是以爲從文筆方面，從所敘人物方法方面，有啓發，現在才明白主要還是作者本身種種影響多。史記列傳中寫人，著筆不多，二千年來還如一幅幅肖像畫，個性鮮明，神情逼眞。重要處且常是三言兩語即交代清楚毫不黏滯，而得到準確生動效果，所謂大手筆是也。《史記》這種長處，從來都以爲近於奇蹟，不可學，不可解。試爲分析一下，也還是可作分別看待，諸書諸表屬事功，諸傳諸記則近於有情。事功爲可學，有情則難學！

在這段文字中，「事功」指的是值得留下歷史紀錄的社會與政治成就，但是「有情」指的是個人的靈感與理想。沈從文認爲，追求「事功」與「有情」未必相容，因此他接著說：

> 中國史官有一屬於事功條件，即作史原則下筆要有分寸，必胸有成竹方能取捨，且得有一忠於封建制度中心思想，方有準則。特別重要，還是作者對於人，對於事，對於問題，對於社會，所抱有態度，對於史所具有態度，都是既有一個傳統史家抱負，又有時代作家見解。這種態度的形成，卻本於這人一生從各方面得來的教育總量有關。
>
> 換言之，作者生命是有分量的，是成熟的。這分量或成熟，又都是和痛苦憂患相關，不僅僅是積學而來的！年表諸書說是事功，可因掌握材料而完成。列傳卻需要作者生命中一些特別東西，我們說得粗些，即必由痛苦方能成熟積聚的情——這個情即深入的體會，深至的愛，以及透過事功以上的理解與認識。因之用三五百字寫一個人，反映的卻是作者和傳中人兩種人格的契合與統一。[53]

沈從文接觸《史記》之後產生許多啓發，這些體悟促使他把個人經驗和偏好歸爲「有情」，[54]之後更把這樣的態度擴及其他歷史人物，藉此評斷他們的作品，並提煉他對自己生活的分析。劉紹銘透過《鶯鶯傳》描述了同樣的過程：

> 張生的例子清楚地說明工具史觀如何幫助歷史英雄以務實的方式來解決他們的問題。當他感到困惑時，中國人一定會透過古籍尋找道德支持與精神啓發。我們確實可以斷然地說只要你關注儒

家、道家與佛教的教誨，沒有任何一個中國人對於怎麼面對自己的生命會感到悵然。55

有趣的是，沈從文如何藉由他對古人主體性與道德宗教傳統的詮釋來形塑自己的美學。前文所說的「作者和傳中人兩種人格的契合與統一」，很精準地說出沈從文如何從古人的角度來思考寫作的題材，而這樣的原則，也呼應他一九四九年之後的作品。

我們也可以在家書中一窺沈從文的美感。一九五七年四月，沈從文匆匆訪問上海的博物館和鄰近的蘇州、杭州等地的絲綢工廠。他在家書裡附上四幅黑白素描。第一幅畫於一九五七年四月二十二日。作者試圖忠實地呈現他從上海旅館窗戶外所望見的風貌。畫的前景是由窗台與半開的窗戶來圈定整幅畫的空間。窗外是河對岸的景觀，左邊是一座鐵橋。窗櫺的輪廓畫得比較誇張，不斷重複的線條把這一塊塗得比較深。房屋與街上的人群用密集的線條和黑點呈現，和圖上僅

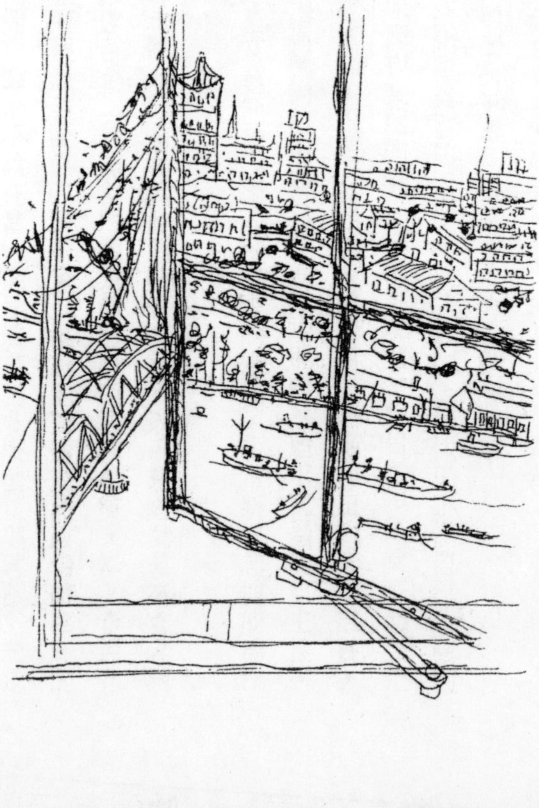

有幾艘小船的空白部分形成反差。圖的下方有作者加上的標題：「從住樓處往上望」，並且有一段文字描述：

> 帶霧的陽光照著一切，從窗口望出去，四月廿二日大清早上，還有萬千種聲音在嚷、在叫、在招呼。船在動、水在流，人坐在電車上計算自己事情，一切都在動，流動著船隻的水，實在十分沉靜。56

接下來的三幅畫都是在十天後，也就是五月二日的兩個鐘頭間所完成。這些素描的內容也是從房間的窗戶所看到的景致，但是相較起來就沒那麼符合現實畫面，僅留下幾個東西在上頭。我們可以從各種角度來看：橋斜斜地指向天空，船則是更貼近水平的角度。這三幅畫中的第一幅畫裡面，有著擠滿人的橋，還有四艘畫得比較仔細的船，而對於這四艘船的描

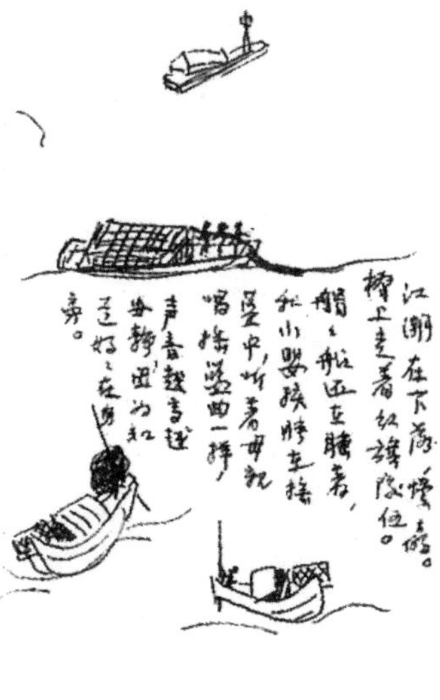

繪，沈從文用比較具有鄉下風格的船頂取代他十天前所畫的船身樣貌。畫面的左上角是標題：「五一節五點半外白渡橋所見」，底下寫著一段話：「江潮在下落，慢慢的，橋上走著紅旗隊伍。艒艒船還在睡著，和小嬰孩睡在搖籃中，聽著母親唱搖籃曲一樣，聲音越高越安靜，因爲知道媽媽在身邊。」

半小時後，沈從文畫了另一張更簡潔的圖：

57

畫面裡只有橋與一艘船，標題是「六點鐘所見」，上面的文字則是：「艒艒船還在做夢，在大海中飄動。原來是紅旗的海，歌聲的海。（總而言之不醒。）」

最後一張圖沒有標示時間，但畫面又更簡單了：畫裡只有一艘船以及一個漁夫的身形，之前的橋被換成隨便塗鴉看起來像霧的雲。文字從右邊換到雲上，沒有任何標題：「聲音太熱鬧，船上人居然醒了。一個人拿著個網兜撈魚蝦。網兜不過如草帽大小，除了蝦子誰也不會入網。奇怪的是他依舊撈

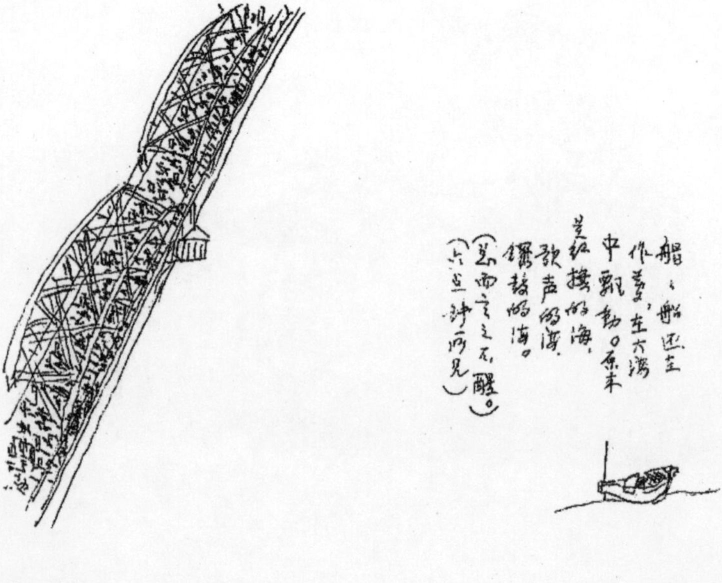

著。」

沈從文給太太畫的這四幅畫，對於我們了解他擔任館長期間的美感有很大的助益。這四幅畫依序看下來可以發現，越到後面畫面便越形簡化，並且逐步將人群與周邊事物刪除，透過這樣的過程讓我們可以掌握沈從文對外在世界的看法，以及他如何將一個吵雜的世界變成一個寧靜的處所，在裡頭他可以感受到眞正的自我，並不需要逃到一個全新的地方。從寫實走向寫意筆觸，事實上也代表著沈從文的主體性如何跟他所認知的現實妥協。問題不在於他所看到的現實，而是他能夠從完整的畫面抽出他心靈的圖像。內心的寧靜並非依靠他所身處的外在世界，而是心靈的力量讓他能對此狀態圓滿的想像。

舊體詩——生命的確認

十年來，沈從文從事中國古代藝術史的研究並參與改造運動，這讓他進一步貼近古代詩人的主體性。一九六一年十一月，作家協會邀請他和其他八位作家到江西參觀訪問三個月，原本沈從文打算以張鼎和烈士的原型寫一本探討革命道路的小說，但抵達江西後，他發現自己已找不到進行這類題材創作時所需要的氛圍，因此他決定把寫小說一事暫擱在一旁，然而江西美麗的山水還是激發了沈從文的創作靈感，讓他開始寫起古體詩。[58]雖然這些詩的長短不一，但題材主要包括三種類型：第一種反映出沈從文對社會改變與變遷的支持；第二種是他對古代文化史寫作的關懷；第三則是承繼詩作爲一種自發性自我表達形式的傳統。

沈從文說自己之所以決定要寫古體詩，是因爲「寫點什麼倒不用擔心，因爲寫詩只在百十字中琢磨，頭腦負擔輕，甚至於有時還可收『簡化頭腦』效果。集中在百十字間，和寫小說不同」。[59]這種文體讓他有新的機會把文章寫得更簡潔，因此能有計畫地培養自己簡單的文風。他對於自己在此領域的成就志得意滿，在寫給張兆和的信中提到：「過去《邊城》中有首民歌式的短詩，記得徽因總向人推薦『這才是詩！』認眞些說來，我對於詩領會，大致還是比較深，且能用不同文體去反映的。」[60]他在同一封信解釋，創作這樣的詩之所以可能，完全是源於他過去幾年的經驗，因此不論是新的詩人（不了解舊的）或舊的詩人（不了解新的）都做不到他所能辦到的。不僅如此，沈從文接著說，他以過去五十年所累積起來的愛與熱情貫穿作品，具有三十年寫文章的訓練，並且了解五十年來革命所累積的意義。

沈從文起初將詩體作爲一種實驗素材，把新的想法及概念納入傳統的聲韻之中。比方說，他在詩裡加入一些現代且和文化有關的現象，像是「紅旗」、「社會主義」、「水壩」與「戰鬥機」。他寫了幾首很長的史詩，直接觸及政治，如〈紅衛星上天〉、〈景崗山之晨〉、〈巴黎紅五月〉。他在這些作品裡公開讚揚新的社會主義改革，並且熱烈歡迎新時代的到來。

沈從文對這三首詩特別自豪。他把這幾首詩當作一場前後呼應的交響樂樂章來書寫，帶領出一股新的文學形式，他甚至說毛澤東選集是聖經與指南針，[61]也對蕭乾表示他想要看自己能否「把文白新舊差距縮短」。[62]他眼中的「嶄新的政治詩」，激起他進一步探索古詩的興趣。

沈從文最初接觸古詩，可溯及他尚在部隊服役而還沒抵達北京的時候，有些證據指出，他在這段時間寫了一些詩作，但並沒有留下任何一首。自此，他有近四十年的時間幾乎完全放棄寫古體詩。在致張兆和的信中提到，當他最終決定重訪古詩時，那種感覺就像是在試試「老家當」。他也提到自己四十年前所寫的詩受到蕭姓軍法長稱讚，認爲他的筆風大有「老杜」（杜甫）風味，不過當時他並不這樣覺得，直到六十歲重新執筆寫古典詩，才恍然驚覺那是個「大事變（件）」。令我們驚訝的是，沈從文對自己的寫作能力感到開心；沈從文不僅在寫給張兆和的信裡提到當他讀到其他人所寫的詩時會大方地誇獎，也說到自己會專門寫幾首詩送給她，發覺到自己具有古典詩方面的潛能令他深信，自己未來的文學創作道路將會有令人拭目以待的新發展。[63]

沈從文用詩來暗示他近來內心的苦悶，[64]也在詩中不斷提到要尊敬古代詩人，如杜甫與李商隱。他試著在一首詩中，傳達國家民族與個人的命運，讓他可以把自己的命運視爲是人類歷史延續的一部分。可是爲了探討沈從文的主體性，我們最好把重點集中在這些詩裡所提到的個人經驗。

沈從文參觀風景名勝期間，寫了多首五言與七言絕句來讚嘆自然之美。沈從文在處理前現代（pre-modern）文學與物質文化的作品裡將白居易、陶潛、李商隱與杜甫的文學世界視覺化（visualized）。他透過這些詩人們在詩中所勾勒的歷史來凝視他們的生命軌跡，藉由這樣的方法，沈從文得以利用這些作品來引導他穿越相同的地理與文學路徑。他剷除新舊之間的界線，目睹古代詩人所描繪的世界在他眼前栩栩如生浮現。作者模糊了時間的分野並融會古今。意識與現實都只有一種，他所見的世界始終如一。這樣的想法突顯出他自認是宇宙的一部分並同時是宇宙中心的那股濃烈感觸。

沈從文漸漸有這樣的體認是在一九六二年重返青島的時候，他將感受寫入〈白玉蘭身花影〉。這首詩原名〈憶山〉，也就是他最早構思《邊城》的地方。作者坐在青島的公園裡，望著他一九三二年就已經看過的花和山水，觀察天地間的鬼斧神工，感嘆這一路走來所經歷過的事。沈從文透過對白玉蘭、土地、白鴿、穹蒼等物體的敘述，描寫自然現象的形成，表現人生之旅與生命的變化無常。作者在這些永遠都處於變化與更新的物體上，看到變化中那不變的本質。

他把《邊城》裡的人物以及朋友、古代文人與他們作品都寫進來，傳達出從當下看到過去時的感觸。但他並未有絲毫遺憾，有的只是看到歷史的幻化和個人命運被包含在整體之中的那股悸動。他在詩後的跋提到，寫到勞山的時候他感觸特別深，因為正是此處孕育了《邊城》，也正是在此地他遇到〈水雲〉、《看虹錄》所提的其中一個「偶然」。[65] 有關於該名女人的回憶，還有他們之間密不可分的關係，對於當年的他影響甚深，甚至在幾十年後他依然會創作相關詩文。但是當他把自己固著在此時此刻，就可以達到一種把過去放進當下的心理狀態。因此，透過此種方式，他的詩就可以把古代詩人的文風、自己的過往以及眼前瞬間即逝的印象都納進來。

這最終讓他承繼了中國文人的傳統，也就是將個人心靈放在藝術修養的中心，呼應了他在〈燭虛〉中所說的，偉大作家的作品透過時間與空間連結起人的心靈，而他自己，跟過去從同樣的角度看世界的詩人們也產生了心靈交流。他在一九六一年所寫的〈抽象的抒情〉進一步詳述這套理論（這個詞早在一九四三年的《看虹錄》就已經提出）。他認爲，人性的藝術成就必然來自於那些專注在傳達人類情感力量的人，正是他們的作品，才讓情感的傳遞得以延續下去。[66]

沈從文的心靈從不同的方向自由自在地汲取影像與印象，絲毫不受當下的經驗與不悅所限制，這點或許在他文化大革命期間所寫的作品最爲明顯。這種自由感，使我們聯想到莊子的「無何有之鄉」——這被莊子視爲完美的烏托邦，在這個精神之地，任何人都可以自由毫無拘束地漫步。在《莊子．應帝王》這一章，無名的人說道：「予方將與造物者爲人，厭，則又乘夫莽眇之鳥，以出六極之外，而游無何有之鄉，以處壙埌之野。」

一九六九年十一月，沈從文被送到湖北咸寧的五七幹校勞改，那裡的生活條件糟到難以想像，房裡被雨水淹濕，整天幹著勞累的活，本來認爲無法寫下任何優美詩句，卻又寫出好詩，爲此他感到匪夷所思：「這次在這麼一種相當離奇不可設想狼狽情況下，全房地下只床下不濕，卻十分從容寫了好些詩，可能有幾首還像是破個人紀錄，也破近廿年總紀錄的。」[67]

他一邊抱怨自己的健康和生活條件，卻又伴隨著他對周邊美景的驚奇，彷彿這可以讓他遠離自己所經歷的困境。他異常的自在感甚至讓他的姪子雕刻家黃永玉感到嫉妒。[68] 他心靈狀態中明暗之間的對比顯示出心靈改變困境的魔力，把自己放進他所頌讚的宇宙之中。

但是，要達到此境界並非偶然。〈喜新晴〉這首五言古詩講得非常清楚；即使是最糟糕的情況也可以滋養內心的寧靜。這首詩先前有〈見老馬有感〉和〈老馬〉兩個草稿，而兩篇同在一九七〇年九月十六日完成。不久之後，他又各加上一段序和跋，說明自己寫這首詩的動機。他在詩中提到自己心態之所以轉變的緣由：房間濕到像個「水塘」，即使在房裡也需要執傘，走在地面的大紅磚才能避免腳弄濕，然後，當他走出這房子，他看到一頭正在嚼草的馬。他說這匹馬讓他想到杜甫用來描寫個人心境的老驥。他體認到過去詩人把詩當作解放自我的方式，因此他也寫下自己的詩。

本詩的第一版共十二段（二十四句），一開始借用杜甫那匹寒風中伏櫪的老驥，牠仍然對國家保有熱血。他接著說，這匹馬思及過往歲月對國家的付出都無用之後突然發出悲鳴，但卻仍然保有對國家的熱忱（獻曝表微忱）。此時，落日突然亮了起來（天時忽晴朗），藍天捲起白雲，老驥不再感嘆青春的流逝（不懷遲暮嘆），而是喜於夜晚依舊明亮（還吾長庚明）。詩的結尾有種感懷的畫面：

「親舊遠分離，萬里見此星。」[69]

第二版加長到二十五段，但最後的版本又濃縮成十三段，沈從文在後面的版本中語調上更爲積極樂觀。一九七一年三月三十日，他在寫給太太的信中提到自己的變化：

> 記得唐人李商隱詩，有「夕陽無限好，只是近黃昏」十字，評者以爲有蕭瑟感，末後十字卻是「天意憐幽草，人間重晚情」，既情致深厚，而又並不泄氣，所以稱爲佳作，實名不虛傳。也可

說為我而咏！我自己一詩結尾，似更進一步，「獨輪車不倒，前進永不停。」70

他同樣說到自己在七十這個歲數能在同個房間裡看到蟋蟀與青蛙，是多麼令人高興的一件事。71憑著記憶，他說自己在那又潮濕又令人沮喪的環境下完成兩千字的《關於馬的英勇歷史發展》，而這也很可能是受窗外那匹馬所鼓舞。他訝異自己當時怎麼可以如此專注：

一切全憑記憶，大幾百匹，甚至於過千匹馬的形象，在頭腦中跑來跑去，且能識別他們的時代、性能和特徵，和相關文化史百十種問題。眞是奇怪！平時也並不如何特別留心，怎麼學來的？自己也說不出。72

沈從文認為，和歷史人物的心靈交會，是他舒緩悲傷與憂鬱的方式。在〈喜新晴〉第二個版本（〈老馬之二〉）的附記中提到，他放聲大哭，讓自己的思潮起伏懸留在刪節號之後：「後來聞夫己氏自己不意亦突然下放，即放聲大哭。因不意善於捉弄人而沾沾自喜，一到本身被捉弄時，即……」73

當沈從文體認自己所認知的世界在他之前就有人經歷過，他所受的苦難就和他人產生關係，也不再那麼難以承受：作者從身為歷史連續的一部分得到慰藉。有了這樣的理解，他也認知到，生活事實上非常簡單與寧靜。藉由每天散步照顧菜園撿柴火，他的心靈逐漸平靜下來。在七十歲生日的時候，沈從文在〈擬詠懷詩──七十歲生日感事跋〉提到，自己的一生「渺小如一粒穀子」。[74]

因此，他自覺雙溪的歲月讓他有機會得到充足的寧靜，使自己不再痛苦掙扎。他可以接受現在的處境，在寫給妻子的信中提到：生活「十分孤寂卻十分簡單。」[75]此外，他認爲在這間陋室裡無止境的掙扎其實是種「修養」，「雖莫奈其何，還不改其樂，很好！」[76]他重新得到自由並且過得十分平靜。當他接受了一切事情，對自己的期望就是休息，也期望自己可以珍惜任何時刻。他寫了一首詩來紀念自己七十歲的生日，詩一開始就引了莊子的《大宗師》：「大塊載我以形，勞我以生。逸我以老，息我以死。」

無從馴服的斑馬

沈從文雖屈服於所受的折磨，但這並未阻止他從批判的角度思考走過的路。一九八一年，他在《中國古代服飾研究》的序〈曲折的十七年〉交代寫這本書所遭遇的困難。[77]作者娓娓道出自一九六四年寫書，過程幾度中斷，直到最後才起死回生。語調上雖然平鋪直敘，但是提到自己在混亂時期與改造運動期間的動盪，語氣還是相當諷刺：

在車中我想到古代充軍似乎比較從容，以蘇東坡謫海南，還能在贛州和當時陽孝本游八境台，飲酒賦詩。後移黃州，也能邀來客兩次遊赤壁，寫成著名於世前後〈赤壁賦〉，和大江東去的浪淘沙曲子。[78]

雖然沈從文頗能接受自己的境遇，也可以平靜地面對身邊惡劣的環境，但他從未放棄自己眼中對的事以及文學。一九六一年，他寫下《抽象的抒情》，這篇文章後來被視為是他談論文學最清楚的看法之一，寫於他一九五五至一九六〇年之間三次嘗試再寫小說失敗之後。[79]這篇文章在文革時被沒收，但後來又還給他，並且在一九八九年的《無盡的長河》首度發表。雖然作者在這些文章裡的觀點非常客觀，也提出一種普世價值，但文章的一開始就是：「照我思索，能理『我』。照我思索，可認識『人』。」[80]

沈從文在這篇文章裡，縝密地整理出自己對文學的理解，非常能代表他寫作的時空背景。他提到從自殺復原的經驗，讓他確定自己已經相信的事：

藝術與文學是一門神聖的事業，將生命的物質轉為永恆。……惟轉化為文字，為形象，為音符，為節奏，可望將生命某一種形式，某一種狀態，凝固下來，形成生命另外一種存在和延續，通過長長的時間，通過遙遙的空間，讓另外一時另一地生存的人，彼此生命流注，無有阻隔。[81]

這段話和《邊城》的序以及一九四二年的論文〈短篇小說〉差不多，但卻稍有不同，他接著說：

> 文學藝術既然能夠對社會對人發生如此長遠巨大影響，有意識把它拿來、爭奪來，爲新的社會觀念服務。新的文學藝術，於是必然在新的社會——或政治目的制約要求中發展，才可望得到正常發展。[82]

沈從文相信，這種現象先於自已早已存在於人類歷史中，從原始社會、封建社會到資本主義社會：

> 作者必須完全肯定承認，作品只不過是集體觀念某一時某種適當反映，才能完成任務，才能毫不難受的在短短不同時間中有可能在政治反復中，接受兩種或多種不同任務。藝術中千百年來的以個體爲中心的追求完整、追求永恆的某種創造熱情，某種創造基本動力，某種不大現實的狂妄理想（唯我爲主的藝術家情感）被摧毀了。新的代替而來的是一種也極其尊大，也十分自卑的混合情緒，來產生政治目的及政治家興趣能接受的作品。[83]

沈從文以「他」來指稱「作者」，藉此把個人的感覺擴大：

> 現實情形即道理他明白，他懂，他肯定承認，從實踐出發的作品可寫不出。在政治行爲中，在

> 生活上，在一般工作裡，他完成了他所認識的或信仰的，在寫作上，他有困難處。因此不外兩種情形，他不寫，他胡寫。[84]

第三人稱的寫法呼應序言裡的第一人稱。沈從文透過對個體的審視，建立起普世的抽象性。他個人的決定（決定放棄寫作）於是有了普世的意義。在他眼中，藝術創作的樣態與他所經歷的社會政治現實和人類的歷史是一致的。他並不打算承認自己從過去到現在一直認爲文學與藝術是個神聖的領域有何不對，反之他更加肯定這件事。沈從文獻身於中國古文物跟他一貫秉持的想法毫無衝突，不同時間空間的人可以透過文學與藝術相互溝通。前後不同之處在於他現在不再是位作家，而是個研究人員。

一九八三年沈從文在國際上非常出名。他試著以《無從馴服的斑馬》來總結自己的一生。在這篇幅相對較短的文章裡，沈從文對於自己過去六十年的起伏，表現出一種異常的平靜態度。他說道：

> 從名分上說，我已經很像個「知識分子」。就事實上說，可還算不得正統派認可的「知識分子」。因爲進入大城市前後雖已整整六十年，這六十年的社會變化，知識分子得到的苦難，我也總有機會，不多不少攤派到個人頭上一份。工作上的痛苦掙扎，更可說是經過令人難於設想的一個過來人。就我性格的必然，應付任何困難，一貫沉默接受，不灰心喪氣，也不呻吟哀嘆，只是因此，眞像奇蹟一般，還是依然活下來了。體質上雖然相當脆弱，性情上卻隨和中見本質，近於

「頑固不化」的無從馴服的斑馬。年齡老朽已到隨時可以報廢情形，心情上卻還始終保留一種嬰兒狀態。對人從不設防，無機心。85

因此，他心中的自己還是處於主流之外。他活在自己的世界裡，只在乎能靜靜地在不知不覺中完成自己的作品。他提到一九五六年的反浪費（四反）運動的展覽，博物館陳列他替博物館買的文物以證明他浪費預算。作者自然將此解讀爲羞辱之舉，但經過幾年之後，他只是用很平靜的語氣說：「誰該感到羞慣？」作者的語氣和他提到孫伏園在一九二〇年代揉爛自己的作品時一樣，他個人的信念認爲自己可以克服這些阻礙，並持續創作：

> 本意或在使我感到羞憒因而離開。完全出於他們意外，就是我竟毫不覺得難受。並且有的是各種轉業機會，卻都不加考慮放棄了。竟堅決留下來，和這些人一同共事卅年。我因此也就學懂了絲綢問題，更重要還是明白了一些人在新社會能吃得開，首先是對於「世故哲學」的善於運用。86

沈從文不向權力靠攏，因此總是處於邊緣。對於這樣的遭遇他已經發展出一種自學的生活方式。雖然對每件事都帶著懷疑和困惑，但他始終努力走自己的路，而不是跟隨那些所謂成功作家的腳步，像是丁玲與趙樹理，因此他最終發展出一種獨特的美學文體。

不過，有個問題我們尚無答案。那就是，沈從文如何看待自己？他最後三封信提供了一些線索。前兩封寫給傳記的作者凌宇，而最後一封則寫給《沈從文全集》的主編向成國。沈從文試著說服他們打消替他舉辦一場國際研討會的想法，他寫道：

「大塊載我以形，勞我以生。逸我以老，息我以死。」孔子云：「血氣既衰，戒之在得。」[87]這兩句話，非常有道理，我能活到如今，很得力這幾個字。……你全不明白我一生，都不想出名，我才能在風雨中飄搖中，活到如今，不至於倒下。社會既不讓我露面，是應當的，總有道理的。不然我那能活到如今？[88]

四天後，他又說：「何況總的說來，因各種理由，我還不算畢業。……我目前已做到少爲人知而達到忘我境界。以我情形，所得已多。並不想和人爭得失。能不至於出事故，就很不錯了。」[89]他在寫給向成國的最後一封信裡重述了之前的想法，但點出他不想要辦全國性活動的原因其實是自己只求無過：「來信所云『全國性活動』，弟以爲值得考慮。宜秉古人見道之言，凡事以簡單知足，免爲他人笑料。」[90]這三封信讓我們想到他對兒子所說的話：「這種恐懼將伴我一生。」凌宇認爲，這種「被殺的恐懼」也就是沈從文在同一封信所說的「從深處抓住弱點」。當然我們無法衡量凌宇對此的判斷是否正確，但很清楚的是，沈從文堅持一種「忘我」的境界代表他一直都苦苦地尋找一塊平靜的心靈淨土。

昆明時所教的學生林蒲在紀念文集提到沈從文如何評價自己的一生。林問沈是否覺得自己就像唐代詩人杜甫所寫的：「死去憑誰報，歸來始自憐。」[91]沈從文馬上否認並且引用李義山（商隱）的詩句：「投岩麝退香。」[92]沈從文在課堂上解釋李義山這首詩句的意思，指出麝在絕望的時候會抓破麝香投岩而死，此舉是對生命的補償。

我們無從判斷他說的「補償」意思為何，或者他想獎勵或彌補誰的生命。但是，較有可能的詮釋是他藉此比喻心中的文學根本與生命密不可分，而麝香在這裡就代表著寫作。這也讓我們想到黃衛總如何看待個人經歷與文學作品之間的關係，他以許多古代作家的人生觀為例，說明他們如何建構自己的文學世界。黃衛總說到了一封由司馬遷寄給任安的信：

> 仲尼厄而作《春秋》；屈原放逐，乃賦《離騷》；左丘失明，厥有《國語》；孫子臏腳，《兵法》修列；不韋遷蜀，世傳《呂覽》；韓非囚秦，《說難》、《孤憤》；《詩》三百篇，大抵聖賢發憤之所為作也。此人皆意有所鬱結，不得通其道，故述往事，思來者。[93]

如果要說明一個藝術家為了達成他所寄望的事而承受巨大的苦難，最好的例子就是司馬遷。他選擇腐刑（閹割）免除死罪，最終也因而才能完成史記。

徐復觀認為，莊子關於藝術目的的看法，對我們審視沈從文的文學創作特別重要。在徐復觀眼中，問題並不在於「藝術是否是為了藝術」或「藝術是否為了生命」，而是生命本身是否是種藝術形式。沈從文晚年所寫的古體詩，讓我們清楚看到他如何將一個混亂、兇殘的世界轉變成一個美好的人生，他強調周圍山水與他內心寧靜之間和諧的關係。他最終將自己在青島所見的「忘我」付諸實現。正因爲接受命運必須經歷苦難，而不是接受苦難，他才可以獲得一種眞實的寧靜感。

此時，沈從文終於貼近他一直希望達到的境界，而鄉下人這個概念也一直留在他身上，即使已經離家六十年。這也讓我們重新想起沈從文再看到那些讓自己想到托爾斯泰的船夫時，他問自己的問題：

「這人爲什麼而活下去？他想不想過爲什麼活下去這件事？」不止這人不想起，我這十天來所見到的人，似乎皆並不想起這種事情的。城市中讀書人也似乎不大想到過。可是，一個人不想到這一點，還能好好生存下去，很稀奇的。[94]

過去讓沈從文困惑且著迷的問題，現在已不再難以理解。沈從文一生雖然經歷過各種苦難，此時已決定由「天」來主宰自己的命運。河裡潛藏的危險讓船夫無從選擇，他們只能過一天算一天。恰因爲沒有選擇，所以他們過得自由。河裡的漩渦代表未知的危險；同樣地，沈從文並不清楚自己在下一場政治動盪中是否還能活命，因此他被迫把自己的生命當作「滄海一粟」或「一滴油」，隨著巨浪漂浮在滄海，不知道會漂向何方。[95]他已經放棄反擊的意志，因爲屈服所以自由。沈從文最終因身體狀況不佳而獲准重返北京，在那繼續他尚未完成的中國服飾研究。

讀者在閱讀沈從文的歷史時，還是可以感受到他在描寫自己遭遇時所流露的哀傷與陰鬱。誠如他在一九五〇年的預言，只有死，他才能眞正休息。一九八八年四月十六日，在寫給向成國的信所留下的最後文字裡，沈從文再次引用莊子的《大宗師》：「大塊載我以形，勞我以生。逸我以老，息我以死。」96

第三章

沈從文的小說——論技巧

在現代中國文學史中，沈從文以擅長短篇小說著名，短篇小說這個文類在英文叫做short stories或short fiction。[1]在一九三〇與四〇年代之間，他的短篇小說大量出現之際，沈從文同時也寫了不少文章來爲短篇小說的美學與技巧辯護。[2]沈從文指出最早的目錄學研究，也就是漢朝歷史學家班固所編的《漢書》，賦予小說家一種特殊的地位，使得沈從文能夠將小說創作追溯至久遠之前的歷史。[3]他甚至延續了班固在《漢書．藝文誌》對短篇小說的定義，儘管班固在裡頭所指的小說帶有貶意。[4]

沈從文區分了「寫故事」與「說故事」的不同，抱怨鮮少有人以「說故事」爲職志，但卻有太多從事「寫故事」工作的「小說」作家。至於沈從文本人，他則有意精通「說故事」的技巧，卻不願成爲「寫故事」的大師。他之所以覺得有必要細分二者，是由於對小說政治目標的看法正在蔓延。這個看法最初是梁啓超在一九二〇年的文章〈論小說與群治之關係〉所提出，之後在一九三〇與四〇年代之間廣泛流傳。沈從文對於短篇小說所提出的新定義，引領此文類不再以勸世爲目標，反之它應該是「用文字很恰當記錄下來的人事」。[5]

但他也體悟到小說的力量；他引述康拉德（Joseph Conrad）的說法：「給我相當的字，正確的音，我可以移動世界。」他強調每位作家的獨特性與技巧的重要性，卻也說「這些人掌握群眾以前，是先掌握文字的」，並引述歌德的話：「最大的藝術在限制自己。」（The greatest work of art lies in the way a person restrains himself）[6]沈從文將小說的重點朝向以活用語言作爲訓練自己的方法邁進，也藉此提供此原則給讀者和評論界，讓他們以此方式逐漸了解他的小說。[7]

隨著他在一九三一年秋天來到青島，沈從文作品的產量與幾年前相比大幅下降，但數量減少並不代表品質下降。事實上，《沈從文全集》所收錄的大部分重要作品要不是在青島完成，就是在青島時期不久之後所寫的。[8]本章主要挑出沈從文五篇作品進行分析，分別是《八駿圖》、《月下小景》、《邊城》、《湘行散記》和《鳳子》。我之所以挑選這幾部作品，主要是因爲它們代表著沈從文各個發展面向中比較穩定的觀點，不論是他對自己生命的理解過程，還是他如何精鍊自己表達生命體悟所需的技巧。雖然這五篇文章都是以小說形式發表（唯一可能的例外是通常被歸爲散文的《湘行散記》），但每一篇敘事結構與題材都有其獨特之處。

這段時間，沈從文經常將傳統方言的說故事技巧結合詩與散文的元素進行創作，在某種程度上，此種散文寫作與小說的混合，逐漸變成沈從文寫作上最明顯的特色之一，而在我們所討論的五篇作品中，這樣的風格當然也非常突出。沈從文之所以採取敘事結構上的實驗，有一部分是因爲他開始擔任中國文學講師。他希望向學生證明，跳脫既定的寫作形式並非不可能：「說的『示範』，含意並無什麼標準化意思，只在告給同學，對於一個故事的寫作得打破一切常規框框。」[9]

沈從文在寫作主題上讓自己的作品跨進他所說的「新道家思維」。他不僅開始探索個人生命的意義，也希望知道以文學這個藝術形式表達個人對宇宙的理解是否可能。[10]

沈從文的渴望強化了小說形式的多元性，他經常參考前現代中國繪畫，選擇在小說中模仿繪畫效果，絕非前無古人。[11]比方說，在二十世紀初，對於視覺藝術裡的文人傳統美學價值有一場激烈的辯論。一邊是想打破舊習的學者，如康有爲、陳獨秀與魯迅，對舊習進行猛烈攻擊。他們認爲，古代大師的繪畫會阻遏新國家的建立進展，甚至有害新國家的建立。他們傾向現實主義的畫風，主張這些是透視消失點的技巧，並且認爲中國藝術在「科學的」表現方法上欠缺效率，所以必須修正此項錯誤。[12]

另一方面，王國維（一八七七—一九二七）與陳師曾（一八七六—一九二三）等幾位學者則不作如此想。陳師曾在探討理論層次時，提出一套體系來說明概念與品味的培養對於個別藝術家的重要性。豐子愷（一八九八—一九七五）、齊白石（一八六四—一九五七）與陳師曾本人都將此套理論應用到他們的繪畫之中。[13]

齊白石著名的作品是畫湖南老家的白菜辣椒。這幅畫將中國傳統的文人畫風帶入了二十世紀，然而齊白石的創新技法隨著他的逝世而杳然無存，所以齊白石成爲中國「最後一個文人畫家」。[14]安德昌（Dusan Andrs）在分析豐子愷的美學時指出：「豐子愷認爲，藝術上的創意是培養個人美學的方法，藝術最後的成果只不過是過程的副產品罷了。」事實上，正是自我訓練與自我進步使得藝術家可以從個人與世界的異化（alienation）中得道，而這個解放的目標普遍存在於佛教的教義之中。[15]

對於文人美學的重新評價（重生）在當時與其他當代藝術的討論有許多相似之處。周作人的「趣味與本色」理論是他進行散文寫作時的首要目標。周作人的友人廢名（馮文炳）則使用從唐詩學來的技巧來建構自己的小說。[16]沈從文相當看重兩位作家的作品。也正是他們重視文學的美學價值，讓所謂的京派文學崛起。

本章對於沈從文故事的研究，跳脫過去從主題與意識形態上將沈歸為鄉村、城鎮、神話、軍隊或橫跨新／舊的作家。[17]過去的研究很少透過沈從文的作品或者是他成功模仿或修正的各種文類，來關注他個人的發展。一旦我們把這些因素納入考量，此種賞析方式就可以點出他小說呈現的許多重點。沈從文的道家心靈比較不像是意識形態的表態，反而是他衡量此趟個人世界旅程之起點。比方說，沈從文在〈慷慨的王子〉寫到王子質疑達到「忘我」的境界極限，[18]而《邊城》則點出天理會掌管個人的命運，人有意識的干涉無法改變任何事。當他在《八駿圖》和《鳳子》討論海洋的廣大時，他談論人如何在未知的宇宙中達到物我兩忘的過程。

本章將先討論五篇作品中最具有自我分析傾向的《八駿圖》。然後接著審視傳奇故事《月下小景》，沈從文在此文探討了人類理想的追尋，並且質疑小說與語言在形塑人格中所扮演的角色。接下來則從道家的宇宙觀分析《邊城》之中人類存在的表現。緊接著是《湘行散記》；其中沈從文將個人旅程轉變為一系列如散文般的短篇故事，透過一種混合的文類傳達他對鄉下人生活的熱愛。最後一部分則是檢視沈從文在《鳳子》裡，如何野心勃勃地想把先前作品的敘事結構全部結合在一部作品裡，我也會同時說明《看虹錄》如何透過一種比起《鳳子》更爲集中且成功的敘事方式，來呈現非常相似的主題。

最後，我們必須記住，沈從文經過多年嘗試以小說傳達個人對生命的理解之後，他結束了自己小說寫作的生涯。我將從〈虹橋〉裡的藝術角度以及〈赤魘〉中的個人觀點來說明沈從文對於「結尾」（ending）的概念。本章的結論點出沈從文認爲自己的命運和〈巧秀和冬生〉（一九四七）裡的主角一樣，當時他就已經預見自己的創作生涯即將結束，而且也深知，在當時文學的氣氛下，這是必然的結果。[19]

《八駿圖》

沈從文在〈水雲〉中探討了自己對人類意識與自由的理解，而《八駿圖》則是用小說形式探索相同的主題，描寫個人心靈的意識與外在條件的反差，藉此顯示出人類理智（reasoning）脆弱的一面。故事的主角是年輕講師達士先生，他剛到青島這個海邊城市就任新職。沈從文說達士先生想要用理智控制人性的衝動，特別是色慾。他身上動物的本能跟心中那種理想、浪漫的愛情觀有很大的落差。透過兩者的對比，沈從文試圖說明一個道德、倫理規範的禮儀社會強迫人謹守本分是多麼不恰當的一件事。

故事從達士先生抵達青島開始談起。他對眼下的生活感到滿意，也相信自己已忘記過去所遭遇的苦難。某日他讀到自己過去的一篇日記，發現這恰恰是兩年前的同一天所寫，當時自己和兩個女人正陷入一場三角戀當中，其中一個爲他所愛，另一個人則深愛著他，而這兩種愛無法替換。由於他對目前的生活相當滿意，因此對照著從日記深處所流露出來的陰鬱感就顯得特別強烈。達士先生讀到自己在日記裡寫著：「一切都近於多餘。因爲我走到任何一處皆將爲回憶所圍困。新的有什麼可以把我從泥淖裡拉出？這世界沒有『新』，連煩惱也是很舊了的東西。」[20]因爲不看好自己跟所愛的人有何機會，他日記寫著：

三年來我一切完了。我看看她，若一切還依然那麼沉悶，預備回鄉下去過日子，再不想麻煩人了。我應當保持一種沉默，到鄉下生活十年，把最重要的一段日子費去。……再過兩年我會不會那麼活著？[21]

回到現在，兩年過去了，達士先生整理了一下自己目前的情況：第一，跟他相愛的那個女人因病過世（沒說病因）；第二，他已經和那個愛他愛得無怨無悔不求回報的女人訂婚。第三，他已經不大記得之前的情緒，覺得自己就像個全新的人：每件事都已安排妥當，而他對自己現在新生活感到自豪。他的內心只是覺得：「一切人事皆在時間下不斷的發生變化」，而如今的自己非常知足安分。

內心的態度如此，達士先生寫了一封信給未婚妻，對她談論和自己住在一起的七位教授，對於校長公開說他們是「千里馬」感到可笑。他認爲自己是個「人性的治療者」，提到自己如何熟習這七個人，以及這些人背後所呈現的世界：

這裡的人從醫學觀點看來，皆好像有一點病（在這裡我眞有個醫生資格！）……在短短時期中我們便發生了很好的友誼。便因爲這種友誼，我診斷他們都是病人。我說的一點不錯，這不是笑話。這些教授中至少有兩個人還有點兒瘋狂。[22]

事實上，小說裡的敘述幾乎照抄沈從文現實中寫給吳米的一封信，他寫道：「我不是醫生，不能亂開方子，但一個作者若同時還可以稱爲『人性的治療者』，我的意見值得你注意。」[23]彭小妍在介紹《八駿圖》時點出此故事的心理層面，說道：「《八駿圖》所分析的是知識分子的另一種意淫態度。」[24]雖然這無疑是此故事整體的一面，但《八駿圖》顯然不只是一篇有關心理疾病的習作。

信後接著達士先生跟每位教授的談話。他認爲這些教授的專業知識雖然橫跨各個學科，但生活卻很拘謹，只有「歷史」或「公式」提供了他們僅有的參照點。他覺得自己比他們都還要優秀，因爲他堅信「苦學而來的知識」只會壓抑他們的慾望，終究無法讓他們感到滿足。用E．M．福斯特（E. M. Forster）的話，這幾位教授看起來都是「扁型人物」，隨著故事進展，他們的性格並沒有比較清晰，這些人都僅僅是在襯托達士先生的思考過程。[25]由於每位教授都無法達成心中理想的愛情，因此透過自己的知識和理論各自建立了一套特殊的方法來處理色慾與愛情。他們活著的樣子表現出生命的諷刺；他們受困於自己的心魔，沮喪得像個遭到去勢的男人。沈從文後來將這些教授與〈柏子〉主角的道德做對比。[26]

但這篇故事只從達士先生的角度來寫，因此退一步思考達士先生是何種人其實非常重要。比方說，他眞的是這些教授裡唯一一個腦袋清楚的人嗎？也是唯一一個有能力用理性分析自己的人嗎？達士先生眞的沒有那些教授在他眼中的弱點嗎？這篇故事有三條軸線。前兩條軸線是達士先生想起是哪些往事帶著他走到現在這個狀態，主要是他向自己美麗的未婚妻分析六個教授的性格（他從未親眼看過第七個）。但是，第三條軸線則指出達士先生思考過程的改變是一連串意外事件的結果。這是透過第三人稱的聲音來敘說的。旁觀的敘事者對於達士先生眞正的身分提供了一個答案，以不斷的插話來平衡主述者的說法，否定達士先生覺得自己有決定故事走向的權力。第三者的觀點透露出達士先生眞正的處境，而這甚至是達士先生自己都未察覺的。故事剛開始的時候，這個聲音說達士先生幾乎是不知不覺地就被吸引到大海前靜立與沉思。這時，他看見了一個當時他幾乎還沒碰過的神祕女人。敘事者描述當這個女人再度出現並想要勾引他的時候，達士先生出現細微的變化。一開始，達士先生抗拒誘惑，覺得自己可以完全把握自己的生命，「是個不怕什麼魔鬼誘惑的人。」[27]但這女人絲毫不願放棄，在海邊的沙灘上寫著：「這個世界也有人不了解海，不知愛海。也有人了解海，不敢愛海。」達士先生開始感到無力，但依然堅持控制自己。他在腦中形容這個女人：

鬼聰明，你還是要失敗的。你太年輕了，不知道一個人害過了某種病，就永遠不至於再傳染了！你眞聰明，你這點聰明將來會使你在另外一件事情上成就一件大事業，但在如今這件事情上，應當承認自己賭輸了！這事不是你的錯誤，是命運。你遲了一年。

故事最後，他的理智無法戰勝自己的情感，他拍了一封電報給未婚妻：「我害了點小病，今天不能回來了。我想在海邊多住三天；病會好的。」故事在敘事者的看法中結束：「一件眞實事情，這個自命爲醫治人類靈魂的醫生，的確已害了一點兒很蹊蹺的病。這病離開海，不易痊癒的，應當用海來治療。」[28]

許多評論都把《八駿圖》當作一個重要的案例，用來說明沈從文如何咒罵與「鄉下」生活相反的「城市」生活。凌宇在《從邊城走向世界》裡把一系列的故事和《八駿圖》放在一塊，包括〈紳士的太太〉、〈大小阮〉、〈若墨醫生〉、〈王謝子弟〉、〈煙鬥〉、〈來客〉、〈有學問的人〉與〈自殺〉，凌宇認爲這些文章是一幅又一幅「上層社會衰落的卷軸畫」，他借用達士先生的日記來證明沈從文所描繪的上層階級是深陷在混亂之中，並且是「扭曲」與「窒息」的。[29]

然而，沈從文所要描寫的另一個觀點是達士先生心中篤定感覺的變化。例如，當他發現自己遭逢一個全新、未知的情感世界時，他再也無法對於自己兩年前舊日記中所流露的陰鬱感同身受，這也帶出一個問題，那就是，想要試著畫出一塊情感世界到底會將他帶到何方？[30]

達士先生這「第八匹」駿馬跟沈從文一生的經歷有許多相似之處。達士先生年紀約三十歲，也是著名的短篇小說作家，兩人都來到同一所大學，甚至沈從文另外一篇故事的〈若墨醫生〉的標題和內容也被達士先生的作品所引用。日記、信件與獨白的寫作風格也都和沈從文的自我書寫很像。但是，敘事者與達士先生也有所不同。我們可以看到達士先生對於其他六匹駿馬的看法是如何苛刻，而敘事者也表示達士先生對於自己篤定的感覺志得意滿。如果我們把達士先生視作第八匹駿馬，他會怎麼分析自己？不過，對於我們是否可以直接把達士先生跟其他教授都歸爲順服於「城市」生活的典型人物還需要三思。[31]在進入結論之前，我們需要思考沈從文小說裡自我意象的變化。如果我們從他創作生涯初期所寫的作品開始，就可以看見他長期以來主要的關懷，就是追求一種處理人類情感的理想方式以及理想的存在方式。

如第一章所述，沈從文一開始在北京讀書與求生的艱辛，讓他仿效郁達夫所擅長的私小說，集中於透過第一人稱的敘事與心理經驗投射出周遭世界的景象。故事裡的主角開始思考活在黑暗之中的意義，慢慢地顯出自己下層階級的身分認同，並且關心弱勢者。他在自己與成功、專業、受過教育的人之間畫出一條線，並同時發展出一種理想，將鄉下的生活方法與神話視爲現代生活的另一條路。

一九二六至一九三一年之間，沈從文委身在一種「理想人」的概念當中，書寫許多描寫「城市」與「鄉下」，一方面提出自己如何看待城市人的思維，另一方面則是彰顯鄉下人的直率與勇敢。《阿麗斯中國遊記》的目的就是直接指出兩者之間的反差；沈從文在裡頭極度厭惡虛僞的城市人，認爲城市人完全脫離眞正的人性。[32]

但是，他在《八駿圖》則是提出個人更深的體認。他放棄了私小說第一人稱的敘事手法，也放棄藉著第三人稱來罵城市生活的方式。相反的，他採取一種批判的角度面對自己，重新看待自己所體悟到的人性弱點。他帶著批判的眼光處理自己過去對於其他「有教養」的教授是多麼景仰與欣慕。由於沈從文也是其中一分子，他說達士先生正踩在他走過的道路上，並且掉到完全相同的陷阱裡，試著掌控並相信個人意志。

「選擇」這個概念需要一種能夠掌控個人命運的自我意識，但沈從文對於「選擇」的眞正意義感到懷疑，他指出是否有任何自我意識的延續能夠讓選擇眞的有意義。如同達士先生對於自己兩年前所寫的日記感到陌生，他也打破自己對過去思考方式的自信，認為這都是別人的想法。有了如此體悟，他認為任何的選擇僅僅代表與現在毫無任何瓜葛的過去。他選擇要跟未婚妻訂婚只是要證明，這對他以及那讓他充滿遐想的女孩都「還不算太遲」。自我意識的斷裂意味著每個「選擇」都已經是過去的選擇。這經驗與他說自己在寫《八駿圖》時的生活經驗相當類似，正如同在第一章所提，在〈水雲〉裡可以聽到兩股相互辯論的聲音。達士先生自認篤定的心情與自由意志，相較於敘事者對他逐漸抗拒不了誘惑所做的無情描述，兩者之間有很大落差。

寫《八駿圖》之前，沈從文已意識到自己內心世界意識心靈的分裂。這一點我們可以從兩件事看出。首先在〈龍朱〉的前言裡，他對自己也是其中一分子的鄉下人感到抱歉，而這篇故事是關於一個「理想的」人，他在裡頭寫到生活中自甘墮落與自我節制兩股相互對抗的聲音。[33]另一個例子則是〈中年〉。這篇文章是個人對自己兩股聲音的記錄。文章寫於一九三一年前往青島之前在北京校舍獨居的時候。雖然這篇是小說，但故事的情節跟現實生活中徐志摩想邀請沈從文到燕京大學教書非常相似。

這篇以第一人稱的敘事手法記錄他住在一個全新且偏僻的地方的生活意識，這個地方「白天同你作伴的是蘆葦，晚上陪你談話的是蛤蟆。」[34]雖然敘事者身邊盡是人，但從敘事者所見，他卻感到非常幽僻。主角帶著從容的態度，看到自己內心的澎湃與活靈活現，特別是感到自己內心很容易受到愛慾的干擾。他解釋自己如何面對愛情無法得到滿足的焦慮：

正同一般故事上常常提到的中年人一樣，我是要故意虐待我自己，勉強來工作。寂寞了，我就作事，我有許多許多文章，就那麼寫成印好分散到國內各處去了。但另外一時節，心上紛亂，我一件小事也作不下去，就各處跑去。[35]

他想起「世上有兩種人：有種人是存在於生活，有種人是生活於想像：我是屬於後者。」他走進一個戀人們經常流連的地方：

把自己分成兩個人，談論到一切問題。我把那最美的詞辯給我想像裡的另一個人，我自己說的話，總是雖誠實卻不十分聰明的。到後「我們」就坐下了，「我們」在黃昏裡終於沉默了。到那時，我眼睛濕了。我向虛空微笑，向虛空點頭，向虛空伸出瘦瘦的手兒，什麼也沒有捏到。[36]

人的意識會在不知不覺中影響自我對世界的認知，當自己被愛欲沖昏頭時會表現出某種行爲，壓抑慾望的人會找到一種方法來處理自己不安的心；要不是找些事佔據自己的心思作爲逃避，就是將焦慮提升至一個不會被迷惑的理想世界。在《八駿圖》與《中年》這兩個故事裡，並未提出清楚的解決之道。生活不會因爲你察覺到自己的限制而有任何改變，人終究難逃一死，最後也缺少任何意義。即使自己感受到「虛無」，而且屈服在美與神的力量，死亡始終是世人共有的命運，至於能否從此現實中找到救贖，沈從文避免在文章中提出任何可能性。

在其他的故事裡，沈從文不願讓個人的體悟表現出任何喜樂或福音般的傾向。一九三二年發表的〈都市一婦人〉，描寫一位鄉下姑娘搬到城市，一開始淪落紅塵爲妓，後來成爲將軍的情婦、老婆，最終成爲寡婦。她在某位年輕的軍官身上找到眞愛，並決定跟他共度一生。爲了讓年輕人忠於自己，婦人把他雙眼弄瞎。當他們坐船返鄉的時候，船沉了兩個人都溺斃。故事的主角完全有充分的自我意識要掌控自己的命運，採取激烈的做法只爲了讓自己從日常生活的限制中得到解放，最終卻得不到她所追求的幸福。但是，敘事者的朋友說婦人的死「並不全然是件壞事」，她也不知道自己會在幸福的最高點死去。同樣地，在〈三個女性〉（一九三三）這篇故事的結尾，無論做出什麼樣的選擇都無法控制即將發生的事。黑鳳聽到朋友因政治過世時所做的評論顯現出宿命論的觀點（這裡有可能指的是剛失蹤的丁玲，沈從文覺得她已經死了）。[37]爲了使自己更堅強，黑鳳想：

一切都是平常，一切都很當然的。有些人爲每個目前的日子而生活，又有些人爲一種理想日子而生活。爲一個遠遠的理想，去在各種折磨打發他的日子的，爲理想而死，這不是很自然麼？[38]

此時的沈從文不再相信永恆，也不相信生命有一勞永逸的解決之道，並且不覺得屈服在世界上任何一股未知的力量有可能得到快樂的結局。反之，他選擇把寫作當作工具，傳達他覺得還存在於人類生命之中的美。透過寫作，即使悲傷還在，他才能讓自己對生命的熱愛延續，而這正是《邊城》所詳細描述的主題。

不論是沈從文的體會，還是他藉由寫作表現出來的認知，記住他在這段近十年的時間裡所發生的變化相當重要，因此他在這段時間所寫的故事應該被視爲是一條延伸出去的路，表現出他在生命各個階段之間產生的理解與體悟。隨著沈從文逐漸變成宿命論者，認爲沒有任何個人力量可決定人的命運，他開始尋求理解萬事萬物的微小細節，並體會任何事物中的神性，就如我在第一章所說。這些近乎宗教的經驗讓沈從文可以從周遭苦難的折磨中得到喘息的機會，但這並不足以讓他的作品變得比較輕快不沉重，而且他依然堅持不願在自己所訴說的故事中承諾任何幸福的結局或答案。

《月下小景》

《月下小景》在一九三三年出版，是由九篇故事合編而成，書名取自第一篇故事。除了第一篇跟沈從文過去的短篇故事很像，都是有關苗族的風土民情之外，其餘八篇是根據道世在西元六六八年編的佛教經典《法苑珠林》而寫。這本佛教經典收錄許多失傳的佛經和古籍，成爲我們掌握遠古知識相當重要的來源。[39] 沈從文根據《法苑珠林》所寫的故事顯然是呼應佛經裡那種古代小說傳統，故事取材上至帝王下至蟲豹，也包含一些半獸半人的精靈。[40]

爲了了解《月下小景》，我們有必要回過頭來看看沈從文在過去處理相同主題所寫的故事。基本上，這本書可說延續他過去根據苗族神話所寫的書，如〈媚金、豹子與那羊〉、〈龍朱〉，以及《神巫之愛》。在這些故事裡，沈從文創造了許多苗族人物，將他們變成理想中的人，而他們的生活方式也是所謂的「城市」生活之外其他的選擇。他強調風俗傳統的力量，人是受到樸實與榮譽的原則所指引，除此之外，他們也很敏銳地感受到自然的神力。但不論沈從文在先前的作品中把苗族人說得多理想多完美，他還是將他們描繪成跟其他種族一樣是爲愛情所困的人。

當我們在思考本土運動的影響或者是分析苗族故事乃現實文學的一部分時，這些作品本身都被視爲是很好的例子。[41] 因此，沈從文寫這些故事的時間點，恰好是周作人和魯迅鼓吹重訪民間故事的時候（雖然兩個觀點稍有不同），他掌握這股潮流，建立起自己短篇小說作家的聲望。雖然周作人和魯迅主張把重寫傳統民間故事作爲影響人民與促進國家現代化的方式，但沈從文一開始參與其中其實只是想進行一種實驗性寫作，不過，他對生命存在的危機感以及渴望找到一種新的文學立基點，使他寫出大量和湘西神話有關的故事。

沈從文對傳奇的力量和影響的討論，最早可回溯至一九二五年所寫的一篇關於他孩提歲月的故事

〈生之記錄〉。這篇故事是他個人對於傳奇故事的記述，他寫到笛子的聲音勾起了回憶，讓他的意識迴盪在一連串過去的影像中。他想起苗族「阿女牙」（奶媽）對他解釋笛子的聲音為什麼如此哀淒，還有他所說的這些影像如何深深影響他往後的人生。他寫道：「阿女牙人是早死了，所留下的，也許只有這一個苗中的神話了。」[42]

寫了幾年的苗族故事後，沈從文逐漸發展出一套人類學的觀點來看待傳說在文學發展中所扮演的角色。他認為傳說原本就存在於史前社會之中，所謂傳說並不是小說，而是一種社會史。在《中國小說史》這本書裡，沈從文寫了緒論以及前兩章，並且與孫俍工一起寫了幾篇討論神話及民間傳說的文章。[43]在他的文章裡，沈從文提出並回答以下六個問題：

（一）怎麼樣就有神話傳說？有神話傳說，這傳說在史前如何存在？

（二）怎麼樣神話能在同時發展？

（三）怎麼樣神話傳說只能保留一部分又失去大部分？

（四）怎麼樣小說會發達？

（五）小說在漢以後各時代的地位是怎麼樣？

（六）怎麼樣小說同其他文學互相影響？

沈從文延續中國文學傳統來回答這些問題，並且在一開始就點出「神話」與「小說」這兩個詞的詞源。沈從文接著開始用說故事的口吻，討論史前時代人們的生活方式，與學者將這些史料蒐集編撰成經典讀物之間的關係。他提醒我們一篇故事的誕生時間與它後來被歷史學者所收錄的時間會有落差，而這些故事的選擇基本上都是出於編者的政治和個人利益，也就是說現代可以讀到的古代故事，僅僅表現出原本人物生活中很有限的畫面。[44]

一般而言，沈從文也堅信這些遠古神話的選集反映出統治階級與編者的利益及個人品味，而非他們所描繪的那個民間世界。但沈從文認爲，《山海經》是個特殊例外，他覺得這本書完全反映了人如何與神及神話共存，而未被後來哲學家與歷史學家的介入所汙染。人的創意和想像力是回答「不可知」所使用的工具，在沈從文看來，這種特色已經隨著語言和人類政治社會的發展而流失。[45] 他認爲傳說與神話最有價值的一面，在於它投射出史前人類身上的天真無邪：他認爲，他們反映出人類對於自然與神最深最簡單的崇敬。就此來看，語言只是在爲寫故事的歷史學家服務。

因此，沈從文對於語言越來越批判，也漸漸意識到在自己在撰寫小說時，敘述結構所扮演的角色。在該段時期沈從文所寫的傳說內容，如〈夜〉、〈醫生〉與〈說故事的人的故事〉，都開始試圖以內部主角敘事者的手法來說故事，然後用外部的敘事來呈現聽眾的反應，藉以顯示小說的力量，以及從而影響聽眾（讀者）生活的影像力量。以〈夜〉爲例，聽眾的反應變成故事的重點。主角與部隊弟兄帶著槍來到一間老男子的房子。他們決定每個人都講個特別的故事來消磨時間，這些故事包含著同類相殘或其他極度殘酷的內容。天亮之前說故事的氛圍來到高潮，主角與他的兄弟們轉而熱絡地要求一直不發一語的主人跟他們說個故事，於是這個沉默的主人把他們帶去看太太的屍體，而她恰恰在他們到來之前的幾個小時過世。不論是對書中的角色或對讀者來說，突然看見一個貨眞價實的屍體，還有那名老男子的態度，這所引起的震撼比起小說裡那些單純是爲了娛樂所虛構的故事還要更令人心神不寧。46

沈從文因此把他的重點從簡單的故事轉移到敘事結構的操控。雖然他深知語言在表達這樣的操控時會有潛在的限制，但他無法單純藉由小說來說明小說故事的力量。此外，沈從文也在其他文章中證明了兩條敘事軸線（一條是虛構，另一條則代表「現實」）可以並行且互相影響，〈燈〉這篇文章的敘事結構，就是使用此種技巧的最好例子。47 沈從文在這篇故事裡描述主角（身分既是一名作家同時也是講故事的人）藉由說故事的力量來模糊虛實之間的界線，讓虛構的情節最終推動了現實中的事件。小說內容描述一位來訪的女人像主角問起一盞煤油燈的來歷，主角對她說明那是父親部隊裡的舊部屬送的，接著，他開始編織了一個故事，天花亂墜地敘述這位舊部屬是位無家可歸的士兵，來跟他住在一塊最後變成了他的管家。這位管家一心一意認定作家跟一名常來家裡拜訪的藍衣女子在談戀愛，也認定那名女子就是作家將來的婚配對象，最後卻因為作家和女子的關係無疾而終，老兵失望地離開。

就在主角向女訪客說完這個虛構的故事幾天之後，那位女訪客穿著和故事中女人一樣顏色的衣服來找他，不過女訪客卻發現油燈不見了。主角不願意對她解釋燈去哪了，事實上他剛剛將燈還給燈的真正主人，也就是他的姨娘。故事的最後是這對戀人決定要一起來一趟浪漫之旅，看起來似乎是要去找那虛構出來的士兵。

沈從文初抵北京前幾天，拜訪父親一位友人，他向沈從文講述幾個他孩提時代從沒聽過的家族故事。48〈燈〉裡主角那位想要他當將軍的父親，在一九一一年革命中被擊敗之後離開家鄉經過北京前往中國東北，躲躲藏藏幾年之後變成一個中醫，之後被主角的哥哥找到，這些情節都符合沈從文的身世。但是在〈燈〉裡頭這些故事都是虛構的，只有那個女人被故事所感動是眞的。49

我們在《月下小景》的敘事結構看到同樣的元素，雖然說故事的人和故事之間的互動更爲清晰。沈從文在〈《月下小景》題記〉裡對「說故事」和「寫小說」進行區分：「中國人會寫『小說』的彷彿已經有了很多人，但很少有人來寫『故事』。在人棄我取意義下，這本書便付了印。」50

除了第一個故事之外，後面的故事之間串成連貫的敘事，每個故事都被放到一個情境裡頭，作爲兩個故事之間的轉折點：

> 這些故事照當時估計，應當寫一百個，因此寫它時前後都留下一個關節，預備到後來把它連綴起來，如《天方夜譚》或《十日談》形式。但我的時間精力不許我那麼辦，到後來不特不便再寫下去……51

第一篇〈月下小景〉講的是神對人的詛咒。作者採取框架敘事法一開始引述《山海經》，以抒情的語調描寫人的存在。他透過幾個背景故事，像是〈夸父追日〉反映出人類慾望的貪婪及無知。

但是也由於人性的自滿，日、月、神決定要懲罰人類，讓那些快樂的人覺得自己的生命太短，而讓那些憂愁的人覺得生命永無止境。故事接著寫到兩個戀人在月光下以歌聲互相勾引，但當天一亮他們就自殺了，沈從文想出了禁止女人嫁給她初戀情人的社會習俗的故事背景，而所有打破此規則的女人都將被溺死，這對戀人爲了要維護對於彼此的愛意，決心以此作爲他們神聖精神的實踐，以死亡表明他們拒絕接受社會習俗的制約。

王德威對於沈從文在寫作主題上偏愛處理與他的道德傾向有關的愛和死亡之思索有深刻的觀察。他自沈從文的小說裡蒐集並追溯他思想的軸線，藉此討論沈從文是否屬於「重返自然的地方主義運動者」或「佛洛伊德派的人類心理探索者」。王德威認爲沈從文「深知暴力僅僅是一種活力，而且愛神僅僅沈醉在死神的陰影下」。[52] 雖然沈從文所寫的故事確實如此呈現，但的確有兩條思想的軸線沿著愛神與死神平行發展。如果我們不把這些以愛神和死神爲主題的小說當作同一類的故事，而是根據他們對主題強調的程度放在同一條光譜上，我們將會發現這個主題本身也是會隨著時間改變的題材。趙園早就注意到沈從文較早的作品在情慾的表達上更爲直接，而後來所寫的故事則是表現得較爲含蓄。從他早期作品中（例如〈旅店〉）情慾代表著解放與自由，到後期的作品（例如《邊城》）著重人與自然和諧的關係，這之間有明顯的轉折。[53] 隨著沈從文逐漸走向莊子學派更爲整體的宇宙觀，瘋狂的性慾已經歸入成爲自然世界的一部分。此認知上的轉折呈現在《月下小景》之中，在後來的故事將人對於生命意義的追尋提升至一個形體之上的理想之前，第一篇故事清楚地表現出愛神與死神這個主題。

接下來的八個故事是由投宿在金狼旅店的旅人親口說出的奇聞。這些人來自各行各業，包括成衣匠、販賣騾馬的商人、獵鳥專家、農夫、兵士毛毯商人與珠寶商人，而他們所說的故事都是出自佛教故事。沈從文用了這些佛教故事的主題，但卻和原本的故事做出不同的詮釋與結論。小島久代在

〈《月下小景》考〉一文考察了原著與沈從文版本衝突之處。[54]比方說，〈扇陀〉這篇故事原本說的是把去除情慾當作一種自我修煉，卻轉爲突出女性的性慾和吸引力。除此之外，沈從文也透過故事外的那道「連結」之聲（linking voice）來說出結論，而這往往比故事本身還要重要，即使「新」的佛教故事與敘事者自己說的故事和諧共存。這些故事彷佛有兩股聲音，一個聲音開頭，隨後另外一個聲音結尾，不僅讓每個單獨的故事都有一波又一波的高潮，也創造了整本書的故事結構。這些故事單獨來看都是描寫人類愛情與慾望的佳作，但是透過敘事者與聽眾的對話，藉由貶抑或褒獎他們口中所談論的傳奇故事內容，來決定故事的意義。整體而言，這些故事代表了沈從文對於人類追尋永恆理想的基本看法，不論所謂的理想到底爲何。我們陸續看到人類追求幸福的原始慾望（〈尋覓〉）、有錢女人身上的無力感（〈女人〉）、女人愛的力量（〈扇陀〉）、女人不理性的愛（〈愛慾〉）、傳說的力量（〈獵人故事〉）、人類渴望把傳說合理化成爲歷史（〈一個農夫的故事〉）、人類渴望犧牲（〈醫生〉），以及最後的人類不可能藉由故事達成轉變（〈慷慨的王子〉）。

每一篇充滿魔法的神話故事之後，讀者往往會因爲敘事者最後的扭曲而幻滅。以〈尋覓〉爲例，臉上野草似的長著一叢鬍子的人講了一個神話故事，故事中的年輕人顯然可以得到他想要的一切，卻不因此而感到滿足。所以他拋棄美麗的妻子並離開自己的國家去追尋一個更快樂的王國，卻發現他所找到的那個王國，國王也出發去尋找更快樂的王國。國王回來的時候，他說自己造訪的那個王國，人民不需要爲了食物而工作，人與人之間沒有衝突，不需要擔心死亡，原本以爲他們會很快樂但卻還是鬱鬱寡歡。他後來才知道這是因爲有個老人在夢中的一本奇書裡看到「死亡」這個字，因此當每個人意識到自己終究一死，他們就不再滿足於現狀。這個年輕人因此回到中國，然後開始到各處旅行，想找到人爲什麼如此怕死的原因，還有如何才能不受此影響。「一直漂泊了二十五年，得到了這東西後，他預備回家去。」他到底發現了什麼？故事在此回到外頭這個講故事的人，我們這才知道講者正是故事裡的年輕人，他所發現的正是前一個故事的講者所得出的結論，那位講者從自己一生悲慘的故事中得出：「應該在一分責任和一個理想上去死，當然毫不躊躇毫不怕！」[55]

同樣地，〈一個農夫的故事〉講述的是一個聰明的年輕人偷了國王的財富送給窮人，卻又躲過國王的緝捕最終成功娶回公主。故事雖然有個美滿的結局，但是當某個聽眾（歷史學家）問講者這篇故事的原始出處想進行研究時，農夫回答他：

> 歷史照例就是像我們這種人做出說出，卻由你們來寫下的。如今趕快拿出你的筆，趕快記下來，倘若你並沒看過這本書，此後的人還以爲你記下的就是那一本書了。你得好好記下來，同時莫忘記寫上最後一行：「說這個故事的是一個青年農人。」[56]

歷史學家並不確定這故事是眞的，還是一個早已被人遺忘的傳說，但他還是把它寫到書裡創造了另一層的敘事「眞相」。

隨著故事裡對於意義的尋找越來越抽象越來越理想，倒數第二個故事講的是醫生看到一隻白鵝意外吞下一顆穿珠人擁有的紅珍珠。醫生拒絕告訴主人實情，到頭來被打到流血。醫生救白鵝一命的大愛行爲徹底失敗，因爲當穿珠人看到鵝過來啄醫生的血，他氣得把鵝一腳踢死。但是當醫生開始感嘆自己想要犧牲個人來挽救另一個生命，藉由在生命的意義中自我鍛鍊卻帶給自己不幸時，穿珠人因看到人性大愛之美而改變與感動。隨著故事的鋪展越來越趨向樂觀結尾，沈從文卻在此停下，並透過敘事者的聲音來表現他的質疑，這樣特殊的故事是否會給人的生命帶來實質的影響。

書裡最後一個故事則是整理出沈從文眼中小說對於人類影響的極限。這個故事的敘事結構反映出一種敘事者與故事本身反轉的關係。講出〈慷慨的王子〉的是個珠寶商人，他一直在世界各地旅行尋找財富。講者批評前一個故事過度簡化，因此他建構一個傳說來證明人對於神聖理想的最終追尋。故事描寫一個王子努力想做到去除人慾的佛教訓示，因此他要求父親把寶庫裡的東西都捐出去，此時他才知道父親一直反對把國家裡神聖的白象送給敵國，所以王子和家人被國王流放十二年。他們在旅途中把身上所剩的錢都送給人，同時拒絕由神仙提出讓他們歇息喘氣的誘惑。

他們精疲力竭地抵達一座山，遇到已在那修煉數百年長生不老的隱士。他問說：「太子等到這兒來，所求何事？」太子說：「別無所求，想求忘我。若能忘我，對事便不固執，人不固執，或少罪過。」隱士回說：「忘我容易，但看方法。遇事存心忍耐，有意犧牲，忍耐再久，犧牲再大，不爲忘我。忘我之人，順天體道，承認一切，大千平等。太子功德不惡，精進容易。」[57]

這段對話是本篇故事的基本精神。接下來一連串的事件，太子繼續行善把小孩、夫人都送出去。犧牲的義舉感動了安排這一切來測試他的天神。祂給太子一個願望，問說：「你想什麼？你要什麼？」太子說：「願令眾生，皆得解脫，無生老病死之苦。」大神說：「這個希望，可大了點，所願特尊，力所不及，且待將來，大家商量！」故事的尾聲太子還國和小孩及雙親團聚，他的善行感動了兩個王國裡所有百姓，他繼承王位，人民自此過著快樂的日子。

接下來，旅人給珠寶商人很多掌聲，除了一個身形瘦瘦的鄉下人。他並未被故事打動，覺得說此故事只不過想博取掌聲，而這和追求珠寶或物質財富沒有些許不同。「他問諸位除掌聲以外，還有什麼？你們讚美王子行爲，以爲王子犧牲自己，人格高尚。現在山頭老虎，就正饑餓求食，誰能砍一手掌，丟向山澗餵虎沒有？各人面面相覷，不作回答。那人就向眾人留個微笑，匆匆促促，向黑暗中走去了。大家皆以爲這人必爲珠寶商人說的故事所感化，出門捨身飼虎的，雖然眾人皆暗暗認爲出於義俠之故，大家應當即刻出門援救這人，但卻沒有任何一人膽敢出門。珠寶商人則宣稱自己的故事先前早已感動了兩個人，並且打算再和大家說那兩個被他影響打動之人爲得到更多的食物而犧牲的情形。然而在故事的結尾店主人告給眾人：「出門的人，爲虎而去，雖是事實，但請放心，不必難過。原來那人是一個著名獵戶。」這個答案讓所有聽眾大失所望，一瞬間想像幻滅。至於珠寶商人，他想不出自己之前答應的兩個故事，所以只好假裝睡著。

這個故事不僅僅探索了人類利他精神與自我實現的極限，也使得沈從文可以追問讀者、小說與講述者三者之間的關係，並且進一步釐清故事娛樂價值的背後，小說最終是否可以改變人的舉止行爲。沈從文挑戰讀者：我們不都陷於不願放棄追求比較好的生活，以尋求得更高的道德理想嗎？

只有在讀完故事之後，書中故事的意義以及給人的印象才會衍生及建構起來。不同於《八駿圖》是個人對於己身知識失敗的理解，《月下小景》是透過一些特殊的故事提供閱讀經驗，讓讀者投射出個人的價值判斷，讓讀者質疑我們所受的苦難以及所擁有的幸福都和我們拒絕放下自我的程度密不可分。

寫完故事十年之後，沈從文指出之所以寫出《月下小景》，是由於他刻意不寫發生在他身邊的生命諷刺故事，以及人們對於俗事毫無必要的抱怨：

> 我想把佛經中小故事放大翻新，注入我生命中屬於情緒散步的種種纖細感覺和荒唐想像。我認爲，人生爲追求抽象原則，應超越功利得失和貧富等級，去處理生命與生活。我認爲，人生至少還容許用將來重新安排一次。[58]

書中所談的道德屬於個人。沈從文不再把文學直接視爲教誨的工具，而是藉由文學來傳遞自己的生命感受以及對幸福的追求。透過書寫呈現自己的道德觀點之後，寫作成爲他掌控生活的方式。如他在《中年》所言，他是在想像裡生活，不像其他人是在生活裡存在。[59] 因此他開始著手寫《邊城》，這篇故事呈現了他的觀點，指出人類存在的意義是「道」整體性的一部分。

《邊城》

前面兩個部分，《八駿圖》與《月下小景》分別展示了兩種截然不同的敘事形式，以及表現出兩種不同的生活方式：一種是對於存在的檢驗，而另外一種則是智識上的調查。沈從文在《邊城》之中繼續探索另一種表現方法，進一步展示他安排與操縱素材來表達個人在廣闊世界中的生活觀。

不論從文體或主題來看，《邊城》和《八駿圖》以及《月下小景》一樣，都不是一部全新的創作：它們皆由早期作品各種嘗試逐漸發展演化而來。這些較早的故事帶有一種獨特的抒情敘事風格，以長篇的描述文字壓過故事的情節。它們集中於表現在宇宙整體性之下，人類的存在情境，意即人的情感與慾望都被無法控制的變化所限制這樣的情形，而《邊城》也是此主題的代表作。

湘西在《沈從文全集》中扮演相當重要的角色。在沈從文著手寫《邊城》之前，湘西已成爲他文學身分認同主要的一部分，而他最著名的作品也大多以此地爲背景。從這點來看，湘西不僅是他的出生地，也是他道德觀的來源。

這類作品的第一篇就是〈連長〉，沈從文在寫故事時也逐漸脫離第一人稱的敘事方式。[60] 故事描述一個連長暫時紮營小村落，他在那愛上了一個女人，而由於村民都非常支持部隊，兩人的戀情發展平順，直到連長接到調派新職的命令，不得不離開他心愛的女人。雖然分離的時刻爲故事增添悲傷與緊張，但情節發展至此卻如田園詩般的美麗，造成評論家王曉明罵此故事過度荒謬且完全不符現實。[61] 可是，如果我們跳脫表面層次來閱讀，故事中最有力量的一部分，就是那遲早要發生的離別所流露的傷感穿透整篇故事。

沈從文在〈柏子〉、〈旅店〉、〈三個男人和一個女人〉、〈蕭蕭〉、〈雨後〉與〈夫婦〉等故事裡，挖掘超越文化與社會限制的普世人欲。在這些故事中，生離死別是所有人類經驗的背景，而且只有故事中的人物體認到並接受自己是個凡人，決定把生活當作一種達到社會目的的工具而非以生活本身爲目的時，人類與生俱來在精神上渴求一種永恆幸福的目標才有可能實現。

爲了進一步說明這個理念，沈從文寫了另一系列的故事，敘述了主角在生活上寧願不爲五斗米折腰也不肯把生活本身當作目的。〈丈夫〉描寫的是一個丈夫出門尋找他離開鄉下家人到城市做妓女的妻子。作者詳細描寫丈夫在尋訪過程中情緒的變化，故事情節也隨之發展，呈現丈夫如何回應陌生的城市生活。當兩人團聚之際，這對夫妻決定要改變他們對自身處境的看法，結束分離的日子一起回到鄉下，即使他們的經濟情況搖搖欲墜。另一篇文章叫〈會明〉，故事裡的士兵駐紮在農村，整天等著戰事爆發，因爲只要有戰爭他就可以發揮訓練所學而不再是個無用的廢物。然而在等待的日子裡，他從養雞找到另一種滿足感。不論是〈會明〉或〈丈夫〉裡的丈夫，他們兩人對生命的體悟未必要有太多的理智因素，沈從文認爲他們的體悟是人天生的性格，而不是知識或道德上的辯證。

沈從文寫《邊城》的時候野心更大，在這篇故事中，他決定融合之前故事的主題，並搭起一幅更宏偉的圖像，勾勒出人在一地生活的點滴，而這個地方就是茶峒。《邊城》的構想最早源於沈從文的青島歲月，他說面對大海讓他可以培養一種內心的祥和與冷靜。[62] 沈從文呼應《八駿圖》一開始對達士先生的描述，說自己寫《邊城》的時候幾乎擁有大多數人所追求的一切：穩定的工作、新婚妻子的愛、平靜的心靈，但是他對於如此狀態依舊不滿足。他在〈水雲〉對此提出解釋，一九三三年夏天當他和未婚妻張兆和返回北京，他愛上了另一個女人，一般的說法是高青子（高韻秀），但此次他決定不順著個人情感來處理事情。他也在〈水雲〉解釋說自己想將這個出於偶然的痛苦經驗寫入不久之後動筆的《邊城》當中。[63]

《邊城》結合他對眼前生活的不滿，以及他到此為止人生旅程的酸楚。事實上，寫這本書是要代替自己所放棄的意外戀情，但是著迷的力量使得他將此經驗提升至知識層次。[64]《邊城》的主題充滿野心，他後來說自己想創造一種傳奇，一點純粹的詩，而這是一種與生活不相黏附的詩，讓它對人類的愛情給予適當的解釋。[65]

《邊城》全書有七萬字，分成二十一節。相較於沈從文早期的作品，這本中篇小說不僅有更為複雜的敘事結構，也呈現出沈從文對於人類存在的宏觀看法。《邊城》納入沈從文在早期作品中所呈現的各種元素，譬如湘西地區、湘西文化、從軍經驗、鄉下人的理想以及鄉人下的純潔。

故事情節非常簡單：說的是一個七十歲的老船夫希望為他十四歲失去雙親的孫女翠翠找個丈夫。故事的複雜性與張力在於那兩個愛上翠翠的人恰巧是兄弟，而決定翠翠應該嫁給誰的過程推動故事的情節。但是《邊城》獨特之處在於特殊的表現風格，而不是它的情節。事實上，劉洪濤點出故事情節發展的不連貫之處，比方說翠翠在故事裡的年紀。他注意到沈從文在故事裡幾度想要修復這些鬆散之處，但仔細分析還是有許多地方不清不楚。[66]

我認為《邊城》的文學技巧未必是「畫家風格」（painterly），因為半個世紀來的評論家，如李健吾、司馬長風、王潤華、汪曾祺等，都曾使用「寫意」、「白描」以及「山水畫」等討論傳統中國畫常用的字眼來描述此種風格。[67]這些人都指出《邊城》的「繪畫性」非常突出，但卻也都只點出表面風格，而未分析沈從文採取此文體的深層因素，但無論如何，他們的共同點就是指出這本書讓讀者

「看見」，有身歷其境的感受。

《邊城》最突出的一點在於透過敘事者的生動描繪，我們彷佛可以看見書中影像，一個個畫面隨著敘事者對此地的描述慢慢展開。作者從茶峒的地理位置開始描寫，此地位於湖南、四川與貴州三地交界偏遠地區的一座山上，周圍由一條官路所環繞，前方有一條河：「由四川過湖南去，靠東有一條官路。這官路將近湘西邊境到了一個地方名爲『茶峒』的小山城時，有一小溪，溪邊有座白色小塔，塔下住了一戶單獨的人家。這人家只一個老人，一個女孩子，一隻黃狗。」沈從文甚至速寫了一幅畫（下圖）。68

第一章鋪陳此地的故事前景。敘事者將兩位主角的鮮活印象帶給我們，並說明兩人之間的關係。沈從文寫到他們的日常生活已經是周圍自然環境的一部分，藉此表現出在一個和諧的世界中不存在時間感。周邊的環境寧靜祥和，透過對環境中聲音的細微描述，創造了一種寧靜感：「爺爺到溪中央便很快樂的唱起來，啞啞的聲音同竹管聲振蕩在寂靜空氣裡，溪中彷佛也熱鬧了一些。（實則歌聲的來復，反而使一切更寂靜一些了。）」69

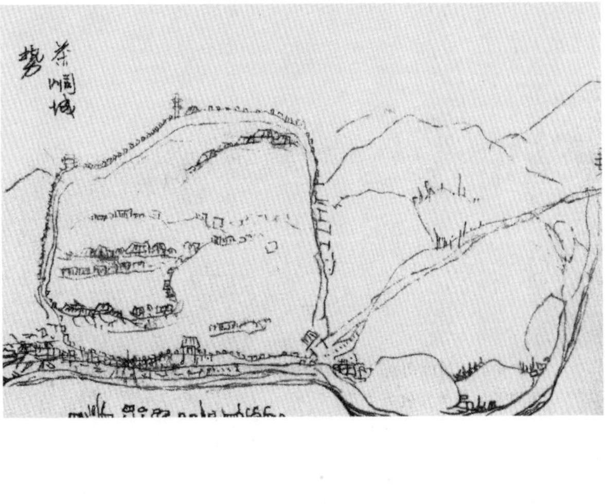

村落在第二章就成爲背景。讀者順著作者從遠處看著村子，看到山、碼頭與房屋之間的地理位置

以及彼此之間的關係。這是一張旅行圖，結合了當地的地理與歷史知識，並且讓人感受到村落裡頭的日常活動。房屋座落、河裡的鵝卵石以及河堤上的竹子都同樣重要。

沈從文認為此地住滿了某些神聖之物，包括自然環境中的簡單樸實以及人的生命力。這裡頭包含了兩個層次，一層是自然韻律，另一層則是引發人們焦慮與悲傷的世間俗事。年復一年的中秋節與端午節屬於前者，並藉由聲音的臨摹來製造出不同的心境轉折，譬如運用鞭炮聲與龍舟的鼓聲來製造節慶的氣息，卻又藉以烘托出人物內心的憂愁，又或是透過月光下鳥與蟋蟀的聲音來捕捉人世間的無聲無息。[70]

我們可以從他早期的作品找出這些主題，但這些細節現在都已經變成故事的背景。舉例來說，《邊城》有一段充分描寫妓女與船夫之間的關係，這在較早的〈柏子〉中也可以看到。《邊城》的讀者根據沈從文過去的作品繼續往前或者是增添細節。沈從文在〈斷虹〉的引言裡寫道：「由皈於自然而重返自然，即是邊民宗教信仰的本旨，……人雖在這個背景中凸出，但終無從與自然分離。有些篇章中，且把人縮小到極不重要的一點上，聽其全部消失於自然中。」[71]

自此，我們看到沈從文早期作品中一些熟悉的人物，像是柏子和他的情人，在《邊城》裡都被當作是不知名的「小點」。這些圖像給人一種速寫感，而在其他地方則有詳細的描寫。圖像之間夾雜沈從文對於自己創造的景致所做的評論，讓讀者覺得他彷彿側立於卷軸畫之旁，一面進行有趣的觀察，一面同時回溯畫作本身的實際輪廓。這樣的手法呼應了宋朝有名的文體，也就是如蘇東坡這樣的詩人或文人畫家，習慣在畫上題詩、在畫上題字的做法。[72]另外，沈從文運用到的寫景技巧，亦即將視線從並排陳列的廣角景色移轉到家戶村里的近景細節，之後緊跟著對於江水景致的描繪，如此直接從上方鳥瞰的技巧則稱爲「散點透視法」。

如此寫法帶給讀者一種宋朝「風俗畫」的氛圍，就像張擇端（一〇八五—一一四五）清明上河圖對北宋的描繪，同時畫出了一般百姓的生活即景，以及汴京繁華之下所蘊含的人與文化。[73]張擇端在前景與背景的架構鋪陳當中利用了散點透視並存手法，在堆疊多個視角的同時，展示出個人表情的細節還有周邊環境的梗概。這不僅僅是在一幅畫呈現空間距離的散點透視，也展現時間的推移，在《邊城》裡就是四季的幻化：

近水人家多在桃杏花裡，春天時只需注意，凡有桃花處必有人家，凡有人家處必可沽酒。夏天則曬晾在日光下耀目的紫花布衣褲，可以作爲人家所在的旗幟。秋冬來時，房屋在懸崖上的，濱水的，無處不朗然入目。[74]

描述的過程中，如詩一般的評論透過作者的觀點提升物體的精神。畫作將一切攤在紙上，當品畫者的眼睛掃過影像，控制著自己的視線、速度以及留下畫裡細節的程度。反之，透過文字表現的時候，讀者觀看的順序則是由敘事者所控制。身爲作家的沈從文顯然掌握了這一切，他在文章當中努力克制自己不做贅述，並且集中描述視點滑過他所創造的世界而留下的印象。

然而我們不禁要問，這些描述和故事的題材有何關聯？看起來作者繞了很長的路打造故事場景，但沈從文腦中有一幅更大的畫。圖畫般的效果建立了宇宙的永恆，以此對比人事的轉瞬即逝。眼前的故事建立在翠翠父母自殺的背景之上，除了故事裡的主要人物，當地的居民變成時間靜止的背景。主角與故事的發展隨著敘述時間而讓前景加速，而背景的寧靜也漸漸被劇情打散。

故事主線直到第四章才展開，在接下來的情節中，劇情時間橫跨兩年多，並且以每年的端午節爲界。文字對於前兩年的描述轉得很快，馬上就進入眼前最後幾個月。當場景轉到現在，本來和諧的世界就產生變化。

對白與歌唱在故事中是兩種對立的溝通方式，作者試圖證明文字無法傳達人的意圖。書中人物無法找到對的字來表達自己，也無力了解其他人所說的話，這造成和諧世界的崩潰。人物之間的對白引發一連串的誤解，最終帶來悲劇。祖父急著安排翠翠婚姻的計畫失敗，事實上是讓事情變得更糟。大家都在無意中遭到誤解受辱，身爲哥哥的大老死了（可能是自殺），之後祖父過世，而最後連弟弟二老也相繼失蹤了。

因此，祖父想要藉自由意志來掌控孫女命運的結果就是破壞了原本生活的寧靜，而日子依舊如故。故事結局是翠翠一個人守在河畔等待著眞愛歸來。年輕人到底會不會回來沒人知道，但問題已經不再取決於人的意志，而是掌握在比人世間更大的天命手中。

讀者不禁注意故事裡出現的道家哲學元素。《邊城》大部分的篇幅都在描寫自然景致，包括了聲音和寂靜，而老船夫的死亡則是在夜裡的風雨中以兩句話輕輕帶過，且書中也未明確交代大老的死因，引起讀者好奇心並追問他是否自殺。沈從文之後提到文學作品中的留白，指出寫作上的留白跟音樂及視覺藝術一樣重要：「讓主題人事在一定背景中發生存在時，動靜之中似乎有些空白處，還可用一種恰如其分的樂聲塡補空間。」[75] 他也認爲是否要在中國畫裡留白，就跟透過寂靜來表現完美一樣重要。留白之處讓讀者可以建構自己的意義，他引述哲學家尼采所說的話：「證明一事是不夠的，應該將人們向之引誘下去，或啓迪上來。」[76] 雖然作者是在重新安排已存的現象，但他們的工作不單呈現事實，而是根據自己的想法來組織現實：「再從宋元以來中國人所作小幅繪畫上注意。我們也可就那些優美作品設計中，見出短篇小說所不可少的慧心和匠心。『似眞』、『逼眞』都不是藝術品最高的成就，重要處全在『設計』。」[77] 留白之處是爲了讓讀者產生共鳴，並且透過想像用自己的方式來完成故事。以《邊城》爲例，空白是留給讀者對人物的理解，像是翠翠對二老儺送那含蓄的愛，以及祖父對翠翠未來的不安；空白也留在故事的敘述之中，像是對於哥哥天佑的死還有儺送的下落都沒寫，最特別的是對翠翠的結局也未做交代。

沈從文不願意滿足我們的好奇心，給這些細節留下讀者想像的空間。他堅信將他的敘事基調控制在指陳人不論做什麼都無法躲過天道運行的規則這個概念上。如果我們只注意到故事的情節，而忽略作者對於自然景致的諸多描述，我們就會錯過故事的廣度。他並未把哲學原理講白，而僅透過書裡那些視覺上與感受上的客觀觀察反映出這些規則。沈從文利用自由間接引語（free and indirect speech）來突顯人物的心理活動，使它們與自然銜接成唯一的整體。這些心理活動顯示著：人物角色的信仰與價値如同外在環境一般，成爲他們存在的外在條件。這些自由間接引語和造成誤會的直接對白成了明顯的對比。

敘事之中，《邊城》間接表現沈從文對於人類存在的無明之苦和道德傾向的同情。這部作品的美並不在於描寫湘西風景，也不在淒美的愛情悲劇，而是在含蓄中、甚至模糊不明確中表現出人事的無法如願，人類意志無論有多麼堅定，情感如何深刻，在宇宙萬物整體中都是如此微不足道。

故事中對於此地的描述並不完全是虛構，我們清楚地知道他眞正拜訪此地的所有細節，而角色也來自於他所遇過的人。但是這些故事上的設計及安排並非出於客觀世界，而是沈從文個人的世界。這讓我想到唐代文人畫家張璪所說的「外師造化，中得心源」。[78]

蘇軾對唐代詩人王維所說的「詩中有畫，畫中有詩」在中國藝術的評論裡已快淪爲陳腔濫調。但藝術本質是創作者的心靈是詩與畫互動背後所呈現的概念。然而，自我是藉著對外在世界的理解而表現出來，正如同是畫與詩的客體。當我們將同樣的潛在規則運用到現代小說的創作，可見文人對藝術家的要求依然可以套在沈從文建構《邊城》世界的方式。

中國所謂的詩、書、畫「三絕」自有其悠久歷史，其中沈從文的書法便頗有名氣（至少在他的朋友圈內），也畫了許多中國水墨畫來勾勒當地的河堤。雖然沈從文未把繪畫或書法用在小說裡，《邊城》的敘事架構卻很像古代詩人嘗試推破語言界線以追求超越文字的效果。《邊城》的描述元素描寫出感官圖像，彷彿是畫家在作畫。《邊城》裡並無作者的聲音，卻承繼從藝術家觀點所做的自然描述。《邊城》高度仰賴此種表現形式的效果，在寫作中創造一種暗示，也賦予此文本更寬廣的詮釋空間。「言外之意」是中國文人創作的靈感泉源，也是中國美學傳統的目標之一：精通藝術的主要方式在於藝術家是否能夠有效地將現實世界中那雜亂無章的資料，轉換成一件和諧的藝術品。藝術中所表現出來的自然世界生命力，僅僅是接收訊息者心靈的表現，而透過藝術呈現所捕捉到的意義，也包含作者敘述中所隱含的意義。

《邊城》所理解與呈現的現象，展現了《莊子》強調的神與物遊之精神，而作者的抒懷之聲，一旦去除作者的個人好惡，就代表著一種全觀式而無我的聲音意見。謝赫〈古畫品錄〉提出用六法來分析繪畫。[79]第一法「氣韻生動是也」指的是一部作品之所以生動，反映的是作者的心靈，而非現象本身。其他和技巧與設計有關的五法，對於建立作品還有心靈的生命力都是次要。在此傳統下，對於地理景致的描寫反映的是中國哲學的宇宙觀，尤其是個人與自然之間的關係。自然與自我之間的和諧對自我中心意志的消解與昇華。「我執」變成了自我與自然界（也就是道）的阻隔，而作品中「自我」的成分成了王國維所說的造景與造境之境界的高低，有我之境比不上無我之境。文字就成為那些存在於文本之外、難以言傳事物的載體。

《邊城》的遠景描繪與歷史背景只是要造就一種距離感，用以對比人類眼前的利益。由此看來，我們可說《邊城》的藝術成就不在於技巧，而在於沈從文透過藝術呈現來傳達天道的本質。

《湘行散記》

一九三四年一月七日沈從文離開北京到鳳凰探視病榻中的母親，這也是他十年之後第一次踏上返鄉之路。由於沒有陸路通往目的地，唯一可行的方式就是搭船走水路，而一趟來回費時近一個月。雖然他花了二十五天搭船，但當他千辛萬苦地抵達鳳凰時，卻只待了三天。由於故鄉附近的共產黨地盤江西瑞金遭國民黨部隊包圍，沈從文決定此趟要隻身前往。[80]他在旅途中總共寫了近五十封家書給妻子張兆和。其中一封信裡提到返回北京之後，希望可以把這些人作爲素材，寫十幾則短篇故事，並且說：「寫得好，一定是很大的成功。」[81]當他回到北京，先是完成《邊城》的後半部，之後就開始寫《湘行散記》。

《湘行散記》從書簡取材，全書共十二章。作者採遊記體，宣稱要把更複雜的議題嵌入「散記」，比他在小說裡所做的還要複雜，他寫道：

> 這個小冊子表面上雖然只像是涉筆成趣不加剪裁的一般性遊記，其實每個篇章都於諧趣中有深一層感慨和寓意，一個細心的讀者，當可容易理會到。內中寫的儘管只是沅水流域各個水碼頭及一只小船上縴夫水手等等瑣碎平凡人事得失哀樂，其實對於他們的過去和當前都懷著不易形諸筆墨的沉痛和隱憂，預感到他們明天的命運——即這麼一種平凡卑微的生活，也不容易維持下去，終將受一種來自外部，另外一種巨大勢能所摧毀。[82]

雖然書中行程以及主題和信中所提大同小異（《散記》只寫去程，而未寫到回程），但沈從文不再用自己所熟悉的新聞報導語調，而是改用一種正式、散文式的寫作語言，像是捨棄用「你」、個人訊息以及文章日期等。他對於自己作品的看法還有談到未來寫作計畫的部分也全都刪除。十二篇文章分開來寫、分開發表，而後收錄成爲一本文集，每篇文章都有各自的標題，也都各自處理特定的主題，顯示這本書寫起來比書名《湘行散記》所顯示的更有結構。

多年以後，沈從文在〈一首詩的討論〉與〈談寫遊記〉這兩篇文章，論及個人對遊記寫作技巧的看法，使得我們可以間接或直接看到他在寫《散記》時的想法。這些文章所提到的觀點，有兩點和《散記》特別密切：首先，沈從文認爲《散記》屬遊記小說這種新文類，小說與遊記融合在一塊，創作出一種類似於屠格涅夫（Ivan Turgenev）《獵人筆記》的氣氛。[83]第二，沈從文覺得遊記的寫法比起小說可以讓作者更自由：[84]遊記和小說一樣，可以運用留白與靜音來結合視覺與聽覺的技巧，但是它也允許老一輩特有的客觀知識來強化新現象。因此，一本成功的遊記可以引領讀者走過一趟細微且栩栩如生的山水之旅，並同時留下反思的空間，是教育甚至是啓蒙的來源。[85]想當然耳，沈從文認爲遊記最適合用來處理「地方性」的問題。[86]

沈從文擷取行程的精華，並且以一定的篇幅寫下各個故事。這就和中國傳統之中的遊記及山水詩一樣，遊記寫在旅程結束之後，如此做的好處是作者在介紹《散記》時，可以寫出整趟旅程的心得感想，這一點就是家書辦不到的，因爲家書是每隔一段時間就記錄，根本毫無結構可言。如沈從文在信中所提，《散記》的目標是寫下湘西的風土人民，尤其是一路相伴的船夫。由於湘西是沈從文的故鄉，他在描寫此地自然會夾雜個人情感，但作者小心地呈現出個人情感與客觀評估的對比。《從文自傳》裡說湘西是「一本大書」，它的人民與周圍環境是他自我教育的根源，而在《散記》裡兩者之間的關係倒轉過來，湘西這本大書和在此地生活的人民曾經形塑沈從文的人格特質，現在則在沈從文筆下重新定義。

沈從文藉由重新定義湘西以化解旅程中所經歷的緊張關係。在化解的過程之中沈從文不僅爲個人煩惱找到說詞，同時也是他自我教育的過程，讓他開始修正對於此地的觀點，還有對文明化的看法。馬克·肖勒（Mark Schorer）分析沈從文在作品中闡述經驗所使用的技巧，區分出經驗的內容還有完成的內容，也就是說寫作時的表現：「內容、經驗以及完成的內容或藝術都是技巧。」不僅如此，他也認爲：「技巧是作者發現、探索或發展主題的方法，也是傳達作品意義的方法，而且最後還是評估作品的方法。」[87]《散記》的主角並不像小說的主角，許多值得記下的人物並未引起太多注意或佔據太多篇幅，這些人登場是爲了強化證明當地的精神。如此一來，旅程中的人物與事實就逐漸變成一種工具，使得這些散文充滿了小說中所沒有的實在感。作者旅程中的獨特經驗是他吸引讀者進入此對話形式的方式，並同時避免掉入作者毫無掩飾的批評及個人偏好之中。

如同書名所暗示，《散記》有可能被歸爲「散文」，而事實上這是《沈從文全集》編撰時主編所下的標題。作者書寫湘西最令人印象深刻的風格在於他描寫出此地的流動性。書中安排的前後順序，使他在呈現當地的過程中創造許多影像片段。這些分離的影像片段，從他一到馬上就爲地理景致著迷，到旅程中和當地人的對話，再到他內省時長長的個人獨白，爲他的論點創造了文本的豐富性和複雜的脈絡。他的心靈從眼下的景致脫離，超越他在河上所見所聞的想像，將此情況從特殊提升至普世可見。儘管寫起來很零碎，作者的風格與語調前後一致，透過一股控制的力量緊緊綁在一塊，那就是作者的心靈。

沈從文曾認爲此技巧取自音樂，在寫給蕭乾的信中，沈從文提到自己寫《散記》時編織多條不同影像想法（音樂曲調）的軸線，拉抬並深掘讀者的期待，像是在文章中有些地方他會突然停下並插進其他內容。[88] 當讀者少了固定模式可遵循，就會放下戒心，看文字的時候不知道接下來會出現何種畫面。對作者與讀者來說，這樣的效果非常大。故事本身未必要有個完整的結局，而是快速瀏覽過作者所經歷的浮光掠影。具備此能力讓文學家能夠顯露「藝術家的心靈」，並因此在作品中見「道」，生命哲學家可能要用很大的篇幅才能說透，作家卻可以用更少的文字辦到同樣效果。[89] 從風景擷取下數不清的圖像，包括沈從文的回憶、歷史或文學想像力（透過敘事者的聲音），沈從文所創造的整體印象無法輕易打破成爲各個部分。湘西這個具體存在的地方被鑲嵌到各式各樣的人格特質與千絲萬縷的關係之中，而這正是他隨心所欲所引用的素材，他寫道：「使人事凸浮於西南特有明朗天時地理背景中。一切還帶點『原料』意味，值得特別注意。」[90]

沈從文達致此效果的方式幾乎很少受到坊間評論的關心，但這點相當重要，因爲它使讀者閱讀他的作品時可以集中在作者的藝術目標中，而不是他所公開的社會或政治意識形態。從沈從文明確表達個人對湘西未來命運的想法來看，與其說沈從文對文學的影響力毫無興趣，不如說他覺得達到此目標的方法是提供讀者一種美學經驗，讓他們可以根據自己的體認得出結論。

如果我們將沈從文過去如何建構更傳統、更有結構性的小說，以及《散記》中針對相同題材更爲流動的處理過程區分開來。我們將會發現，由於沈從文不再受限於要發展角色與替故事寫結局，所以可傳達更多的訊息。作者藉著許多暗示，如文學遺產、地理景致、孩提記憶、特殊文化、故人，引導讀者閱讀的期待。由於不再有傳統小說形式裡目的論式的情節發展，這項技巧解除並停止讀者的判斷，在讀者可以對於內容好好的思考反應之前，幾乎從頭到尾都是在吸收資訊。

第二章〈桃源和沅州〉就是個最好的例子。這篇文章是整本書最客觀的一部分，甚至跟此趟旅程無直接關聯。沈從文開始先追溯了湘西一座村莊的文學地位——有許多文學大師都在此寫出巨著——而且展示當地完美景象的歷史，如此一來就創造出他所想要反駁的背景。敘事者首先帶讀者回到陶潛（三五六—四二七）〈桃花源記〉所描繪的時代，來到武陵——這個連到辰河邊上的桃源，這樣一個烏托邦的設定當中。作者說明了文學遺產如何形塑地理景致：

> 大概從唐朝以來，命運中注定了應讀一篇〈桃花源記〉，因此把桃源當成一個洞天福地。人人皆知道那地方是武陵漁人發現的，有桃花夾岸，芳草鮮美。遠客來到，鄉下人就殺雞溫酒，表示歡迎。鄉下人都是避秦隱居的遺民，不知有漢朝，更無論魏晉了。[91]

敘事者點出人對於這座村莊的期待，具體說明文學的歷史想像如何讓一個地方成爲朝聖之地。但根據沈從文的說法，這將使得商業活動崛起，並且讓兩件事產生連結：有商業的地方就有妓女。文學遺址已經變成工具，讓沈從文可以藉此討論娼妓的生活。他先是談妓女的社會史，接著說文學朝聖的體驗，找女人尋歡作樂，因此作者引用不少詩句，將這個主題往前連結到他一開始所說的文學景致。

接下來，沈從文開始介紹妓女的日常生活：

> 至於接待過這種外路「風雅」人的神女呢，前一夜也許陸續接待過了三個麻陽船水手，後一夜又得陪伴兩個貴州省牛皮商人。這些婦人照例說不定還被一個散兵游勇，一個縣公署執達吏，一個公安局書記，或一個當地小流氓長時期包定佔有，客來時那人往煙館過夜，客去後再回到婦人身邊來燒煙。[92]

他接著說明買春如何進行，並且與過去比較。他所寫的現實情況完全不同於過往文學作品給人的浪漫印象，由於沈從文打破過去所知的迷思，讓他重新勾勒讀者即將經歷的地方。以不帶感情的筆觸寫出妓女生活的苦楚：

> 妓女的數目佔城中人口比例數不小。因此彷彿有各種原因，她們的年齡都比其他大都市更無限制。有些人年在五十以上，還不甘自棄，同十六七歲孫女輩前來參加這種生活鬥爭，每日輪流接待水手同軍營中火案。也有年紀不過十四五歲，乳臭尚未脫盡，便在那身服侍客人過夜的。[93]

再下一段，沈從文描寫妓女所賺的皮肉錢是多麼微薄，還有她們如何面對疾病及死亡，他只用了幾句話就把妓女的命運刻劃得一清二楚：

只要支持得下去，總不會坐下來吃白飯。直到病倒了，毫無希望可言了，就叫毛伙用門板抬到那類住在空船中孤身過日子的老婦人身邊去，盡她咽最後那一口氣。死去時親人呼天搶地哭一陣，罄所有請和尚安魂念經，再託人賒購副四合頭棺木，或借「大加一」買副薄薄板片，土裡一埋也就完事了。94

再來，沈從文轉而討論當地現代公路的結構、車資，還有從此地到長沙（湖南省會）要花多少時間。但是作者對於所運物品、車子多寡，以及鴉片買賣的詳細描寫都不重要，因爲緊接著就是寫河上運貨的老河道以及河上的船。三言兩語提到當地的雞蛋看起來像鴨蛋之後，敘事者提到一種被當地人稱做「小划子」的船，如同雞蛋一般，這種船也是當地特有。這些船的確是外地人想要一覽此地美景的方法，也是想研究當地礦產與其他產業的渠道。當讀者相信船是此趟旅程不可或缺的工具之後，敘事者接著解釋不論你做什麼研究都需要聘請一種船夫來帶路。

作者以一頁篇幅描寫船夫。當他再度生動地描繪出船夫在河上的生活之後，敘事者讓讀者相信這些人的脆弱也是自然整體的一部分；當他們倒楣地困在險象環生的溪流之中，極有可能在一夕之間就失蹤滅頂。作者先是提從事船夫這項工作的基本條件，需要的不僅是勇氣與強壯，也需要冷靜與謹慎才能夠讓船安然通過暗礁與漩渦，故事接著解釋一個年輕的船夫在變老之後一定會轉而照顧船隻。這些滿足客人、賺錢過活的基本技巧並不會讓他們發大財。接下來，敘事者插入長長一段文字，想像屈原這位最早搭船渡河的外地人曾經看過的畫面。作者在此回到故事開頭所寫的文學景致，對風景的描述結合屈原的詩，帶著感情寫到周邊世界幻化的植物以及地理景致的形成，將這個地方打造成「聖境」，但是這些畫面很快就被城門上的血跡所破壞。

他在此停下，解釋血跡的由來。一位年輕的北京大學生帶領著兩萬名農民在城門前抗議，鄉下人手上的木棍和旗子與統治者的機關槍形成強弱的對比。血跡是這位學生還有四十個農民的，他們站在抗議隊伍的前排並且在城牆前遭到殺害，剩下的鄉下人一個不剩地到處逃竄。為了警告當地居民，大學生的屍體被懸吊在木門上三天，之後「一齊拋入屈原所稱讚的清流裡餵魚吃了」。[95] 讀著屈原筆下對此地的描述，還有鄉下人所遭遇的殘忍待遇，敘事者靜靜地說：「幾年來本地人在應付差役中把日子混過去，大致把這件事也慢慢的忘掉了。」[96]

作者對此地的敘述又轉回船夫的生活，只不過此時結合了妓女的畫面。從桃源來到沅州，船夫在桃源短暫歇腳，當地有許多女人從事此「最古的職業」。[97] 船夫拿到工錢之後上到沅江岸上，就可以「花四百錢關一次門，上船時還可以得一包黃油油的上淨煙絲」。敘事者評論道：「照目前百物昂貴情形想來，一切當然已不同了，出錢的花費也許得多一點，收錢的待客也許早已改用『美麗牌』代替『上淨絲』了。」[98] 水手跟皮匠之間關於女人的對話，皮匠問說：

「弄船的，『肥水不落外人田』，家裡有的你讓別人用，用別人的你還得花錢，這上算嗎？」

那水手一定會拍著腰間麂皮抱兜，笑瞇瞇的回答說：「大爺，『羊毛出在羊身上』，這錢不是我桃源人的錢，上算的。」[99]

敘事者對此的評論是：「本人正在沅州，離桃源遠過八百里，桃源那一個他管不著。」故事的結尾提升至一句道德評論：「便因爲這點哲學，水手們的生活，比起『風雅人』來似乎灑脫多了。若說話不犯忌諱，無人疑心我『袒護無產階級』，我還想說，他們的行爲也實在還道德得多。」[100]

自從沈從文一九二〇年代找到文學立足點之後，船上水手與岸上妓女的生活就擄獲他的想像力。但是這些人卻不是小說裡的主角，而是藉著他們烘托出地方味。在沈從文眼中，水手與妓女赤裸裸地顯示出人性最重要的某些面向，他們的生活受到歷史與地理的力量所影響，給他們的生活帶來限制，也帶來自由。

另一篇故事〈一個多情水手與一個多情婦人〉之中，沈從文以完全不同的手法討論妓女和水手之間的愛情，[101]這篇故事所談完全是個人經驗。敘事者一開始用遊記體，點出具體的時間，還有船上所見的景色，緊接著提到妓女與水手如何面對分離，也敘述了他們其他生活（存在）層面。接下來，作者從閒話家常轉到自己聽聞的例子，再次以當地景致片段的畫面與聲音爲背景。作者注意到自己聽到「某個」男人的名字，而起初也只是把他視作當地景致的一部分，隨著沈從文開始說男人與情人夭夭之間的故事，他就變成了牛保這個男人。故事詳細描寫男人與妓女間複雜的生活，以及過去這短短時間牛保爲了見夭夭所遭遇的麻煩。夭夭年紀還只有十九歲，原是一個煙鬼所佔有，但這並無法阻止她追求幸福的渴望。她那顆心從無拘束，愛上水手與其他人，包括那激發她熱情與想像力的敘事者。屋主講完她的故事之後，作者又提到有人對他說了一些不應當寫在紙上的事情，這女孩悲慘的命運：

> 各人眼望著熊熊的柴火，心中玩味著「命運」這個字的意義，而且皆儼然有一點兒痛苦。我呢，在沉默中體會到一點「人生」的苦味。我不能給那個小婦人什麼，也再不作給那水手一點點錢的打算了。我覺得他們的欲望同悲哀都十分神聖，我不配用錢或別的方法滲進他們命運裡去，擾亂他們生活上那一份應有的哀樂。[102]

故事在一段個人心情抒發後劃下句點：「下船時，在河邊我聽到一個人唱〈十想郎〉小曲，曲調卑陋聲音卻清圓悅耳。我知道那是由誰口中唱出且爲誰唱的。我站在河邊寒風中痴了許久。」[103]

沈從文寫《湘行散記》時充滿企圖心。這些快速翻轉的影像中，作者的想法嵌在其中躍然紙上。書開頭很快提到那位戴著水獺皮帽子的老朋友，我們可以把他視作陶淵明〈桃花源記〉裡的漁人，緊接著就引領我們進入當地的文學景致，也讓他可以用《楚辭》裡的畫面來描寫當地。在〈箱子岩〉這篇文章裡，作者又再回到屈原，並且冷冷地說屈原筆下不斷提到的悲戚，兩千年來根本未變：

> 這些人根本上又似乎與歷史毫無關係。從他們應付生存的方法與排泄感情的娛樂上看來，竟好像古今相同，不分彼此。這時節我所眼見的光景，或許就與兩千年前屈原所見的完全一樣。[104]

當兵的日子、船上的歲月、小說裡的主角與《從文自傳》又再度浮現。讀者過去在他作品中所見，關於沈從文家族的興衰變化，跟他現在所描寫的一切有很大的對比。悲傷已經被美麗的景致所消弭，未知的力量所帶來的黑暗即將破壞當地的寧靜與停止的時間感。報導文學的語調以及水手與妓女之間活生生的對話，結合了他當下感受而寫出的抒情文字，使得《湘行散記》變成一本由各種不同文體所湊成的拼貼畫。這本書將小說、純文學與散文的界線往前推，集合成一種藝術形式。我們再也不需要問這部作品是否如實呈現一個地方的實際情況，作者只是將他的意圖攤在讀者眼前，而夾雜在其中的概念與想法自然從圍繞在文本的架構裡跑了出來，當作者描寫當地的景致時，藉由畫面的反覆呈現強化了文本在讀者心中的文字豐富性。對於文本的整體印象只有在讀者看過這些影像之後才會逐漸浮現，而書中的每一篇文章則前後呼應，引領我們進入當下情景。

歷史的循環（人與土地之間的關係）還是沈從文一貫的關懷，但對於這些人來說什麼是最好的替代方案，沈從文並未提供任何解決之道。他說：「有點擔心，地方一切雖沒有什麼變動，我或者變得太多了一點。」105

從《鳳子》到《看虹錄》

截至目前爲止，本章已經處理了沈從文四種不同的敘事風格：《八駿圖》對意識的描寫，輪流說故事的《月下小景》，《邊城》中呈現出人所處那田園詩般的情境，以及《湘行散記》的「遊記小說」。當沈從文的作品逐漸成熟，並且可以從自己抽象的想法中區分出不同的軸線之時，他也可以針對不同的作品賦予不同敘事風格。因此我們不禁要問：如果他想要把這些不同的軸線重組寫進一部作品裡，那將是什麼樣子？這正是沈從文在《鳳子》的目標，他試著把各式各樣的敘事結構和題材結合在一塊，而結果就是讓讀者產生一種前所未有的閱讀經驗。

《鳳子》一九三四年版的題記裡，沈從文說自己打算從一般民眾將文學解釋成「向社會即時兌現」的工具走出來，改走一條怎樣孤僻的小路，肩負起「民族理智與德行」的任務。[106]這個故事結合了各種文體，把他在《從文自傳》、《八駿圖》、《月下小景》以及《邊城》的各種軸線都納進來，有許多部分要不是摘錄就是整段直接抄之前的作品。儘管整部作品看起來很鬆散，沈從文在《鳳子》中片段的印象，事實上將他寫作技巧令人印象深刻的流暢性發揮到極致。這些篇章也因此帶來許多清晰的評論，像是夏志清的著作，特別是沈從文作品中鄉下與城市的二分。但是，幾乎沒有評論作品從整體上處理《鳳子》的結構與複雜性。[107]因此，個別的篇章可能既簡潔又流暢，但整體敘事結構的連貫性卻比較不清楚，因此需要更多的探討。

這部作品內含四條故事軸線，彼此之間的連結性（interconnectedness）並不是太強，強調的重點也大不相同；第一篇是關於一名年輕人（敘事者）前往×島的旅程，基本上指的就是青島；第二篇是一個老叟與年輕人之間的對話；第三篇則是敘事者和老叟的會面；而第四篇則是老人二十五年前的湘西之行。前三篇故事佔了全書前四個章節，故事的背景發生在一個無名的海邊城市，而後六個章節則全部處理第四篇故事。這六章看起來似乎有某種整體性，但每篇各有導言，因此也可當成獨立的故事來看，而不管前後之間的關係。這六個章節也被視爲是《鳳子》最主要的部分。

貫穿最後一篇故事的主題是從故事中主角的觀點寫下長篇獨白及對話，不斷辯論魅惑與解魅、不確定與啓蒙這些概念。沈從文以各種辯論爲平台，表達他與道家虛無產生衝突的內心想法，以及個人獲得啓蒙的方法。

前四章回溯一位年輕人那段無法贏得心愛女人芳心的旅程。一開始那部分特別隱晦，故事裡許多訊息只能從他離開北京去青島之前那段時間的個人資料來理解，而主要的參照點就是沈從文在張兆和還是學生的時候開始追求她，而他辭職有部分原因也在於她在收到多封信之後拒絕了他。[108] 故事的編排讓我們想到《八駿圖》裡的達士先生，但卻多了許多對故事中人物性格的刻劃。這位年輕人跟〈龍朱〉裡那位完美的主角同鄉，同樣被北京生活的困苦所折磨。他處於一種憂鬱與悲劇的狀態中，自認爲是塵世中的行屍走肉，完全符合他在〈〈龍朱〉題記〉對自己的描述。[109]

故事中的年輕人跟六位教授同住一棟宿舍。場景、生活、房間都跟《八駿圖》裡的描述大同小異，但這裡只是簡單的勾勒出外觀，而不像之前的作品是作爲對話發生的背景。在第二部分〈暮色〉裡，年輕人的憂鬱因爲無意中聽到一個老人與年輕女孩的對話而遭打斷，兩人間的對話引起他想進一步認識他們的好奇心。

對話主要包含老人與年輕女孩之間親密的辯論，一再表現出沈從文後來在〈水雲〉裡對於美和愛情的泛神論觀點（見本書第一章）。藉由老人的話，沈從文鼓吹一種神聖之愛，並且臣服在自然之神與精靈底下。他認爲宇宙的美是「無顏色可塗抹的畫，無聲音可摹仿的歌，無文字可寫成的詩」。但是女孩則是代表另一股聲音，拒絕接受老人的說法：「無文字的詩，無顏色的畫，這是什麼詩？我永遠讀不熟！」女孩接著說：「我承認一切都是美的。可是什麼美會成爲驚人的東西？一切都那麼自然，都那麼永遠守著一種秩序，爲什麼要吃驚？」老人回說：「你還年輕；你是小孩子，你不會明白的。」[110] 接下來老人一連提出各種人無力掌握自己命運的說法，以及科學與人類的知識爲何不適合用來解決此問題。對於老人來說，每個人難免一死，不論死的可能性是高或低。

老人與年輕女孩之間的關係並不清楚，雖然兩人的對話暗示了他們可能愛著對方。文中流露出老人已經日暮黃昏所以沒有太多的時間享受有她爲伴的日子，但他也同時告誡她別太天眞，否則她將無法感受到自己有一天要面臨的「死亡」。他稍帶遲疑地說：「我願意死了，因爲你的存在，我就不能死。……有一樣東西就不許可我，即或我自己來否認我是一個老人，有一樣東西……」兩個人的聲音隨著夜漸深而慢慢消失。

第三與第四章有更多對話，而這一次是客人（年輕人）與先生（老人）的對話。故事講的是老人已經在年輕人的故鄉生活了一段時間，用了許多篇幅描述老人的生活方式，特別是他特殊的怪癖之後，兩人開始討論年輕人的故鄉，並且分享彼此對於無情的歷史在故鄉留下的痕跡所感到的遺憾與悲傷。兩人之間的對話充滿了樹木、陽光與河流等符號，用以呈現生命的無常，而對話在文體上不大自然且抽象，並且有一些模糊的性暗示，像是「你精神倒眞是一隻豹子！」「你不覺得你很像一個年青人嗎？」「你應當明白你是豹子啊！」[111]

兩人說到自己無力回到他們曾經視爲天堂的地方，老人也把自己在那裡發生的一切告訴年輕人。

第五章題爲〈一個被地圖所遺忘的一處，被歷史所遺忘的一天〉，故事一開始顯然捨棄前幾章的敘事手法。即使作者談的顯然是老人的故事，但這篇故事卻是以第三人稱的口吻來寫。聽起來講話的似乎是個陌生人，而不是同鄉的年輕人。作者從《從文自傳》一字一句抄了一大段過來，語氣就像寫論文在介紹鎮筸（鳳凰古名）與桃源這兩個地方。這些段落使用許多假設句創造出一種稀鬆平常的語調：

> 一個好事的人，若從二百年前某種較舊一點的地圖上去找尋，當可在黔北，川東，湘西，一處極偏僻的角隅上，發現了一個名爲「鎮筸」的小點。
>
> 凡是有機會，追隨了屈原溯江而行那條常年澄清的沅水，向上走去的旅客和商人，若打量由陸路入黔入川……都應當明白「鎮筸」是個可以安頓他的行李最可靠也最舒服的地方。
>
> 一個旅行的人，若沿了進苗鄉的小河，向上游走去，過××，再離開河流往西，在某一時，便將發現一個村落，位置一帶壯麗山脈的結束處，這旅行者就已到了邊境上的礦地了。112

故事描繪的這些地方彷彿是久被遺忘的天堂，而居民們活在現代政府與古代的神話之中。

故事的主角是一個被派來當地調查礦產的地質工程師。《鳳子》剩下的篇幅寫的都是工程師與那位雄辯且深諳城市與鄉下行事風格差異的總爺兩人間的對話。他們兩人比較了生命的價值與愛情的意義在城市與鄉下的不同，同一段文字也見於沈從文後來一九四〇年左右所寫的文章〈美與愛〉，這篇文章顯露沈從文的泛神信念，以找出生命的愛、神聖與自然意義三者之間形而上的關係。在這些充滿暗示與抽象的對話中，還夾雜著對老師（先生）經歷過的外部環境抒情般的描述。當地的地理景致與景色所觸發的情感，使得他放下自己對鄉下生活方式的懷疑。他目睹了獻祭儀式以及民間的司法體系，並且在那愛上一個女人，她的聲音與容貌彷彿天上的仙女般美麗。這個故事是把「老師」帶回屈原時代的精神之旅：

但看剛才的儀式，我才明白神之存在，依然如故。不過它的莊嚴和美麗，是需要某種條件的，這條件就是人生情感的素樸，觀念的單純，以及環境的牧歌性。神仰賴這種條件方能產生，方能增加人生的美麗。缺少了這些條件，神就滅亡。我剛才看到的並不是什麼敬神謝神，完全是一齣好戲；一齣不可形容不可描繪的好戲。是詩和戲劇音樂的源泉，也是它的本身、聲音顏色光影的交錯，織就一件雲錦，神就存在於全體。在那光景中我儼然見到了你們那種神。我心想，這是一種如何奇蹟！我現在才明白你口中不離神的理由。你有理由。我現在才明白爲什麼二千年前中國會產生一個屈原，寫出那麼一些美麗神奇的詩歌，原來他不過是一個來到這地方的風景紀錄人罷了。屈原雖死了兩千年，九歌的本事還依然如故。若有人好事，我相信還可以從這口古井中，汲取新鮮透明的泉水！[113]

這篇故事是要告訴我們，一個受過良好教育的知識分子臣服在非理性的價值與民間的泛神論，事實上這也是沈從文自己在其他地方已經達成和鼓吹的立場。夏志清早就已經指出：「若拿來當一個現代中國作家的『宗教觀』來看，雖嫌天眞，但其中自有其智慧，與當時的功利唯物思想，恰成一強烈的對照。」[114]

然而，從小說寫作的觀點來看，我們可以看到這篇故事整體上以及這些對話內容的限制，因爲沈從文錯以爲可用虛構的形式來傳達清楚的理解。爲了理解這篇故事，故事的前半段，也就是智者與年輕女孩還有年輕人之間的對話，主要是講述「先生」啓蒙的經驗，但在不同的章節之間並沒有敘述連慣性。

整篇故事的走向最後並沒有回歸到現下時空，所以王德威在提到《鳳子》這篇故事時，在標題之前加上「未完成的小說」。[115]可是作者可能是刻意不回到當下，一旦我們理解故事裡的老人，也就可以理解他爲什麼現在要對年輕人，而之前要對女孩說這些話。之前對話的意義現在已經完整，因此除了談年輕人的反應之外，沒有什麼故事情節要交代了，而這就給人一種未完成的感覺。但我們被感動了嗎？沈從文寫出了作者與讀者繼續活下去的理由了嗎？清楚說出這麼多關於愛、美與神的話，但效果完全不如〈丈夫〉與〈柏子〉以間接的方式來表達同樣意思，只因爲後面的故事裡，人的憂鬱出於感受而非出於讀者的測量。沈從文之前對於人類存在的描述語帶同情，爲讀者卸下個人知識與道德偏見創造了空間，並屈服在他敘述上的完全掌控。但在《鳳子》，作者刻意將時間倒轉、詳細介紹個人經歷與地理環境，還有對於泛神原則的清楚論述，彼此之間互相干擾，作者不曾解決這個問題，也就妨礙了讀者的理解。

沈從文想要傳達的是他如何將自己受到壓抑的性慾給知識化（intellectualize）並提升至泛神論的世界觀。不得滿足的情和欲被美、死與神所取代，使得人類可以了解自己的外在限制並同時尋找精神理想。受啓蒙者自己（不論是老人或沈從文）開始活在抽象概念的世界裡，但這個問題在在他的日記與散文裡處理得更成功，像是〈燭虛〉與《七色夢魘》。

走向虛無——《看虹錄》

短篇故事《看虹錄》挑了一個《鳳子》前四部分未做解釋的問題，即使用的不是《鳳子》裡的訓示語氣，作者在其中描寫自己受到壓抑的性慾如何轉變成像夢一般的抽象原則。《看虹錄》有極爲複雜且模糊的結構，反映出現實、夢境、記憶與寫作之間的連結。第一節與第三節敘述的是一個人二十四點鐘（小時）內生命的一種形式，敘事者回想起前幾個小時的經驗，並且將之轉換成一部小說，然後反思這篇故事乃至於一般小說的意義。敘事者在第一章回想起他早期如夢境般的經驗，進入一個房間開始閱讀一本奇書。書的第一頁有個題詞：「神在我們生命裡。」

第二節則是由經驗轉成小說所寫下的故事（第三節會交代寫作過程）。第一節如夢般的情境在第二節中被第三人稱的敘事所取代，「我」指的是客人，「房間」則變成一個女人的房子，而故事就發生在客廳。第二節講的是兩個主角一起在那讀客人所寫的一本書。書寫的是一個獵人迷戀母鹿的身體（事實上，房子的女主人後來收到一封男人引述所羅門之歌而寫的信），藉由調情到勾引增添兩人的想像力。他們內在的慾望與外在個人形體成爲鮮明對比，而他們一開始是以抽象的畫面來談論，讓我們想起《鳳子》前四章，但是在抽象討論中，內在隱晦的意義則很清楚地隨著對話表現出來。從表面層次來看，兩人之間的對話也討論了小說的現實感，以及超自然藉由想像力在生命中所扮演的角色。這場討論也觸及美、愛與自然還有神的概念，但是這些概念在故事中被當作是挑逗的工具。表面的對話很快就被深層的內心對話所取代：

「……太美麗了。一個長得美麗的人，照例不大想得到由於這點美觀，引起人多少惆悵，也給人多少快樂！」

「……眞的嗎。你在説笑話罷了。你那麼呆呆的看著我腳，是什麼意思？你表面老實，心中放肆。我知道你另外一時，曾經用目光吻過我的一身，但是你說的卻是『馬畫得很有趣味，好像要各處跑去。』跑去的是你的心！如今又正在作這種行旅的溫習。說起這事時我爲你有點羞慚，然而我並不怕什麼。我早知道你不會做出什麼眞正嚇人的行爲。你能夠做的就只是這種漫遊，彷彿第一個旅行家進到了另外一個種族宗教大廟裡，無目的的遊覽，因此而彼，帶著一點惶恐敬佩之忱，因爲你同時還有犯罪不淨感在心上佔絕大勢力。」

「……是的，你猜想的毫無錯誤。我要吻你的腳趾和腳掌，膝和腿，以及你那個說來害羞的地方。我要停頓在你一身這裡或那裡。你應當懂得我的期望，如何誠實，如何不自私。」

「……我什麼都懂，只不懂你為什麼只那麼想，不那麼作。」116

兩個人之間的緊張關係隨著對話而逐漸化為圓滿：

「不熱嗎？我知道你衣還穿得太多。」客人問時隨即為作了些事。也想起了些事，什麼都近於抽象。

不是詩人說的就是瘋子說的。

詩和火同樣使生命會燃燒起來的。燃燒後，便將只剩下一個藍焰的影子，一堆灰。

二十分鐘後客人低聲的詢問：「覺得冷嗎？披上你那個……」117

第二節結束於女人在隔天讀著男人寄來的信，信裡頭男人藉由所羅門之歌用自然的畫面來描寫自己的渴求和慾望。從結構來看，這封信確定了「眞實」經驗的虛構化，因爲在外部敘述中的清楚時間，事情根本就不能發生。信的結尾寫著：「……這一切又只像是一個抽象。」118

第三節一開始就是客人（現在又回到第一人稱敘事者）離去，雖然他說「我不知道什麼時候離開了那個『房間』」。第三節剩下的部分是針對經驗的藝術表現進行沉思。雖然這本書記錄了他的經驗寫作，但在記憶中「保留在我生命中，似乎就只是那麼一片藍焰」，使得所寫下的故事只是「小小的一撮灰」。[119]他思考了自己寫過的作品：

試來追究「生命」意義時，我重新看到一堆名詞，情慾和愛，怨和恨，取和予，上帝和魔鬼，人和人，湊巧和相左。

過半點鐘後，一切名詞又都失了它的位置和意義。

到天明前五點鐘左右，我已把一切「過去」和「當前」的經驗與抽象，都完全打散，再無從追究分析它的存在意義了，我從不用自己對於生命所理解的方式，凝結成爲語言與形象，創造一個生命和靈魂新的範本，我腦子在旋轉，爲保留在印象中的造形，物質和精神兩方面的完整造形，重新瘋狂起來。

到末了，「我」便消失在「故事」裡了。在桌上稿本內，已寫成了五千字。我知道這小東西寄到另外一處去，別人便把它當成「小說」，從故事中推究眞僞。對於我呢，生命的殘餘，夢的殘餘而已。[120]

故事的結尾留下一段永遠也無法得到滿意解釋的話：

似乎有個人隨同月光輕輕的進到房中，站在我身後邊，「爲什麼這樣自苦？究竟算什麼？」

我勉強笑，眼睛濕了，並不回過頭去，「我在寫青鳳，聊齋上那個青鳳，要她在我筆下復活。」[121]

最後，敘事者（現在是整篇故事的作者）把故事完成，記錄他二十四小時的經驗。故事的開頭是個工具，證明敘事者即將要讀的故事已經完成；事實上這也是他在事實發生與寫下故事之後，第三次經歷這個故事。敘事者透過閱讀自己所寫的文字，藉由虛幻與事件記憶之間的互動烘托事件的實際經驗。沈從文在西南聯大題爲〈短篇小說〉的演講中，強調打破「實」與「虛」之間的界線非常重要，徘徊在實虛之間的認知，他認爲一篇小說最重要的特色除了提供美學上愉快的經驗之外，應該是擁有一股引人「向善」的力量。[122]他重申超個人（hyper-subjective）的文學觀點，認爲短篇故事：

> 並不是人生的全部，只那麼一點兒，所要處理的，說他是作者人生的經驗也好，是人生的感想也好，再不然，就說他是人生的夢也好。總之，作者所能保留到作品中的並不多，或者是一閃光，一個微笑，以及一瞥即成過去的小小悲劇，又或是一個人臨於生死邊際作的短期掙扎。不管它是什麼，都必然受種種限制，受題材、文字以及讀者聽者那個「不同的心」所限制，見出作者一點語言文字的風格和性格，以及處理題材那點匠心獨運的巧思，作品中所蘊蓄的人生感慨與人類愛。[123]

至於技巧，金介甫認爲《看虹錄》是一篇現代主義的習作，雖然這樣的觀察可能是眞的，但我比較傾向強調這篇故事是沈從文渴望藉由一種整體性（entirety）表現人類經驗的個別觀點，以及如此以語言來呈現。[124]

同樣是小說，《看虹錄》的情節安排與結構就比《鳳子》更嚴密。即使沒有插入敘事者如何覺醒的背景知識，《看虹錄》裡的個人覺醒都可以單獨拆開來看。沈從文回到他剛開始寫作時所採取的形式，也就是私小說，那樣的主題一度是沈從文創作的動力，但他現在更知道如何掌控自己所寫的東西，而不會岔開去寫那些無助於題旨的思想過程。

結束小說創作

沈從文在〈《看虹摘星錄》後記〉裡說道：「其實眞正能使人墮落的，何嘗是文字，只有人的事能教壞人！」[125]這篇後記以及散文〈短篇小說〉都帶有一種苦惱的語氣，並且顯示出他自己對於小說看法的劇烈變化，認爲「一個作家」和『藝術』接近，他就應當叫作『落伍』了，叫作『反動』了」。[126]他想要維持自己的決心，只根據自己的原則與方式來寫，並一直持續到一九四〇年代中，在當時高度政治化的文化氣氛下，這樣做無疑是令人印象深刻的壯舉，但實際經驗卻不是如此順遂。《看虹錄》與《摘星錄》在雜誌出版過一次之後，一直要到二〇〇二年的全集編撰時才重新收錄。尤其是《看虹錄》在當時受到嚴厲的批判，一九八四年十二卷本的《沈從文文集》出版時都還沒收錄。由於出版的日期接近一九八三年的「清除精神汙染」，或許這是《看虹錄》被排除的原因。

但從個人層次來說，沈從文也逐漸發現自己越來越難保有在小說之中傳布觀點的決心。他終於了解自己再也無法以任何形式的藝術，表達他在自然之中的宏偉經驗。在〈虹橋〉這篇故事裡，沈從文進一步闡述此結論：他針對小說提出一個修正與追求事實的觀點，這個觀點並不是從藉由當時針對文學目的的流行論述爲小說寫作辯護，而是討論他的新觀點：小說的目的是由於人類無力傳達他們的壯麗經驗。

在〈虹橋〉這篇故事裡，四個大學生模樣的藝術家，在一九四一年對日抗戰期間深入邊地創造事業的夢想。每個人都充滿了熱情與愛國的精神，而且具備不同的藝術天分，像是油畫、詩還有中國水彩畫。爲了將穹蒼之美傳達給平民百姓，他們試著以各種不同的藝術形式捕捉旅程中所見所聞，如此一來，當他們回來的時候就有些東西可以獻給國家。此時，他們突然看到山上有一道完美的彩虹，每個人都急於以自己擅長的藝術形式來勾勒它。但是，事實證明想要傳達彩虹帶給他們的震撼，並做到令人滿意以及如實呈現，根本不可能。但他們一直堅持到夜幕低垂，山中飄滿了暮靄，整個景色逐漸模糊變成一片雲海，才打消再現美景的想法。藉由故事結尾的轉折，沈從文提出了宏觀的中國美學理論，就如同某位善於捕捉畫面的中國水彩畫家所用的手法並不是描繪畫面本身，而是用一線淺紅來呈現周遭的景致。

沈從文認爲要在藝術上如實呈現自然的幻化之美，根本就超過人的能力，任何想捕捉壯麗景色的努力都注定徒勞無功。[128]在〈燭虛〉這篇文章裡，沈從文早就表現出有些情感已經超越他所能用的文字，〈虹橋〉將這樣的想法說得更清楚：他永遠無法在作品中回到當時的悸動。

《雪晴集》把這個時期的另外四篇連貫爲一個中長篇作品，分別爲：〈赤魘〉（一九四五）、〈雪晴〉（一九四六）、〈巧秀和冬生〉（一九四七）、〈傳奇不奇〉（一九四七）都重訪他當兵的歲月，尤其是集中於他一九二三年某日離營休假時造訪了高梘村。

〈赤魘〉以第一人稱敘事手法展開一個士兵描寫前往高梘的旅程，待在那裡的時間激起他放棄從軍改行當畫家的想法，但隨著故事繼續發展士兵卻依然毫無任何決定。十七歲的巧秀跟情人爲了逃避媒妁之言而私奔，作者提到兩人在私奔之後發生的吵鬧。[129]故事的焦點在於挖掘人類的本性，即使描寫了許多原始社會中重複發生的殘酷事實，也盡量避免像〈蕭蕭〉與《邊城》一樣有任何政治上的影射。

沈從文故事裡的主角顯然都有些相似之處，年紀輕輕就賣給人作丫鬟的蕭蕭，巧秀的媽媽以及翠翠，三個人都懷有情人的孩子，而這根本不見容於當時的社會道德規範。王德威認爲這些故事是沈從文相信人的命運難以改變的明證，而也讓他指出沈從文的「抒情話語」是一種「象喻行爲，它塡充了那些在寫實主義和理想思維的地圖中，尙屬『未知數』（terra incognita）的人性疆域」。[130]雖然蕭蕭溺死與巧秀及巧秀母親的命運有類似之處，但沈從文在處理這些人物時依然保留許多重要的差異。

蕭蕭的情慾相當自然，近乎天眞，但她的命運完全取決於祖父的仁慈，由於她生下個小男娃，所以祖父決定不把她沉潭淹死。至於巧秀，她掌握自己的命運，儘管無法眞的掌控決定所帶來的結果。

觸及個人被銘刻在自身社群裡是無可避免的命運，沈從文以大屠殺的形式給予了〈巧秀和冬生〉一個悲劇性結尾。

王曉明認爲〈巧秀和冬生〉證明沈從文無法維持其文體作家的名號。他指出沈從文筆下敘事者對自己的道德立場如此篤定，聽起來不像是個二十歲的士兵，倒像是個自負的士紳士。他說：「像沈從文早期作品中所流露的光芒已經永久消失。」[131] 如果從神話般的現實主義形式來閱讀沈從文的小說，這樣的說法的確頗具分量，但由沈從文的作品中我們可以很清楚的看到，他認爲寫作時的心靈狀態才是最重要的，而正是此道德立場突顯出他在文體上的選擇。

在討論巧秀決定對抗社會傳統時，沈從文認爲她的行爲一點都不是當時社會的特例。沒有自殺尋求解脫的人，最終都會淪落爲妓女：

> 追源這些女人的出處背景時，有大半和巧秀就差不多。緣於成年前後那份痴處，那份無顧忌的熱情，衝破了鄉村習慣，不顧一切的跑去。從水取譬，「不到黃河心不死」。但這些從山裡流出的一脈清泉，大都卻不曾流到洞庭湖，便滯住在什麼小城小市邊，水碼頭邊，過日子下來。向前不可能，退後辦不到，於是如彼如此的完了。[132]

我們可以說沈從文當時是這樣看待自己的命運嗎？他可以在小說裡竭盡所能的爲自己的理想辯護，但到頭來卻發現自己根本沒有往前走或回到過去的空間，就如同他筆下的巧秀和冬生。即使沈從文之後又寫了〈老同志〉（一九五二）、〈中隊部〉（一九五二）、〈財主宋人瑞和他的兒子〉（一九五八）、〈死者長已矣，存者且偷生！〉（一九六一）等四部作品，卻直到二〇〇二年《沈從文全集》出版時才問世。如同導論所言，近來發現《來的是誰》這篇小說的前言，也證明沈從文無法再寫出任何小說。往後所寫的作品主要是探討中國古代的物質文化，沈從文藉此新文類持續探索人存在的意義，並且爲自己在歷史上找到一個不同的定位，這是下一章討論的重點。

第四章

論中國物質文化：心與物遊

一般認為沈從文突然決定放棄文學創作，轉而擔任北京歷史博物館館員與中國社會科學院歷史研究中心研究員，是因為作家跟中國共產黨在一九四〇年代末期同聲共氣的結果，讓沈從文失去創作的空間。如同沈從文在自傳中所提，此時的他創作時越來越不容易堅持自己的美學理想。沈從文在西南聯大的學生，同時是散文家與小說家的汪曾祺曾經寫過一篇小說，討論是哪些關鍵時刻使沈從文決定放棄創作：他列出沈從文在一九四二至一九四九年之間遭到的三波攻擊，並指出沈從文不得不放棄文學創作選擇研究物質文化。[1]但因為這段橫跨三十年歲月的寫作，往往被視為和沈從文作品整體研究的關係或旨趣無關，因此少有人討論。

楊瑞仁指出社會大眾長期忽略沈從文在物質文化方面的成就，是由於少數幾位極具影響力的文學批評家，斬釘截鐵地認為沈從文物質文化上的貢獻根本就微不足道。[2]楊瑞仁認為這些「文學喜好者」往往將沈從文生涯的轉變連結到他的失落感，像是凌宇就把沈從文退出文壇的理由完全歸結到他難以承受打在他身上的政治壓力。[3]

但楊瑞仁卻不認爲這是二流的選擇，事實上沈從文在藝術與文化遺跡上的濃烈興趣，是促使他一九二二年時離家從湘西前往北京最主要的原因，而這可在《從文自傳》裡找到明證。在第一部自傳裡，沈從文回憶起自己在保靖擔任陳渠珍將軍的祕書，就因爲無意中看到將軍豐富的中國古代文物收藏而深深著迷。不過，不同學者對此事有不同的詮釋，凌宇即使知道沈從文早就對文物很感興趣，他還是說：「他在文學上所取得的成就，抑制住了生命潛能朝文物研究方面的發展。」而且「因爲缺乏研究方法上的訓練，仍然還得從頭做起」。[4]楊瑞仁則認爲凌宇的詮釋恰恰證明：「沈從文在文學上的成就阻止讀者了解他在中國物質文化史方面的轉變與成就。」他也指出一個難以避免的（或者說是可悲的）事實，大部分在一九八〇年代訪問沈從文的人，往往對於他早期的作品更感興趣，而不是他物質文化方面的研究。

還有其他人抱持另一種看法，像是沈從文北京歷史博物館的同事與家人。[5]同事宋伯胤就說沈從文不曾把文學與歷史研究分開來看。[6]楊瑞仁事實上同意宋伯胤的看法，只不過他後來更進一步指出，沈從文寫小說的時間佔他整個寫作生涯不到一半的時間，因此作家生涯只不過是他一開始在中國藝術史展現興趣的一段意外插曲。所以，楊瑞仁認爲沈從文在精神崩潰復原之後變成歷史研究員，只是回到自己早期歲月所追求的事業罷了。

如我在導論所提，《心與物遊》的出版指出沈從文的表現形式還有作品重心的改變。這本書的內容包含兩類，首先是他對於湘西河堤的寫作，以及他對其他作家的作品與作品中人物的品評。[7]雖然沒有前言或導論說明這本書挑選文章的標準，卻可以清楚地看到整本書都特別關注湘西山川景致的一面與文學批評，而後面這部分主要是探討作者的主體性（subjectivity）。書的標題非常復古地採用《心與物遊》，而這是劉勰在《文心雕龍》第二十六〈神思〉的中心思想。劉勰是從莊子〈逍遙遊〉中援引此概念，並將它應用到藝術創意中，證明有了心性的引導，就可以毫無阻礙的接觸外在世界。[8]我處理沈從文生涯轉變爭議的手法是從他美學的觀點，分析他前後兩個生涯之間的連結。沈從文自早期小說中的道家美學，發展他對物質文化的興趣，並且不斷進步，最終理解莊子「心與物遊」理想，也就是主體（perceiving self）與客體（perceived object）之間的藩籬已經去除，在藝術的表現中相互輝映。一開始，沈從文透過小說集中探討湘西的人物地理景致達到此目標，而當他後來在博物館處理中國古物的時候，他從中看到道家思想的表現。但我們不該忘記，沈從文自己的心靈肯定是他在小說中用來描寫、表現道家思想的載體。

這一章的目標不在於將沈從文往回拉到前現代的中國文學批評理論，而是以此爲出發點，分析他對古物的描述如何帶動他美學理想的發展，還有沈從文的道家信念如何影響他品評古物與物質文化史。藉著分析他在中國古文物上的寫作，我將指出沈從文對這些物體的研究，事實上與他對自己的看法，還有他如何看待自己與外部世界的關係，基本上前後一貫。這些作品可以視爲是他泛神信念的展現，把自己放在事物的整體性（totality）之中，也就是個人的利益不在意識之前，而是跟周邊實體生命鑲嵌在一塊。由此看來，這些作品不僅僅顯現作者對這些物品的客觀知識，也表現出他過去的日記與小說所關注的個人內在特質。

他刻意發展「心」，是由於他覺得這項特質對藝術表現的一切形式都非常重要，而且也只有透過藝術表現（包括寫作）才能得到他人的理解。[9]他說：

它也可以單純進取，譬如說，當你同一個青年女子在一處，相互用沉默和微笑代替語言猶有所不足時，它的小小活動就能夠使一顆心更靠近一顆心。……創作最低的效果是給自己與他人以人性交流的滿足……[10]

沈從文認為藝術形式是人類抽象意識與情感的具體表現。根據他的說法，人可以透過觀察紡織品、日常器具、宗教用品深入體會過往文明的生活方式與信念。藉著欣賞這些跟過去特定地方與文化關係密切的物品，物品的製造者與使用都具備當地與當地人民的特質與精神。

這套理論也延伸到地方史作家身上。蘇文瑜在分析周作人的文學理論時提到，藝術家之間的關係、藝術表現，還有表現人類事實的深層意義都是根據他們的日常生活而來。她不僅釐清中國美學原則的哲學基礎，並且說明了沉浸在物質文化的鑑賞中，將有可能把自己視為宇宙連續的一部分。蘇文瑜所提出的系譜展示了以個人表現為基礎的中國美學，並且證明內在的自由與個人的啓蒙可以作為分析文學的基礎。[11]

「守護神」（*genius loci*）的概念呈現地方與個人的精神，而這對中國文人美學相當重要。中國文人美學大部分是從泛神觀點建立，將「道」等同於「自然」。老子《道德經》版本所說的「道法自然」基本上是中國泛神論的基礎，但逐漸演變成爲文人自然美學的一部分：如我在第一章所說，「自然」是由兩個字所組成，自代表「自己」，而然指的是「樣子」。綜觀歷史，有許多研究探討的是道家自然在本體論與認識論上的重要性。[12]根據道家的世界觀，所有的自然現象都具有「神性」，正是神性在界定出地方與地方上的人民。

雖然沈從文在討論自己的觀點時從未明白指出道家學者，但當他用「泛神論」這個字眼來描寫湘西時，好像很自然地用此觀點將自己跟過去的中國文人連在一塊。沈從文開始研究古物時，也將此觀點擴大納入他所遇到的所有物品，就好像這些物品都成爲人與人的精神存在的表現。但是，處理此題材的方式並非沈從文所獨有，我在此僅舉一個類似的例子，蘇文瑜分析周作人對於文人作家美學之中地方重要性的理論承繼，她對於中國「守護神」觀點發展的洞見，事實上與沈從文對於地方精神的看法有關。

「百姓日用之道」這個概念是個突破，也是明代哲學家王畿（一四九八—一五八三）的中心思想。[13]王畿認爲中國古典作品的研究以及菁英主義自我訓練的方法，並不足以表現出「道」與「不可言喻」（ineffable）的觀點，而是要透過普通百姓的日常生活將道傳達出來。這套把日常生活、瑣事擺在前頭的概念，深深影響那些藉著詩詞與其他藝術形式傳達的哲學思想往何處發展。後來的泰州王學代表人物袁宏道（一五六八—一六一〇）進一步發展此觀點，力主詩人應將人民的日常生活與物品納入，成爲他們在作品中傳達道家思想的工具。袁宏道採取宋朝詩人嚴羽在《滄浪詩話》所提出的

「趣」，並且將它從自然現象的脈絡延伸到日常生活器物的脈絡。[14]我們在沈從文對船夫、商人與苗族的描寫可以很清楚地見到此傳統，後來轉到物質文化的寫作時，則是進一步表現出中國美學理想的和諧與一致性。

爲了要跟「物」結合在一塊，道家的思想並不只是去除「主觀思想」。宋明理學的新儒家強調「格物」是一種自我鍛鍊以「致知」的方式，禪宗也主張要去除自我以充分了解世界。然而，有些證據也顯示這兩個學派都吸收了道家的思想，像是徐復觀就探討禪宗與道家思想之間的關係，[15]陳鼓應則是列出宋明理學的觀念叢，點出道家每個概念的源頭與系譜。[16]陳漢生（Chad Hansen）則進一步闡述此論點，即使這違反不同學派之間的傳統差異。[17]

我雖然強調沈從文物質文化研究的道家主體性，但並無意將他此類作品中的其他社會意涵排除在外（例如新儒家），或者是完全捨棄從佛教觀點對他的啓蒙進行詮釋。本章的主旨還是他在第二個階段所說的人是宇宙一部分的道家信念，並回溯到他在青島時期的發展。

這一章先是討論沈從文在物質文化上的興趣，集中討論《龍鳳藝術》（一九五五—一九七二年作品選集）與大部頭的《中國古代服飾研究》（一九八一）這兩本書中的幾篇文章。透過關注這些作品的文體，以及在當時的政治困境下挖掘沈從文如何在作品中延續個人美學，並且這提供他一個「軌跡」（locus）和「權宜之處」（modus vivendi）來滿足自己存在的需求，也找到跳脫自我的方式讓他以相對平靜的心靈來寫作。

這些物質文化的作品，不僅僅讓沈從文可以集中在「忘我的藝術」，也讓他可以爲後代打造一個歷史的資料庫。[18]但是他對文學的關懷未曾消逝，儘管事實上他不再活躍於小說創作領域（除了有過幾次失敗的嘗試），他態度上依然無法諒解受政治所驅使的文藝政策，以及在此情境下所寫的文學作品。

初期歲月

我們不易釐清沈從文對於物質文化產生興趣的確切日期。他自己同意的說法是一九二二年，但這個說法早在他一九三一年抵達青島時就已經提出。因此，比較聰明的做法是暫時別從表面來處理他的說法。

雖然要清楚界定他何時開始寫這類作品有點困難，尤其是他並非持續保持在、甚至是意識到「物質文化」這條路上，因此比較清楚的說法是他的興趣跟所謂的「民俗學運動」有密切的關連。由於周作人是民俗學運動的主事者，這場運動源於北京大學歌謠研究會在一九二二年發行的雜誌《歌謠週刊》。這些出版品對於偏遠地區傳統習俗的關注，促使沈從文開始探索故鄉湘西的地理景致、文化及人民。他自己經常提到，故鄉是他的「聖境」，自然環境、文化與人民彼此密不可分。沈從文一開始僅從遠處欣賞故鄉湘西，第一篇作品是一九二五年問世的〈市集〉。在這篇文章裡，沈從文描寫苗族的女孩上市集，戴著她們特有的飾品：「花樸頭大耳環豐姿秀爽的曲姑娘」，[19]對於苗族人民傳統服飾的刻劃引領沈從文進入人特有之美與特殊習俗的描述。這場冒險帶著他進一步調查苗族文化，以及了解更多苗族文化的起源。如我在第三章所說，雖然沈從文在北京時試著學過苗語，但是當他拜託表弟替他蒐集「筸人」的歌謠時他還不會說苗族話。

然而，沈從文的歷史感，還有文化遺跡對於他理解生命的影響，起於他傳統抒情文化（traditional lyrical culture）的意識，以及《楚辭》之中少數民族的神話與傳說，這些影響在他早期以湘西爲背景的小說中就已經非常明顯。事實上，他在文章中描寫的，自己從孩提時代就已經非常熟悉的少數民族傳統及土著物品，成爲他在北京寫作時獨一無二的賣點，也燃起他對現代生活方式的批評。因此，他的小說常常寫下傳統服飾與飾品的細節，爲的是給故事人物創造一種文化環境的氛圍，雖然一直要到一九三〇年代初期，沈從文才開始把這些細節視爲人類普遍的文化傳承。[20]

沈從文早期的作品被拿來和他後來的評論比較，從一九三九年開始，沈從文思想過程的進展非常清楚，他的作品要把人類的智慧轉接到宗教的啓示之上：「這種美或由上帝之手所產生，一片銅，一塊石頭，一把線，一組聲音，其物雖小，可以見世界之大，並見世界之全。」[21]

隨著他開始意識到語言不足以作爲人類捕捉宇宙美感的媒介，這樣的思想過程進一步發展。〈關於新年瓷器之其他〉（一九四九）讓我們可以廣泛思考音樂與視覺藝術對於沈從文早年歲月的影響，也可以用來分析他如何在寫小說時使用音樂與視覺效果。沈從文從一九三七年開始寫藝術史，但〈關於新年瓷器之其他〉一文讀來依舊不太尋常，因爲沈從文在這篇文章裡將藝術史寫作與他傳記寫作常用的技巧混在一塊。

他還寫了另外三篇文章，分別是〈談寫字一〉（一九三七）、〈談寫字二〉（一九四八）以及〈讀張之乾「遊春圖」〉。但是，一直要到一九八〇年他才仔細回憶自己初抵北京前幾個月成爲作家之前在古物市場的經驗。他在其他文章，如〈憶翔鶴〉（一九八〇）、〈二十年代中國新文學〉（一九八〇）與〈回憶朱之武先生〉（一九八一）、〈回憶黃村生〉等，解釋自己如何從藝術市場發展出對中國繪畫與古物的興趣。除此之外，他在當時看到的古典作品，如《法苑珠林》、《聊齋誌異》，不但成爲他想像力與寫作技巧的豐富來源，也培養了他的歷史感。

除了是作家與物質文化的研究者，沈從文也熱衷於文物收藏。一九三六年，他寫了一篇名爲〈主婦〉的短篇小說，故事講的是一名主婦在反省她的婚姻生活。故事裡的丈夫散盡家財蒐集「便宜又沒有用的東西」以及大家不想要的「古董」，藉此逃避現實生活中的衝突，並且「追求遺忘在記憶後的東西」。[22]熱衷於花錢買古物的習慣激怒了他的老婆碧碧。碧碧受過良好教育，出身於富人之家。金安平認爲這篇故事非常像是自傳，認爲碧碧就是沈從文太太張兆和的化身，而故事中的丈夫自然而然是在影射沈從文。金安平繼續將小說和自己講述張兆和與其他三姊妹的書《合肥四姊妹》進行比較，她將張兆和現實生活中的困擾直接連結到沈從文的蒐藏習慣。「兆和關心的是柴米油鹽，老公的花錢習慣，以及如何靠這麼少的錢過日子。」[23]

沈從文蒐集文物的熱忱甚至在抗戰全家搬到雲南亟需現金過活時也沒改變。姪子黃永玉說如果沈從文把花在文物上的錢省下來，他就有足夠的錢買座「四合院」：

（但是）沒有；他只是把一些錢買古董文物，一下子玉器，一下子宋元舊錦、明式傢俱……精精光。買成習慣，送也成習慣，全搬到一些博物館和圖書館去。有時連收條也沒打一個。人知道他無所謂，索性捐贈者的姓名也省卻了。[24]

沈從文對於「古董」的喜愛不僅僅是滿足個人喜好，而是有著更深層的理論與實際基礎。一九三四年，沈從文在《大公報．文藝副刊》發刊寫了一篇名爲〈藝術週刊的誕生〉的文章，行文之間鼓勵大學應該設立博物館來展示歷史文物，並且加上一些文字敘述作爲教育之用，這個說法在一九三七年的〈藝術教育〉又重複了一遍。[25] 此外，一九四八年二月，沈從文心理崩潰以及後來到北京歷史博物館工作之前，一所新成立的大學圖書館因爲缺乏資料，沈從文捐出大部分的個人蒐藏，並且參與博物館的設計。[26]

基本上，沈從文相信自己的小說寫作本來就要連結到中國歷史與傳統，而且他也一直認爲自己所寫的小說是一種藝術表達的結果，而不是爲了達成短期政治目標的工具。他對於現代文學發展方向的沮喪和焦慮，早在他的創作停滯之前的作品中就已經表現得非常清楚。當他轉而研究中國文化遺跡時，他還是保有自己早就具備的歷史感，把古物當作人類存在的表現。

朝向理論思考

沈從文在《湘西》裡的〈沅陵的人〉描寫了一個愛情與孝道的故事。一開始作者描寫了一條老路以及用破鐵鍊綁住的橋，接著描寫一個兒子修路讓守寡的母親造訪一座寺廟去見自己愛上的僧人。這條路、舊鐵鍊與橋都是人類情感表現之後所創造出來的物品，沈從文反射出的是情感轉變爲物品的美：

> 這座廟，這個橋，瀕河的黛色懸崖上這條人工鑿就的古怪道路，路旁的粗大鐵鍊，都好好的保存在那裡，可以爲過路人見到。凡上行船的縴手，還必需從這條路把船拉上灘。船上人都知道這個故事。……總之，這是一個平常人爲滿足他的某種願心而完成的偉大工程。這個人早已死了，卻活在所有水上人的記憶裡。傳說和當地景色極和諧，美麗而微帶憂鬱。[27]

在沈從文前後兩個階段，我們漸漸地看清他所認知的是歷史是人生命的延續，我們則是要見證這些生命離去之後所創造的物品。如同他後來在〈燭虛〉所寫：「典雅詞令與華美文字，與之相比都見得黯然無光。」[28]

向成國的文章提到沈從文用來表現人想像力與情感的物品，後來都變成可觸及的人性精神（spirit of humanity），而這正是創造傳說的方式。向成國自沈從文作品中所說的物品，挑選出沅江、懷化的榕樹、懸崖上的棺木，以及柳林下鐵鍊與橋來說明，這些物品都在各式各樣、不斷演變的傳說中扮演要角。[29]

雖然沈從文起初不覺得歷史博物館是理想的工作地，可是當他開始擔任研究員之後遂淡然處之。事實上，新生活在工作上有一定程度的自由，使得他可以自由馳騁在自己的想像力之上，寫下許多橫跨各種物質文化的研究，像是絲綢、銅器、玉器、扇子，他甚至可以在方法論上提出研究藝術史的新方法。正如同他在〈沅陵的人〉把鐵鍊與橋視為造橋者情感的表現，沈從文認為他在作品中所處理的古物背後都埋著人類生活的知識。他也直接說在當時的政治環境下，處理物品要比處理人簡單得多。[30]

沈從文作品中的兩個重要特色使得他與標準的考古學及人類學處理古物的方式有所不同。首先，從方法論來看，沈從文認為研究歷史也需要多了解古物，因此他寫了許多作品探討古物在文學中的角色。他也補充了三百多個註釋到他手上的《紅樓夢》中，試著顯示書中服裝、食物與器具背後所隱含的意義。[31]他相信理解文學作品中的紡織手法以及桌上器皿的形式與風格，可以豐富我們對社會脈絡的理解。除此之外，物品也可以作為一個文學工具（literary device），作者可以將物品嵌入作品之中，就可以不靠任何詳細的說明帶來許多細微的意義。[32]這樣的理解不僅說明了沈從文對古典作品的理解，也使得我們在閱讀他的作品時有更豐富的想像，因為沈從文會用許多物品來指涉一個特定地方或者是作為某地的特質，如此一來就可以把當地的感覺嵌合在文字裡。

《湘西》另外一篇文章〈常德的船〉就是一個很好的例子。第一次讀的人可能覺得故事寫的是在常德（陶淵明的〈桃花源記〉叫「武陵」）這個村落看見的各種船，但隨著文章的發展，我們清楚看到船不過是作爲觸發地方精神的載具罷了。一開始，描述各種船隻與船隻歷史僅是要傳達河上生動的畫面，但隨著場景確立，沈從文轉而進入當地的社會與經濟史：

> 這個碼頭眞正值得注意令人驚奇處，實也無過於船户和他所操縱的水上工具了。要認識湘西，不能不對他們先有一種認識。……一個旅行者理想中的武陵，漁船應當極多。到了這裡一看，才知道水面各處是船隻，可是卻很不容易發現一隻漁船。長河兩岸浮泊的大小船隻，外行人一眼看去，只覺得大同小異，事實上形制複雜不一，各有個性，代表了各個地方的個性。[33]

藉由寫出不同的船，還有哪一種船是用來做何買賣，沈從文帶出那些靠船謀生的人所過的生活。一九三四年在搭船返回湘西的旅途中，沈從文給妻子寫了一封書簡，裡頭提到一種特別的船叫「小划子」，也詳細記述了自己遇到的船夫，寫出他們的性格，他們與外在世界、船主、客人的關係，還有他們與河岸上戀人的愛情。[34]他說小划子非常像計程車，外型很小，因此可以划得很快，也相對安全許多，水位變低的時候也不會陷在泥巴裡。因此在船上工作的船夫非常好相處，也比較有錢，而這有一小部分是因爲他們同時擔任嚮導之故。[35]如果我們一起看這些敘述、他寫給妻子的信還有後來所寫的〈晨河小船上的水手〉，他和三名船夫之間互動的畫面，透過對所搭船隻的生動描繪躍然紙上。[36]

在一篇廣爲人知的文章〈文史研究必須結合文物〉（一九五四），沈從文認爲完全掌握物品的歷史重要性，藝術史的專家可以更清楚某幅畫的眞實性與創作日期。[37]他也採取逆向的方式思考作品，指出歷史與文學作品是研究代表物品的關鍵。他說爲了貼近某時期的知識，理論與考古學的方法必須相輔相成，只要缺少其中一個，就無法眞正了解人類的歷史。

根據沈從文對此的說法，一件挖掘出來的物品，或者是一張偶然撞見的圖畫可以取代幾千幾百字的研究，但是歷史的文學知識需要標註日期，也需要理解他們的創作與使用。以沈從文的總體方法來看，對於歷史、技術、哲學思想、科學知識、工業生產與社會／經濟體系的了解都要面臨歷史的變遷，不同的學科如果可以並肩合作一起闡明或打造一個眞正的歷史感，將可以從中獲益。在〈用常識破傳統迷信〉這篇文章裡，沈從文試著破除所謂的方法論權威，這套方法主要是將一個主題隔離，不向其他形式的知識借鏡取道，但如此一來許多所謂的專家到頭來都錯標了古物的日期。沈從文認爲只有集中心力，獲取更多古物歷史背景的知識，才能避免出現類似的錯。[38]

沈從文的觀點認爲準確掌握古代是理解我們所處時代的方法（古爲今用），也是掌握未來的方式。看清過去的樣貌，顯示我們對於歷史如何發展至今的理解程度，如果我們的理解越準確，理解的範圍越廣，那麼我們所重新創造出來的過去就會更貼近現實。

在這個議題上，沈從文甚至推展得更深廣，在他看來，欠缺準確性的藝術表現會令人難堪，而且會破壞藝術的意圖。一九六二年所寫的〈學習古典文學與歷史實物問題〉與〈假如我們在演「屈原」〉兩篇文章，沈從文點出過去詮釋古代文化史所犯的幾項錯誤，也說明歷史小說與歷史劇新編對於準確寫出討論中的歷史有多麼重要。他認爲人的衣著、坐姿、出遊使用的交通方式，對於掌握那個時代很重要。當他在解釋何以大部分的中國繪畫，都會仔細刻劃人所配戴的飾品來指出他的階級與他所處時代的儀式，他說「人」跟「物」密不可分，並指出用來指稱繪畫最傳統的一個詞是「人物畫」。[39]

兩個案例：中國古代文物的寫作

（一）《龍鳳藝術》

整體而言，沈從文的方法論帶有他早期對於人性體悟的痕跡，他把所有的來源當作一個理解人類生命的窗口，這是沈從文在寫藝術史與湘西人文時很重要的相同點。中國藝術家創意的美學深深影響沈從文的創作，但是反過來看，當他轉而關注古物，二十年的文學生涯亦逐漸影響他物質文化研究的新工作。

《龍鳳藝術》有兩個版本。第一個版本在一九六〇年出版，總共有十五章。另一個版本則擴大爲二十三章，於一九八六年在香港出版。[40]不同於沈從文其他研究，《龍鳳藝術》在歷史資料的組織或排列上都很廣泛，這本書大部分文章都採新聞報導風格。文章的篇幅不長，文體顯然是爲寫給一般人看，而非限定於古物的學術討論，所以文字語調非常輕鬆。寫這一系列的文章時，沈從文似乎是遍尋腦中的記憶，然後隨興的挑選主題，雖然選了之後就很認眞嚴肅地處理相關題材，也堅持這些題材都需要從他們所處時代的文學及歷史脈絡來理解。

書的標題來自第一篇文章，作者在這篇文章探討龍與鳳凰這兩個神祕生物的起源，而這兩個生物也是「民族藝術圖案中人類最熟習的」。[41]沈從文一開始先解釋了神話與歷史遺跡之間的關係如何發展，點出這兩種文化特質如何在不同時代中以不同的媒介（如建築、器皿、民間習俗）表現出來。他回到文明之前的時代，考察這兩種生物最初的記載，然後順著年代往下記述，標出隨著這兩個符號不斷演化的俚語與用詞。

龍變成皇帝權威的象徵，而鳳凰則代表永恆的愛情。也許這篇文章最有趣的地方在於沈從文認爲龍與鳳眞的過著他們自己的日子。例如，沈從文說到龍的時候帶有一種嘲諷的語氣，說他從帝王高高在上的權力表徵跌落凡間，在封建體系崩潰之後就帶著悲情且一無是處。這源於他初抵北京前往古物市場所得到的啓發，〈無從畢業的學校〉裡描寫了市場外的古董店：「舉凡近六百年間，象徵皇權的尊嚴起居服用禮樂兵刑的事事物物，幾乎都集中於這些大小店鋪中，正當成廢品加以處理。」[42]

元明清三個朝代，龍是天最高的表徵，皇帝每天都要祭拜龍以強化其封建權力。一般老百姓不能使用這個符號也讓龍保有菁英地位的象徵，因此大部分有龍在上的古物都非常精美而且是用最細緻的材料來做。鳳凰就不一樣了，沈從文通常都以充滿感情的字來指稱鳳凰，因爲它跟老百姓的愛情及希望息息相關。[43]人們喜歡把鳳凰寫到情歌裡，也常常把它繡在肚兜與鞋子上。

當沈從文談到這兩個符號目前的情況時，他說：

封建結束，龍在歷史上的尊嚴地位，也一下喪失無餘。雖然在裝飾藝術史上，龍還有個位置。現代造型藝術中，龍的圖案也還在廣泛使用。戲文中角色有身分的必穿龍袍，皇帝必坐龍床……不過對於龍的迷信所形成的抽象尊嚴，早已經失去意義了。至於鳳呢，卻在人民情感中還是十分深而普遍。新的時代將依然在許多方面成爲裝飾藝術的主題，作各種不同反映。人民已不怕龍，卻依舊歡喜鳳。44

緊接著是〈魚的藝術〉，沈從文用相同的研究方法，連結起魚這個符號的歷史，也就是透過繪畫與古物解釋魚的圖片和文化史之間的關係，提出從《莊子》到民間流傳許久的童謠等文學作品中所提到的魚的各種不同面貌。

文章結束之前還討論養魚這項源於十九世紀的嗜好。沈從文解釋，由於北方較冷，所以金魚養在屋內，而這也逐漸變成一種地位象徵和娛樂。但是，南方氣候比較暖和，魚多養在戶外花園的陶罐旁邊有假山以及特別的植物當陰影。沈從文在文章裡再度提出他對現今情況的觀察，文章結束在一幅公園裡的歡樂畫面，描述著池塘邊的人在賞魚。他在最後一段提到：

還有北京市小街窄巷間，每天我們都有機會可以發現賣金魚的擔子，賣魚的通常是個年過七十和氣親人的老頭子，小孩一見這種擔子，必圍著不肯走開，賣魚的老頭子和裝在小玻璃缸中游動的小金魚，使得小朋友眼睛發光。三者又常常共同綜合形成一幅動人的畫稿，至於使它轉成藝術，卻還有待藝術家的彩筆。[45]

由此看來，沈從文不再直接把魚當作一個物品，而是描寫魚在個人生命中盤據的一段段畫面。故事一開始時，魚只是個符號，後來卻逐漸變成一種實體，「魚」的生命會隨著人類的生命而改變。

另外一篇文章，〈明代的燈飾和燈〉，沈從文一開始是描寫屋外的景象，然後回到過去，彷佛新年燈會的畫面促使他讓想像力延伸到四百年前。作者以自己的房子爲參照點，證明過去的事物並非處於靜態，而是一個不斷前進歷久不衰的實體。沈從文引述文學作品，讓自己的心靈游移回到那個憑著懸掛燈籠的奢華程度來判斷一家財富的年代。對此他的評論是，雖然那個時代的生活方式已經不再，從這個傳統中所誕生的各式燈籠，依然深深地喚起我們對那個時代的記憶，如果沒有燈籠，今天的博物館也無法展示如此美麗的燈籠。在如此短的篇幅裡，沈從文先是將封建社會奢華情況保留下來，並且同時將感情投射在對燈籠顏色與材質以及歡慶景象的描述。[46]

《龍鳳藝術》所收錄的文章中，一九五七年所寫的〈湘西苗族的藝術〉或許是沈從文一九四九年之後延續自己對湘西的興趣所寫的最重要一篇文章。雖然整篇文章充滿學術討論，但還是保有抒情與濃濃的個人特質。由於湘西的重要性深植在沈從文身上，因此這樣的特質並不難理解。這篇文章完全不靠任何的歷史文字或古物來探討此題材，而是從他從前在家鄉聽牛孩山歌的歌詞開始。歌詞裡傳遞出的健康快樂的畫面，讓我們得以藉此切入西南中國地區少數民族的兩項特質：愛美與熱情。正是這兩項特質讓沈從文開始思索當地所表現出來的視覺藝術。他生動地描繪婦人身上的衣服與飾品，從身上的珠寶到衣服的邊襯還有刺繡的樣式，再回過頭來描寫他們的歌唱，寫他們如何把熱情注入音樂成爲生活不可分的一部分，以及他們用同樣的熱情所創造出來的工藝品。沈從文提到自己一九五六年在湘西大城吉首一個難忘的夜晚，歌師傅唱了許多首傳統歌謠。他刻劃出當時人們那陶醉的心情與表情：47

> 那個年紀已過七十的歌師傅，用一種低沉的、略帶一點鼻音的腔調，充滿了一種不可言說的深厚感情，唱著苗族舉行刺牛典禮時迎神送神的歌詞……眞是一種稀有少見傑作。即或我們一句原詞聽不懂，又缺少機會眼見那個祀事莊嚴熱鬧場面，彼此生命間卻彷彿爲一種共通的莊嚴中微帶抑鬱的情感流注浸潤。讓我想像到似乎就正是二千多年前偉大詩人屈原到湘西來所聽到的那個歌聲。照歷史記載，屈原著名的九歌，原本是從那種古代酬神歌曲衍化出來的。本來的神曲，卻依舊還保留在這地區老歌師和年青女歌手的口頭傳述中，各有千秋。48

他想起自己孩提時所聽過的一首山歌，當時曾模仿唱過，卻對內容一無所知。但現在他寫道：

> 可是那些胸脯高眉毛長眼睛光亮的年青女人，經過了四十多年，我卻還記憶得十分清楚。現在才明白產生這種好山歌實有原因。如沒有一種適當的對象和特殊環境作為土壤，這些好歌不會生長的，這些歌也不會那麼素樸、真摯而美妙感人的。[49]

刺繡也是一樣的：

> 他們的刺繡圖案組織的活潑生動，而又充滿了一種創造性的大膽和天真，顯然和山歌一樣，是共同從一個古老傳統人民藝術的土壤裡發育長成的。這些花樣雖完成於十九世紀，卻和二千多年前楚文化中反映到彩繪漆器上和青銅鏡子的主題圖案一脈相通。同樣有青春生命的希望和歡樂情感在飛躍，在旋舞，並且充滿一種明確而強烈的韻律節奏感。[50]

當時離他《湘西》那本集子出版已有二十年，而他選擇這篇探討苗族文化的文章來保存湘西精神，而不是他在一九二〇與三〇年代所寫的小說與散文。藉由對地方藝術的描寫，沈從文逐漸體會到家鄉的美。文章的筆觸讀來成熟冷靜，此時他已經不再有《湘西》裡頭那種深深的焦慮及不安，也沒有《湘行散記》那無情與自以爲是的姿態。他不再害怕把個人的記憶當作一種表現當地藝術的方法，也不再堅持詳細描寫「物品」並僅僅是將之當成一種工具，藉以傳達自己心中對於那些摧毀人類純潔性的政治想法之厭惡。「物」（此處指的是湘西藝術）開始隨著沈從文對自己的呈現以及他的個人觀察這兩者被整合到文章之中，並且無論是對於「物」的書寫或是沈從文的自我描白以及體悟，在文章中佔的分量權重相當，這意味著沈從文以寫作進行自我規訓的過程在此達到一種新的穩定階段。

如第三章所提，沈從文小說中圖畫般的元素早就引起評論界的注意，例如吳立昌就認爲沈從文一九三七年〈貴生〉對於中國鄉下生活的描述，反映出齊白石水彩畫的風格。但是，吳立昌的分析並未超越沈從文作品中所用的圖像，忽略了兩個人作品內外所共有的鮮明特質。[51]沈從文與齊白石都是湖南人，年輕的歲月都在鄉下打滾，齊白石當木刻學徒，沈從文則是在部隊當祕書，鄉下人的背景提供他們最初的創作泉源。兩個人之後都搬到北京，藉由模仿已具聲望的大師學習藝術表達的技巧，然後將故鄉所給的靈感結合離家所學的技巧進行創作。

齊白石成爲藝術家的經驗跟沈從文並不相同，整個藝術生涯可以分成三個階段，首先，他是在十三歲的時候離家去學習木刻，學著用民間故事做雕花木工（一八七〇—一八八九）；第二階段是一名畫匠（一八九〇—一九一九）；第三個階段則是成爲中國繪畫的文人大師（一九二〇—一九五七）。一般認爲齊白石最後一個階段的前十年是他最重要的歲月，通常說是齊白石的「衰年變法」。[52]變法發生的時間是他爲了躲避戰事而被迫搬到北京，他在那才發現自己的畫風雖然在湖南頗受歡迎，卻難以爲京城的人所接受。齊白石自認藝術家與理論家陳師曾引領他畫風的走向，但不可否認的是，早期在中國各地遊歷的經驗也深深烙印在他的改變之上。[53]一九〇二年至一九一六年之間，齊白石經歷了他所謂的「五出五歸」，走遍山西、北京、江西、廣西、廣東與江蘇等地，旅遊之際同時鑽研文人畫與理論。正是因為如此，齊白石因此精通清代「大寫意」的繪畫技巧，尤其是逐漸意識到文人傳統的精髓。[54]與其說齊白石變法的眞正貢獻在成為一名文人畫家，倒不如說他推翻了自己所認知及實踐的畫法。

陳祥明指出齊白石和沈從文一樣，變法有部分是因為他離開湖南前往北京之後所遭遇的困苦，而不完全是陳師曾的理論影響。但是，齊白石對傳統眞正的貢獻在於他強調寫形與寫意的平衡。齊白石認為自己可以準確捕捉到形與意。從理論層次來看，齊白石的見解是自石濤為了回應宋朝傳統將藝術家的心意放在形體之前，而提出繪畫要從畫家「所見」著手以來，首次往前跨出的一大步。陳祥明認為齊白石想要打破現實主義與主觀論者（subjectivist）對於藝術表現本質的看法，因此開創出「傳神」的眞正意義。齊白石的抒情抒景建構出一個含有個人趣味的世界。

齊白石放棄他早期的畫風，轉而仿效幾位大師，如石濤、八大山人、吳昌碩以及李復堂，也聽從陳師曾的建議開創自己新的表現風格，「畫吾自畫自合古，何必低首求同群。」[55]齊白石回到他孩提時湖南的農村畫面，突顯出他特有的天分。技巧方面，齊白石的筆法非常簡單，結合各種繪畫技巧以更精準捕捉物品的精神。三十九歲的時候，齊白石說：「藝術家的創造力靠的是讓他的作品介於像與不像之間，如果太像就有媚世之虞，如果完全不像，就是在愚世。」[56]在齊白石眼中，藝術家應該：「要從寫生入手，然後再走向寫意，但在掌握了寫意之後，必須要再回到寫生。如此一來意和形就可以並存，而這並不是一種意外。」[57]

在與齊白石相似的創作手法變化中，沈從文捨棄自己過去想臨摹的文體，例如郁達夫與周氏兄弟，以及他過去嘗試模仿的俄國小說及佛經。回到更接近故鄉的題材，使得沈從文可以藉著呈現自我傳達湖南的精神，也因此避免自己落入「現實主義」或「反現實主義」此過度簡化的分類之中。

由於這些分類在過去打擊過他的藝術創作過程，因此一開始寫小說的時候，他覺得有必要在寫實與寫意之間妥協。一直要到他全心全意投入物質文化的研究之後，他才有信心以一種平實卻非常個人的方式來表現湘西的精神，就和齊白石的繪畫一樣。雖然沈從文跟齊白石顯然是完全不同的藝術家，而他們各自的氣質與性格又分別表現在不同的藝術形式之中，所以如果特意舉陳兩人創作態度在美學方法上表現出高度相似性將是很不實際的做法，但點出兩人在創作上的主要共通點卻是有可能的。

如同齊白石變法成爲一名文人大師，沈從文轉而從事物質文化的研究也可以說是一種「變法」。他不再急於表現城鄉二元來作爲社會政治主流之外的選擇，也不再堅持追求以主觀的方式表達自我，而是不斷挖掘想法，認爲自己長期以來針對自我認知的分析，未必要隨著捨棄文學而終止。反之，他在物質文化上的寫作代表著延續而不是打破他一直想體悟的事：個人與世界之間的關係。

以早期來說，沈從文的小說世界是把自己對人性的願景當作「道」整體性的一部分。在這段時間裡，他依然藉此觀點鼓吹同時代其他作家，在創作政治文學之外還有其他選擇。當沈從文放棄對抗文學界之後，沉浸在物質文化之中使他可以把自己放在外部世界的整體投射（totalistic reflection）之中。王國維認爲詩文創作存在兩種層次，分別有有我之境及無我之境，「有我之境，以我觀物」，「無我之境，以物觀物」，但無我之境不代表在詩的表現之中可以把我「去除」，就如徐復觀所言，在詩的表現上不可能無我。[58] 雖然王國維與徐復觀討論的是詩，同樣的方法讓沈從文的論文可以把自我的觀點拿來表現一種境界，就如同詩在呈現時所欲達到的目標。

（二）《中國古代服飾研究》

寫作範圍觸及如此廣大的文物，沈從文的想像力常需要悠遊在歷史之中，心靈必須體悟每一項物品之後的生命史。《中國古代服飾研究》恰恰是這場浩瀚之旅最好的例子。全書超過二十五萬字，七百張圖片，沈從文花了超過十七年的時間才完成此書，而這十七年恰恰橫跨文化大革命的高潮，也是他健康狀況急轉直下的一段時間。沈從文在這本書所討論的服飾來自整個中國文明，從石器時代一直到清朝，他也把各種階級、少數民族的服裝納入，探討服裝與文學傳統之間的關係。

雖然這書的篇幅非常長，且服飾這個題材十分廣泛，但沈從文還是覺得自己僅能做到的就是提供精簡的概要而已。這本書的文章主要針對每件衣服進行詳細的描述，儘管敘述上學術味道沒那麼高，但因爲寫得很精巧，所以每一篇文章讀來都像一則短篇小說。沈從文說：「因爲同是人人明白的故事，要在三五千字內形成一分空氣，把內中小人物寫得性格鮮明，不一般化，基本功夫不過硬，不大好辦。」

這工作根據他個人學習經驗而言，只要「耐煩」就成。但是，《中國古代服飾研究》也提供他

「返老還童」的明證：

總覺得從生物學和人類學來看，人這一萬年以來，大致只充分發展了人對付人的機能，把對付自然的嗅覺、聽覺和不能理解的一些鳥獸蟲魚的敏感慢慢的全失去了。或許還可以用種什麼意外方法，使一部分潛伏在人本能以內的長處恢復過來。因爲這麼空想，尋覓，並且用自己過去搞學習的經驗，肯定自己若能拋去一部分人所共通的束縛，或許待解放的能力，眞會恢復得比人都更多一些。

最重要的是，他認爲「忘我」並不夠，一個人必須學著「無我」。當大多數專家根本沒機會一睹文物的風采，研究這些文物讓他可以忘記自己在當時所遭受的苦難，也可以讓他跨入一個新的學習領域，訓練他創造一種具有實驗性質的新文類。59

沈從文專注在重新創造出物品使用時的歷史時空「氣氛」，還有物品創作者及使用者的人格，而這也引出他在寫小說時所用的技巧。根據沈從文西南聯大學生林蒲的說法，沈從文曾經不止一次說自己會把寫長篇小說的技巧應用到物質文化的寫作之上。60如此說法讓我們可以更深入地了解《中國古代服飾研究》背後的創意。即使從這本書的編排來看，沈從文似乎是透過自己的一般常識來重新安排物品，讓夾在文字敘述中的故事遵循某種敘事結構。此外，書中所用的圖片，從文學作品中所引述的段落，也帶有一種對客觀知識的仰望，而這樣的編排方式通常出現在藝術史形式的作品之中，不過在過往藝術史作品中，我們看不到像沈從文這樣堅持關注那些在歷史上，主要由社會底層人民所聚合生活的地方，而這恰恰延續了他在早期短篇小說中的堅持。

在探討唐代船夫的文章中，沈從文以文字描述一幅出自敦煌洞窟的壁畫，畫面中兩個戴笠子的短衣縴夫正在拉船上灘（畫中看不到船）。藉著對船夫衣著的分析，衣著襤褸反映出的是他們所經歷的困苦，和商人所穿的不同衣服形成反差。一開始作者先引白居易在〈鹽商婦〉所描寫的情形，鹽商婦人在船上的生活型態，還有身上所穿戴的金帛。沈從文打趣的說婦人跟船夫雖然都生活在同一艘船上，生活卻是天差地遠。他也說到黃河與長江是所謂的「中華文化搖籃」，而正是這些不起眼的船夫一輩子在河上來來往往所促成。他指出近來的歷史考古研究在挖掘洛陽時都特別看重當時地下倉庫制度的組織嚴密，卻少有人注意到年以數百萬石計的糧食運轉過程中，船夫的勞役是什麼情形，或者是他們冒著多大的生命危險：「每遇崖石割斷竹纜，船夫必隨同墮崖，死亡相繼。」[61] 僅僅五段文字，沈從文就以衣服上的細節與文學作品來證明自己所遇到的船夫是如何被歷史所遺忘，正同他在《湘行散記》所做的一樣。[62]

這些小散文很像明朝所流行的「小品文」，文人透過對「物品」的討論，表達個人的興趣和品味。由於當時的政治環境，沈從文在題材的選擇上顯然比過去的學者所受的限制還要大，但是資訊所透露的事實顯示他可以把自己的觀點藏在物質的選擇之中，而不是直接表達個人的價值判斷。這樣的呈現方式既不是完全現實也不是完全主觀，但卻可以在自己所討論的物品以及選擇物品的個人主體性之上表現出一致性。

前三十年的寫作經驗讓他具備此敘述物品的技巧。因此，當他的學生許芥昱回憶自己在一九七三年會見沈從文時，聽他興高采烈說著自己對某件文物的理解，對此我們一點也不會感到訝異。儘管許芥昱幾度想把話題導向文學，沈從文還是堅持回來討論物質文化。根據許芥昱的說法：

> 沈從文能夠充分融合文學與物質文化史，他可以游刃有餘地選擇兩種思考模式。當他談到他對物質文化史的研究時，他始終興奮不已。但是，當他說到文學的時候，他給人的感覺好似那已經屬於前輩子的事。[63]

因此，不同於一般的事實詮釋，沈從文似乎不是一夕之間改變創作生涯，他是一步步順著自己的興趣自然而然地改變。這並不是說他不記得他二十幾年前寫過的作品，但是在一九五六年十二月十日寫給妻子張兆和的信中提到：

我每晚除看《三里灣》也看看《湘行散記》，覺得《湘行散記》作者究竟還是一個會寫文章的作者。這麼一隻好手筆，聽他隱姓埋名，眞不是個辦法。但是用什麼辦法就會讓他再來舞動手中一枝筆？簡直是一種謎。[64]

許多年後，他在一九七二年健康狀況惡化時再度寫道：「最近試翻翻新由廠甸得回的《湘行散記》和散文集《燭虛》，才明白衣服說明文字雖已用了些心，至於活潑細緻處，卻遠遠不及前者。」[65]

我們可以很清楚地看到，沈從文認爲自己的兩個寫作生涯並非互斥，但如何理解他坦言自己喜好早期的作品勝過後來的物質文化寫作，依然是個有待回答的問題。他或許也覺得自己後期的寫作不符他早期的「細緻生動」，但這未必表示閱讀他物質文化的作品會有格格不入的感覺。王曉明就認爲沈從文一九二〇年代以來的小說之所以較好，是因爲他獨有的文體精準掌握他內心雜亂無章的感觸，還有他想整理自己內心矛盾的渴望。[66]張新穎也一直認爲沈從文在一九四〇年代時無法爲自己的心理崩潰找到出路，是他作品如此深沉的原因（如〈燭虛〉）。[67]但不同於王曉明認爲沈從文的思想走向抽象是他退化的跡象，張新穎把沈從文的作品拿來和《老子》、《莊子》做比較，指出沈從文是想要找到一個地方處理生命的難題，用張新穎的話來說，他不想要「苟且偷生」，而是想「安身立命」。[68]

回顧沈從文近三十年歷史研究員生涯的變化與進展，可以發現有條一致且清楚的軸線往回貫穿他早期的小說寫作，他所表現出來的「鄉下人」理想並未成爲一套地方主義的大理論，或者是短暫的民族主義，而是被他自己身上對人性深信不疑的興趣以及內心的自由所提煉昇華。但這並不是指他不會從國家整體的未來思考，也不是說他對於國家當前的情況沒有任何想法。反之，如第二章所提，他鄉下人的自我認同逐漸代表一種很特別的存在方式，用他的話來說就是「嬰兒狀態」。[69]

雖然沈從文在歷史博物館一直做到過世，他還是充滿對文學的迷戀與批判，並且清楚掌握當時的文學運動。一九七四年，他寫了一篇生前從未發表的文章，表達對當時作品千篇一律的厭惡。[70]對於當時作家的創作心態基本上是服膺統治階級所給的生涯規劃，沈從文明確地批判且感到焦慮。他說：「老百姓的苦難遭遇，將更無話可說。至於這群特權階級的新型知識分子，若眞有靈魂，靈魂卻明明白白在腐爛中，能對國家的當前和明天起什麼好作用呢？」他說自己選擇從事物質文化研究，是爲了給後代一個打造自己歷史的基礎。[71]只不過，當他被問到自己是否還愛著文學時，他說：「我們相愛一生，一生還太短。」[72]

結語

凌宇在《沈從文傳》中描述了一段沈從文與友人的清楚對話，從這段對話中我們可看出沈從文對於死亡的態度。一九七一年夏末，沈從文來到湖北丹江，住進火葬場附近的新宿舍。有一天，沈從文提議到附近走走，然而，一旁的友人因為怕回程迷路而拒絕同行，對此，沈從文回應道：「不會迷路。只要看火葬場的煙囪。那是我們每個人最後的歸宿。」[1]

沈從文採取了道家的生死觀，因此，對他來說生與死僅僅是宇宙循環一個稍縱即逝的片段。沈從文大部分的作品都由自身的內心狀態蘊生而出，而所謂的內心狀態又與天地之間的道相互映合。另外，也正因為鄉下人主要的人格特質之一，就是坦然地接受死亡是人生必經之路，所以沈從文很早就把此心理特徵作為鄉下人的標誌之一，藉此跟城市人形成對比。

一九三〇年代初，沈從文對道家的哲學思想興趣日深，自此以後，道家的原理便深遠影響了他各本名著的主題，像是《從文自傳》、《邊城》與《湘行散記》。甚至在人生的盡頭，最後的所留下的文字還引用了《莊子》的一段話，指出大塊早就已經「息我以死」。[2]

沈從文最重視的，就是人的自主性，甚至在他的一生中，他也不斷地與外部力量限制進行抗爭。事實上，沈從文在他的人生後期，經歷過若干外部動盪壓抑以後，為了要強迫自己走出一條屬於自己的路，他開始投入了物質文化的研究當中，希望能藉此開創另一個世界，且當時的他也拒絕加入任何跟政治關係密切的文學組織，更加印證了沈從文希望另闢蹊徑的企圖。同一時間，沈從文在此新領域的成就亦投射出他個人的毅力，以及在新情勢下的適應能力。種種舉止在在說明沈從文個性中的固執，他擁有無論外在形勢如何也抱定要活下來以及忠於自己的決心，加上在任何環境下都不願讓理想妥協的個性，因此不論在個人、政治或文學的範疇，種種遭遇或改變都只是強化了沈從文堅毅卓絕的毅力。

當然，除了沈從文自己，其他人永遠沒辦法站在他的位置，用相同的孤獨視角感受他所感受到的外在現實。[3]對沈從文來說，把自己隔離在文壇之外，就可以擺脫從一九三〇年代以來越陷越深的政治文學論戰。一九四八年沈從文在北大的學生對他的攻擊，成為壓垮他的最後一根稻草，讓他與黨派政治越來越遠；而之後長期對迫害的恐懼，也讓他將自己阻隔在一九四九年之後的文學討論之外。為了尋找自己的道路，即使一九八〇年代外界對沈從文作品逐漸恢復興趣，他還是選擇遠離鎂光燈繼續寧靜過活，也拒絕參與其中。除此之外，他對於那些選擇安身立命並緊緊跟著共產黨路線的作家，自此之後都帶著一種偏見。

由於受到中國古典文學作品的啓發，沈從文漸漸相信可以透過一種獨特的個人心靈看透人類的共通性，如他在某個場合所說：「照我思索，能理解『我』。照我思索，可認識『人』。」[4]不久之後，也就是一九六〇、七〇年代，當他在周圍的政治困境中掙扎時，還是比較認同屈原、莊子、賈誼、司馬遷、蘇軾與李商隱等詩人及思想家。他們的作品使得沈從文更確定歷史乃重複發生的看法，讓他可以把自己的命運拿來和前人的命運進行比較。正是閱讀這些古代中國的重要作品，讓他獲得靈感泉源，並最終得出自己的哲學想法。

沈從文認爲中國文人的歷史就是一部放逐史，他所挑選的例子大部分和孤獨有關：屈原沿著湘江而下寫下〈離騷〉；賈誼遭漢文帝貶謫；司馬遷接受腐刑之辱完成《史記》；陶潛辭官隱居山林；蘇軾也是在貶官後完成〈赤壁賦〉。這些作家所完成的佳作，往往被視爲是他們遠離宮廷政治（不論志願與否）的流放所做出的回應。[5]由於沈從文未曾進入官場，自然也不曾有過被宮廷或政府放逐的際遇，不過，雖然他一生中所面對的社會與政治困局與中國古代文人境遇多有落差，但他在美學上追求完美的驅動力和過去文人在美學思想上的選擇，其實有許多相似之處。沈從文在開創中國現代小說上的突破，實際顯示了這項文體是能夠據實反映作者的創作心靈。

沈從文的作品中有清楚資料顯示他一直試圖了解人存在的本質。從一開始對鄉下人的欣賞，認爲他們是連年天災與戰亂威脅下還自由自在活著的人，到否認「自由意志」的概念是一種控制的形式，他一直屈服在未知的自然力量底下，也因此，「憂愁」成爲他小說之中常見的主題。他辛苦走過個人啓蒙的第一階段（如我們在〈水雲〉所見），也就是知識化的過程，他在一九五〇、六〇與七〇年代之間，讓自己處於湖北與四川那毫無邊際的自然山水中，但與此同時，他也完全理解到自己所掌握的自由狀態，其實一直是種知識上的理想。

本書第一章討論的是沈從文的「鄉下人」概念，在他的自傳性作品中所扮演的角色。因此，不論是在意識型態或藝術上，我們可以看到他在不同的背景下使用或應用鄉下人這個概念來達到不同的目的。這不僅代表他自我發現的歷程，也是他道德感的象徵。

第二章處理了沈從文一九四九年之後較不爲人知的歲月，探索他爲了描寫自己復原所選擇的文類，以及從他的作品與素描中所自然而然流露出的孤獨感。每一種形式都是爲了要將情感傳達給自己或他人，還有尋找一個可以讓自己心靈休憩的地方。許多人認爲自由的感覺，還有尋找容身之地，在他自我剖析的作品中是最明顯的特質。

第三章則先是談論沈從文小說的技巧，然後討論這些技巧的操控與應用顯示他如何看待世界。我詳細分析沈從文五部作品，標出敘事結構的不同以傳達他對於人類存在與行動的理論。他透過精心安排打造一個文學世界，藉由鼓吹人類本性的內在之美，來反對當時宰制文壇的說教文學。

第四章探討的是沈從文與湘西山水景致的聯繫，這種聯繫在他的文學作品中已經表露得非常明顯，也在他對於物質與藝術文物的研究中持續發展。沈從文從跨學科領域的角度處理人類歷史的方法，也受到他泛神論的信念所支配。從沈從文的美學觀點來檢視他前後生涯的連結時期，便能夠發現他從早期道家的美學思想逐漸走到莊子「心與物遊」的理想。

沈從文針對文物的相關作品，反映出他的個人品味和道德傾向，而這在他早期的小說作品中其實就可見端倪。他對中國古文物的研究不僅反映出作者本身的學養，也反映出他個人對歷史的品評，對於文物「實體」的探討，代表的是個人與客觀世界的一致性，對於個人以及物體在認知上的障礙已經排除，因爲個人與物品之間在藝術的呈現中互爲表徵。

經過如此廣泛的研究之後，我們可以深究「可從沈從文的一生與作品中學到什麼？」過去幾年來，沈從文的作品不論在內容或寫作方法，都吸引了許許多多的仰慕者，因此沈從文對其他作家以及現代中國文學的影響也引起諸多討論。

金介甫在〈沈從文在一九八〇年代中國文學中的遺產〉（Shen Congwen's Legacy in Chinese Literature of the 1980s）一文，把無論是風格和作品都直接或間接受到沈從文影響的作家與作品羅列出來，時間從一九三〇、四〇一直延伸到八〇年代。[6] 這些作家包括他在京派文學大本營《大公報．文藝副刊》擔任主編以及講授現代中國小說兩個時期的追隨者，包括何其芳、卞之琳、李廣田、蕭乾。蕭乾的寫作不僅僅受到沈從文仔細的教導（尤其是《蠶》這篇作品），更學到後來讓他在文壇發光的寫作技巧，也接替沈從文於一九三六年擔任《大公報．文藝副刊》的主編。另一批追隨者則是沈從文在昆明西南聯合大學教書時的學生。例如，西南聯大的學生汪曾祺，不論是作爲一個文體作家，或是成爲一九八〇年代「尋根」運動的代表，外界都認爲他受到沈從文的啓發。

因此到了一九八〇年代，名字與作品和沈從文扯上關係的非常多，不僅如此，沈從文的影響力似乎橫跨各個領域的作家，從美學風格到敘事風格都有，例如阿城的《棋王》、古華的《芙蓉鎭》、汪曾祺的《受戒》、賈平凹的《秦腔》都名列其中。[7] 以阿城的小說爲例，棋局的下法和勝負顯然都有道家思想在其中，而出身湖南的韓少功與古華，其作品則都有一種鄉土情懷和地方意識跟冷酷現實互動的味道，就跟沈從文筆下的湘西一樣。臺灣著名的導演侯孝賢認爲沈從文影響了他電影中對生命的刻劃，還有拍攝的手法，尤其是他覺得沈從文帶給他如何描寫人與外在環境互動的靈感，而這在他《風櫃來的人》以及之後的作品都可以看得見。[8]

有些評論者（例如彭小妍）則是藉由探索沈從文在神話故事中所用的前衛派實驗敘事，討論沈從文在非地方文學裡的重要性。[9] 金介甫指出汪曾祺在《大淖記事》所採用的現代主義手法，事實上是仿效沈從文一些比較不爲人知的故事，像是《看虹錄》。[10] 但値得注意的是，金介甫也提到要追溯一本作品對另外一本作品的影響有其難度，例如在討論沈從文的作品與其他作家作品之間的相似性時，他們與沈從文的互動並不像汪曾祺那麼明顯，因此他在說明他們與沈從文的差異時也非常保守謹愼。[11]

王德威也研究過沈從文對一系列作家的啓發，尤其集中探討沈從文的《湘行散記》對於作品中帶著「想像的鄉愁」這項主題的作家所產生的影響，例如莫言、宋澤萊以及李永平等。[12] 根據王德威的說法，這些作家的出身與地理背景雖然都不相同，事實上他們試著在脫離故鄉之後把故鄉寫下來，因此他們必須仰賴「想像的鄉愁」來豐富自己的作品。

沈從文作品數量之豐，以及作品中橫跨不同風格與文體的特點，引起大眾以各式各樣的文學批評理論來分析他的著作。地方主義（鄉土文學）、前衛派，與現代主義是最常用來分析的工具，即使評論時拿來支持的例子只佔沈從文所有作品的一小部分。[13]

所有外界拿來跟沈從文相比的作家，都不像沈從文一樣留下如此多的書信與日記，也因此，我們很難深入這些作家的心靈，也就表示這類比較大部分都還相當表面，沈從文自己對此也有相當著墨。他鼓勵作家別嘗試或學習所謂的小說「技巧」，因爲一部偉大作品的原創性往往起於個人的經驗。沈從文樂見作者說他們的作品跳脫他人影響，因爲沈從文並不鼓吹一套供人依循的敘事風格與哲學洞見。語言的熟練應該只能協助作家「恰當」地記錄下來他們想要捕捉的人和事。[14]他常常鼓勵學生獨斷地書寫，並且要求他們別遵循任何潮流或外頭的宣傳，這個態度也呼應他早已放棄爲多數讀者寫作的宣告。[15]此外，他也鼓勵年輕的作家：「孤獨一點，在你缺少一切的時節，你就會發現原來還有個你自己。」[16]以及「你得先有你『自己』。整個有你自己，然後才會得到他們。」[17]

唯有透過沈從文的美學原則來分析他前後兩個時期的發展，才有可能藉著文學批評理論和中國文人畫家及詩人的啓發工具，來建立我們對沈從文的理解。王國維的「境界說」並不足以眞正評判一名作家的作品，因爲使用單一的工具來區分藝術家的好與壞而沒有進一步分析作者的哲學概念，根本就毫無意義，但是，藉此來理解沈從文的作品依然相當實用。沈從文的文學評論常用到「境界」這個詞，而且「境界」所指涉的心靈顯然是影響沈從文作品發展的因素。[18]王國維說：「有境界則自成高格，自有名句。」而且「無我之境勝過有我之境」，[19]這幾句話貫穿沈從文對於寫作的看法。

要深入探析沈從文或他的作品，本書所涵蓋的主題其實遠遠不夠，我的起點是透過沈從文的自我認知檢視他的作品，而其他議題顯然也值得深入討論。首先，沈從文的遊記是個有趣的分析主題。他藉由對湘西的描寫，發展出自己對地方的感受，也爲描寫他一生所造訪的地方（青島、昆明與四川）

打下基礎。這樣的研究能夠帶出中國的地方誌與山水詩如何影響沈從文對地方的認知。

其次，本書僅處理沈從文個人抒懷的古體詩，而他的詩詞其實值得進一步分析。沈從文創作詩的歷程，從一九二〇年代的民俗歌謠，到不規則的新詩，再到古典敘事詩，一路走來的軌跡變化仍舊是個迷人的主題。理解沈從文轉到舊體詩的原因可以讓我們進一步了解他的美學理想。不論如何，從中國詩的脈絡來看，沈從文的敘事詩都相當值得研究。

第三，沈從文以其他形式所創作的藝術作品，例如他在書信與作品中的毛筆字與水墨畫，幾乎很少拿來跟中國的「寫意畫」傳統進行比較。如果這些畫不光是各種藝術表達形式的習作，而是作者精心挑選用來傳達意念最適當的媒介，那就跟其他用文字所表達的作品一樣，都很值得探討。

藝術呈現的品質是中國美學傳統的重點之一，而這事實上源於儒釋道的哲學觀點，不論出自何種哲學傳統，事實上都要求著個人必須源源不絕地追尋藝術的盡頭，達到臻於化境的境界。在中國文人美學家的心中，例如謝赫、劉勰、鍾嶸（四六八—五一八）與司空圖（八三七—九〇八），都把心靈視為是藝術創作所追求的主要目標。說某位作家「寫得像沈從文」，就跟說有些人模仿古代大師的毛筆字體與畫作是為了貼近大師的心靈一樣。在繪畫上，我們需要石濤（一六四二—一七〇八）或齊白石這樣的人物，全面革新文人畫家的畫法，以達到我們所說的「原創性」或突破。從某種程度來看，沈從文正具備此種原創特質，不同的技巧僅僅是構圖時所需要採用的筆法，並不會是藝術家的終極關懷。沈從文的獨特性來自於他一直堅信要打破文類與形式的界線來傳達他深層的個人意識。

希望外界對他的回憶。墓碑的另一邊則刻著另一段銘文：「不折不從，星斗其文；亦慈亦讓，赤子其人。」這段文字是張兆和的妹妹張充和與丈夫傅漢思於1988年沈從文過世時所寫。

5. 這些作家生涯初期都在官府任職，後來都因爲政治因素而遭流放，而他們偉大的美學成就都是在放逐或獨居、遠離統治權力時所做。請見衣若芬，《蘇軾題畫文學研究》。
6. Kinkley, "Shen Congwen's Legacy in Chinese Literature of the 1980s," in Ellen Widmer and David Wang eds., *From May Fourth to June Fourth: Fiction and Film in Twentieth-Century China* (Cambridge, Mass.: Harvard University Press, 1993), pp. 71-106.
7. 李陀寫過一篇文章探討沈從文對於中國一九八〇年代作品的影響，請見李陀，〈意象的激流〉，《文藝研究》，1986年第3期。
8. 侯孝賢，〈那個瘋子想拍片？〉。
9. 沈從文在接受訪問時被記者問到，他是否覺得自己是個先鋒派作家，他很不在意的回說：「請解釋一下先鋒派？」請見〈答瑞典友人問〉，《沈從文全集》，第二十七卷，頁345。
10. 金介甫，〈沈從文與三種現代主義〉，收入吉首大學沈從文研究室編，《永遠的從文》，頁23。
11. Kinkley, "Shen Congwen's Legacy in Chinese Literature of the 1980s," in Ellen Widmer and David Wang eds., *From May Fourth to June Fourth: Fiction and Film in Twentieth-Century China*, pp. 103-105.
12. David Wang, "Imaginary Nostalgia: Shen Congwen, Song Zelai, Mo Yan and Li Yongping," in Ellen Widmer and David Wang eds., *From May Fourth to June Fourth: Fiction and Film in Twentieth-Century China*, pp.107-132
13. 1987年接受瑞典學者漢森（Stig Hansen）與倪爾思（Nils Olof Ericsson）訪問的時候，表達了他對於從「影響」與「詮釋」的角度來理解他的作品有何看法，請見〈答瑞典友人問〉，《沈從文全集》，第二十七卷，頁335。
14. 沈從文，〈小說作者和讀者〉，《沈從文全集》，第十二卷，頁65-66。
15. 沈從文，〈《邊城》題記〉，《沈從文全集》，第八卷，頁58。
16. 沈從文，〈我的寫作與水的關係〉，《沈從文全集》，第十七卷，頁206。
17. 沈從文，〈致一個作者的公開信〉，《沈從文全集》，第十七卷，頁378。
18. 請見沈從文，〈從徐志摩學習抒情〉，《沈從文全集》，第十六卷，頁257；〈答辭十——天才與耐心〉，《沈從文全集》，第十七卷，頁407。
19. 王國維，《人間詞話》，頁1。

51. 吳立昌，《人性的治療者——沈從文傳》，頁223。
52. 徐改編，《齊白石》（臺北：藝術家出版社，2001），頁64-65。
53. 齊良遲編，《齊白石藝術研究》（北京：商務印書館，1999），頁28。
54. 劉曦林，〈齊白石論〉，收入齊良遲編，《齊白石藝術研究》，頁89。
55. 齊白石，《白石老人自述》（臺北市：臉譜文化，2001），頁116。
56. 齊良遲編，《齊白石藝術研究》，頁189。
57. 同前註。
58. 王國維，《人間詞話》（臺北：學海出版，1982），頁1；徐復觀，《中國文學研究續編》，頁74。
59. 沈從文，〈復闕名朋友〉，《沈從文全集》，第二十四卷，頁285-290。
60. 林蒲，〈投岩麝退香〉，收入吉首大學沈從文研究室編，《長河不盡流：懷念沈從文先生》，頁158。
61. 沈從文，〈唐代船夫〉，《沈從文全集》，第三十二卷，頁224。
62. 沈從文，〈一九三四年一月十八〉，《沈從文全集》，第十一卷，頁253。
63. 許芥昱，〈沈從文會面記〉，收入劉洪濤、楊瑞仁主編，《沈從文研究資料》，頁631。
64. 沈從文，〈致張兆和〉，《沈從文全集》，第二十卷，頁111。
65. 沈從文，〈致張兆和〉，《沈從文全集》，第二十三卷，頁18。
66. 王曉明，〈鄉下人的文體與士紳士的理想〉，收入劉洪濤、楊瑞仁主編，《沈從文研究資料》，頁590-597。
67. 張新穎，《沈從文精讀》，頁20。
68. 同前註，頁29-30。
69. 沈從文，〈無從馴服的斑馬〉，《沈從文全集》，第二十七卷，頁379。
70. 沈從文，〈新稿之一〉，《沈從文全集》，第二十七卷，頁569。
71. 沈從文，〈從新文學轉到歷史文物〉，《沈從文全集》，第十二卷，頁386。
72. 林蒲，〈投岩麝退香〉，收入吉首大學沈從文研究室編，《長河不盡流：懷念沈從文先生》，頁160。

結語

1. 凌宇，《沈從文傳》，頁549。
2. 沈從文，〈致凌宇〉，《沈從文全集》，第二十六卷，頁546-553。
3. 胡志德（Theodore Huters）認爲1945年共產主義顯然勝利在望，因此在1945-1949年之間有一連串的事件與辯論發生，探討文人與社會的角色，而當共產黨最終掌權之後，作家政治的限制越來越大。請見Theodore Huters, "The Transformation of Critical Ground," in Bonnie S. McDougall ed., *Popular Chinese literature and performing arts in the People's Republic of China: 1949-1979*, pp. 54-80.
4. 沈從文，〈抽象的抒情〉，《沈從文全集》，第十六卷，頁527。這段話刻在沈從文的墓碑上，墳墓落在聽濤山，鳳凰縣的沱江附近，而這段話是沈從文的後人

21. 沈從文，〈燭虛〉，《沈從文全集》，第十二卷，頁23。
22. 沈從文，〈主婦〉，《沈從文全集》，第八卷，頁351。
23. 金安平描述了沈從文與張兆和婚姻生活的細節。她認爲沈從文的理想性格和張兆和的務實有很大的對比。請見Ann-Ping Chin, *Four Sisters of Hofei: A history* (London: Bloomsbury, 2004), pp. 198-200.
24. 黃永玉，〈沈從文與我〉，收入黃氏著，《太陽下的風景》。
25. 沈從文，〈藝術週刊的誕生〉與〈藝術教育〉分別收入《沈從文全集》，第十六卷，頁469，474。
26. 吳世勇編，《沈從文年譜》，頁296。
27. 沈從文，〈沅陵的人〉，《沈從文全集》，第十一卷，頁359。
28. 沈從文，〈燭虛〉，《沈從文全集》，第十二卷，頁23。
29. 向成國，〈沈從文作品背後的小故事〉，《湘西》，第三卷（2001），頁26-38。
30. 沈從文寫了一系列文章來說明他留在物質文化研究的理由。請見〈我爲什麼搞文物制度〉（1966）以及〈我爲什麼始終不離開歷史博物館〉，分別收入《沈從文全集》，第二十七卷，頁193-195、242-256。
31. 沈從文，〈「瓜瓟斝」和「點犀喬」——關於紅樓夢註釋一點商榷〉，《沈從文全集》，第三十卷，頁285。
32. 這三篇研究《紅樓夢》的論文與註解，請見沈從文，《沈從文全集》，第三十卷，頁249-292。
33. 沈從文，〈常德的船〉，《沈從文全集》，第十一卷，頁339。
34. 沈從文，〈水手們〉、〈憶麻陽船〉，《沈從文全集》，第十一卷，頁126、135。
35. 沈從文，〈常德的船〉，《沈從文全集》，第十一卷，頁347。
36. 沈從文，〈晨河小船上的水手〉，《沈從文全集》，第十一卷，頁268。
37. 沈從文，〈文史研究必需結合文物〉，《沈從文全集》，第三十一卷，頁311。
38. 沈從文，〈用常識破傳統迷信〉，《沈從文全集》，第二十七卷，頁229。
39. 沈從文，〈假如我們在演「屈原」〉，《沈從文全集》，第三十一卷，頁377。
40. 1986年臺灣出版了一本《龍鳳藝術》的小書，書上並無沈從文的名字。
41. 沈從文，〈龍鳳藝術〉，《沈從文全集》，第三十一卷，頁5。
42. 沈從文，〈無從畢業的學校〉，《沈從文全集》，第二十七卷，頁412。
43. 沈從文，〈龍鳳藝術〉，《沈從文全集》，第三十一卷，頁8-10。
44. 同前註，頁5。
45. 沈從文，〈魚的藝術〉，《沈從文全集》，第三十一卷，頁16。
46. 沈從文，〈明代的燈飾和燈〉，《沈從文全集》，第三十一卷，頁56-59。
47. 吳世勇編，《沈從文年譜》，頁383。
48. 沈從文，〈湘西苗族的藝術〉，《沈從文全集》，第三十一卷，頁331。
49. 同前註。
50. 同前註，頁332。

2. 楊瑞仁，〈理解沈從文〉，收入吉首大學沈從文研究室編，《永遠的從文》，頁137。
3. 楊瑞仁藉由凌宇所寫《沈從文傳》來說明沈從文放棄寫作的失落感。同前註，頁137-140。
4. 凌宇，《沈從文傳》，頁441。
5. 楊瑞仁，〈理解沈從文〉，收入吉首大學沈從文研究室編，《永遠的從文》，頁137-140。
6. 宋伯胤，〈不應當疏忽這份無比豐富的寶藏〉，收入吉首大學沈從文研究室編，《長河不盡流：懷念沈從文先生》，頁237。
7. 這個觀點也在另一本選集《生之記錄》中得到印證，這本書從自我意識的角度選了沈從文各種不同形式的作品，來印證他的個人路徑。
8. 劉勰，《文心雕龍》（臺北，三民出版，1994），頁265。
9. 對於心的討論，請見Stephen Owen ed., *Readings in Chinese Literary Thought* (Cambridge, Mass.: Council on East Asian Studies, Harvard University, 1992), pp. 205-206。
10. 沈從文，〈沉默〉，《沈從文全集》，第十四卷，頁104。
11. Daruvala, *Zhou Zuoren and an Alternative Chinese Response to Modernity*, pp. 113-168.
12. 介紹中國本體論和宇宙論團的作品，請參考牟宗三，《才性與玄理》（臺北，聯經出版，2003）。他認爲魏晉是道家思想第一個高峰，讀書人詮釋道家的自然與個人的位置。
13. 王畿一開始是儒家大師王陽明（1472-1529）的弟子，之後創立泰州學派。
14. 嚴羽《滄浪詩話》的第一章叫「詩辨」，認爲詩要「故其妙處透徹玲瓏不可湊泊，如空中之音、相中之色、水中之月、鏡中之象，言有盡而意無窮。」一首詩必須要表現出同樣的啓蒙，請見Daruvala, *Zhou Zuoren and an Alternative Chinese Response to Modernity*, p. 145.
15. 徐復觀，《中國藝術精神》，頁372-374。
16. 陳鼓應，〈宋明理學的道家觀念叢〉，http://140.112.114.62/handle/246246/14227（臺北：國立臺灣大學哲學系暨研究所，2006）。
17. Chad Hansen, *A Daoist Theory of Chinese Thought: A Philosophical Interpretation* (Oxford: Oxford University Press, 2000), pp. 1-29.
18. 當沈從文面臨重拾寫作或繼續研究物質文化的問題時，他常常說物質文化對於未來的中國社會很重要，而傾向於完成他中國古代服飾研究的計畫。在歷史博物館工作這條路並不簡單，但他堅持下來了。他也堅持這是個人選擇，沒人強迫他。請見〈我爲什麼始終不離開歷史博物館〉，《沈從文全集》，第二十七卷，頁242；〈從新文學轉到歷史文物〉，《沈從文全集》，第十二卷，頁383。
19. 沈從文，〈市集〉，《沈從文全集》，第十一卷，頁45。
20. 沈從文在自傳中〈學歷史的地方〉把這點說得非常清楚，請見《從文自傳》，《沈從文全集》，第十三卷，頁356。

106. 沈從文，〈《鳳子》題記〉，《沈從文全集》，第七卷，頁79-81。
107. Hsia, *A History of Modern Chinese Fiction: 1917-1957*, pp. 189-190.
108. 沈從文，《沈從文家書》（南京：江蘇教育出版社，2005），頁3-31。
109. 沈從文，《八駿圖》，《沈從文全集》，第八卷，頁212；〈龍朱〉，《沈從文全集》，第五卷，頁323。
110. 沈從文，《鳳子》，《沈從文全集》，第七卷，頁88。
111. 同前註，頁94。
112. 沈從文，《鳳子》，《沈從文全集》，第七卷，頁107-109。
113. 沈從文，《鳳子》，《沈從文全集》，第七卷，頁163-164。
114. Hsia, *A History of Modern Chinese Fiction: 1917-1957*, p. 190.
115. Wang, *Fictional Realism in Twentieth-Century China: Mao Dun, Lao She, Shen Congwen*, pp. 235-236.
116. 沈從文，《看虹錄》，《沈從文全集》，第十卷，頁332-333。
117. 同前註，頁337。
118. 同前註，頁339。
119. 同前註。
120. 同前註，頁341。
121. 同前註，頁342。
122. 沈從文，〈短篇小說〉，《沈從文全集》，第十六卷，頁493。
123. 同前註，頁496。
124. 金介甫，〈沈從文與三種現代主義〉，收入吉首大學沈從文研究室編，《永遠的從文》，頁16-42。
125. 沈從文，〈《看虹摘星錄》後記〉，《沈從文全集》，第十六卷，頁345。
126. 沈從文，〈短篇小說〉，《沈從文全集》，第十六卷，頁498-499。
127. 清除精神汙染介於一九八三年十月至次年二月之間，是共產黨擔心跟著改革開放所傳進的西方自由思想會汙染中國人民。
128. 沈從文，〈虹橋〉，《沈從文全集》，第十卷，頁396-398。
129. 請見吳世勇編，《沈從文年譜》，頁11。以及他一九五二年一月二十四日寫給張兆和的信，《沈從文全集》，第十九卷，頁309-10。
130. Wang, *Fictional Realism in Twentieth-Century China: Mao Dun, Lao She, Shen Congwen*, pp. 242-245.
131. 王曉明，〈鄉下人的文體與土紳士的理想〉，收入劉洪濤、楊瑞仁主編，《沈從文研究資料》，頁602-605。
132. 沈從文，〈巧秀和冬生〉，《沈從文全集》，第十卷，頁417。

第四章　論中國物質文化：心與物遊

1. 汪曾祺，〈沈從文轉業之謎〉，收入吉首大學沈從文研究室編，《長河不盡流：懷念沈從文先生》，頁139-144。

英語的標題並未改。
74. 沈從文，《邊城》，《沈從文全集》，第八卷，頁67。
75. 沈從文，〈談寫遊記〉，《沈從文全集》，第十六卷，頁518。
76. 沈從文，〈談保守〉，《沈從文全集》，第十七卷，頁259。
77. 沈從文，〈短篇小說〉，《沈從文全集》，第十六卷，頁505。
78. 張璪，〈文通論畫〉，收入俞劍華主編，《中國古代畫論類編》（北京：人民美術出版社，1998），頁19。
79. 謝赫，〈古畫品錄〉，收入余劍華主編，《中國古代畫論類編》，頁351。
80. 瑞金是共產黨的根據地。1920年代共產黨被國民黨逼離井岡山，共產黨就逃竄至此，利用瑞金山區的偏遠優勢。1931年，毛澤東的領導在此建立，1934年又遭到蔣介石圍剿，遂展開「長征」。
81. 沈從文，《湘行散記》，《沈從文全集》，第十一卷，頁161。
82. 沈從文，〈《湘行散記》序〉，《沈從文全集》，第十六卷，頁390。
83. 沈從文，〈一首詩的討論〉，《沈從文全集》，第十七卷，頁461。
84. 沈從文，〈談寫遊記〉，《沈從文全集》，第十六卷，頁517。
85. 同前註，頁581。
86. 沈從文，〈一首詩的討論〉，《沈從文全集》，第十七卷，頁462。
87. Mark Schorer, "Technique as discovery," in David Lodge ed., *20th Century Literary Criticism*, p. 387.
88. 沈從文，〈一個邊疆故事的討論〉，《沈從文全集》，第十七卷，頁463。
89. 同前註，頁464-466。
90. 同前註，頁462。
91. 沈從文，《湘行散記》，《沈從文全集》，第十一卷，頁233。
92. 同前註，頁235。
93. 同前註，頁135。
94. 同前註，頁135。
95. 同前註，頁239。
96. 同前註。
97. 同前註。
98. 同前註。
99. 同前註，頁239。
100. 同前註，頁240。
101. 同前註，頁257-267。
102. 沈從文，〈一個多情水手與一個多情婦人〉，《沈從文全集》，第十一卷，頁267。這與魯迅在〈一件小事〉中會車夫的反應很像，魯迅對於自己拿錢給車夫幫助他看意外很不好意思。請見魯迅，〈一件小事〉，《吶喊》，頁63-66。
103. 同前註，頁267。
104. 同前註，頁277-279。
105. 同前註，頁253。

48. 沈從文，〈無從畢業的學校〉，《沈從文全集》，第二十七卷，頁409。
49. 這個故事1949年英文翻譯版的譯者就忽略這位故事之外的女性。請見Tsung-Wen Shen, Ching Ti and Robert Payne trans., *The Chinese Earth: Stories* (New York: Columbia University Press, 1982), pp. 22-40.
50. 沈從文，〈《月下小景》題記〉，《沈從文全集》，第九卷，頁216。
51. 同前註，頁216。
52. Wang, *Fictional Realism in Twentieth-Century China: Mao Dun, Lao She, Shen Congwen*, pp. 234-245.
53. 趙園，〈沈從文構築的湘西世界〉，收入收入劉洪濤、楊瑞仁主編，《沈從文研究資料》，頁485-535。
54. 小島久代，〈《月下小景》考〉，收入劉洪濤、楊瑞仁主編，《沈從文研究資料》，頁606-623。
55. 沈從文，〈尋覓〉，《沈從文全集》，第九卷，頁243。
56. 沈從文，〈一個農夫的故事〉，《沈從文全集》，第九卷，頁327。
57. 沈從文，〈慷慨的王子〉，《沈從文全集》，第九卷，頁353。
58. 沈從文，〈水雲〉，《沈從文全集》，第十二卷，頁104-105。
59. 沈從文，〈中年〉，《沈從文全集》，第七卷，頁9。
60. 沈從文，〈連長〉，《沈從文全集》，第二卷，頁24。
61. 王曉明，〈鄉下人的文體與土紳士的理想〉，收入劉洪濤、楊瑞仁主編，《沈從文研究資料》，頁587。
62. 沈從文與張兆和在1932年訂婚後不久，張兆和就跟沈從文一起到青島，在大學圖書館工作。在他們往嶗山的旅途中，在「北九水」看到了一個少女所帶領的喪禮，所以他答應張兆和會以女孩爲本創作一篇故事。沈從文，〈水雲〉，《沈從文全集》，第十二卷，頁111，與〈新題記〉，《沈從文全集》，第八卷，頁60。
63. 沈從文，〈水雲〉，《沈從文全集》，第十二卷，頁110。
64. 同前註，頁113。
65. 沈從文，〈《習作選集》代序〉，《沈從文全集》，第九卷，頁5。
66. 劉洪濤，《沈從文小說新論》，頁156。
67. 汪曾祺，〈沈從文和他的《邊城》〉，《汪曾祺文集》，頁88-89。王潤華，〈論沈從文《邊城》的結構、象徵及對比手法〉，收入氏著，《沈從文小說理論與作品新論——沈從文小說理論、批評、代表作的新解讀》，頁109。
68. 沈從文，《邊城》，《沈從文全集》，第八卷，頁61。
69. 同前註，頁65。
70. 同前註，頁121，126。
71. 沈從文，〈《斷虹》引言〉，《沈從文全集》，第十六卷，頁340。
72. 衣若芬，《蘇軾題畫文學研究》（臺北：文津出版社，1999）；《觀看·敘述·審美——唐宋題畫文學論集》（臺北：中研院文哲所，2004）。
73. 由於畫中描繪的大多是秋景，因此大家不再認爲清明指的是春天的清明節，但

145-152。
17. 例如，彭小妍所編的《沈從文小說選》就把沈從文的小說歸爲不同的類型。
18. 沈從文，〈慷慨的王子〉，《沈從文全集》，第九卷，頁353。
19. 這三篇故事都被收進《雪晴》，《沈從文全集》，第十卷，頁401-453。
20. 沈從文，《八駿圖》，《沈從文全集》，第八卷，頁202。
21. 同前註，頁204。
22. 同前註，頁206。
23. 沈從文，〈給某教授〉，《沈從文全集》，第十七卷，頁192。巧合的是吳立昌所寫的沈從文傳記也以「人性的治療者」爲標題。
24. 彭小妍，〈導論〉，《沈從文小說選I》（臺北：洪範出版，1995），頁15。
25. E. M. Forster, "Flat and round characters and 'point of view'", in David Lodge ed., *20th Century Literary Criticism* (London: Longman, 1972), p. 137.
26. 沈從文，〈《習作選集》代序〉，《沈從文全集》，第九卷，頁4。
27. 沈從文，《八駿圖》，《沈從文全集》，第八卷，頁222。
28. 同前註，頁225。
29. 凌宇，《從邊城走向世界》，頁185-190。
30. 沈從文，《八駿圖》，《沈從文全集》，第八卷，頁202。
31. 李健吾（劉西渭）認爲《八駿圖》裡的達士先生代表沈從文當時的命運與環境下對於「知識分子化」的嘲諷。請見李健吾（劉西渭），〈《邊城》與《八駿圖》〉，收入《文學季刊1934-1935》，頁209。
32. 沈從文，〈《阿麗思中國遊記》後序〉，《沈從文全集》，第三卷，頁1-7。
33. 沈從文，〈寫在《龍朱》之前〉，《沈從文全集》，第三卷，頁321。
34. 沈從文，〈中年〉，《沈從文全集》，第七卷，頁3。
35. 同前註，頁7。
36. 同前註，頁9。
37. 吳世勇編，《沈從文年譜》，頁134。
38. 沈從文，〈三個女性〉，《沈從文全集》，第七卷，頁376。
39. 沈從文地在1926年所寫的〈松子君〉首度提到《法苑珠林》這本書，晚年他說這本書讓他覺得自己童心未泯，請見〈《月下小景》題記〉，《沈從文全集》，第十四卷，頁468。
40. 沈從文說他應該寫一個故事，讓他們像《天方夜譚》或《十日談》，請見沈從文，〈題記〉，《沈從文全集》，第九卷，頁215-216。
41. 周仁政，《巫覡人文——沈從文與巫楚文化》。
42. 沈從文，〈生之記錄〉，《沈從文全集》，第一卷，頁152。
43. 沈從文，〈神話與傳說〉，《沈從文全集》，第十六卷，頁3-40。
44. 同前註，頁6-68。
45. 同前註，頁12。
46. 沈從文，〈夜〉，《沈從文全集》，第五卷，頁152。
47. 沈從文，〈燈〉，《沈從文全集》，第九卷，頁140。

2. 沈從文至少寫了三篇文章〈小說作者與讀者〉（1940）、〈短篇小說〉（1942）以及〈小說與社會〉（1942），來捍衛小說的藝術價值，分別收入《沈從文全集》，第十六卷，頁492-507；第十七卷，頁298-305；第十二卷，頁65-79。
3. 沈從文，〈看虹摘星錄後記〉，《沈從文全集》，第十六卷，頁342。
4. 班固說「小說家」是「小說家者流，蓋出於稗官；街談巷語，道聽途說者之所造也」，並且把小說家列爲「九流」之外的第十家。請見顧實，《漢書藝文志講疏》（上海：上海商務印書館，1935），頁172。
5. 沈從文，〈短篇小說〉，《沈從文全集》，第十六卷，頁493。
6. 沈從文，〈談進步〉，《沈從文全集》，第十六卷，頁487。
7. 沈從文指出批評家李健吾與音樂家馬思聰是他小說最好的讀者。此外，他也暗示醫生、心理分析專家，或一個教授，如陳雪屏先生是合乎理想的讀者，因爲他看透一般對作家所要求的「道德」與「倫理」，也看到他們文字背後眞正的情感與衝突。請見沈從文，〈看虹摘星錄後記〉，《沈從文全集》，第十六卷，頁343-344。
8. 沈從文，〈《從文自傳》再印附記〉，《沈從文全集》，第十三卷，頁366。
9. 沈從文，〈答凌宇問〉，《沈從文全集》，第十六卷，頁525。
10. 沈從文，〈水雲〉，《沈從文全集》，第十二卷，頁97-98。
11. 沈從文，〈短篇小說〉，《沈從文全集》，第十六卷，頁505。
12. 請見康有爲，〈萬木草堂論畫〉，收入顧森、李樹聲主編，《百年中國美術經典》，第一卷（深圳：海天出版社，1998）；以及陳獨秀，〈美術革命——答呂澂〉，《新青年》，6:1（上海，1919.01）。
13. 陳師曾寫過一篇很有名的文章叫〈文人畫之價値〉，主張從一種特定的美學，處理中國文人畫之中的主體視野。收入顧森、李樹聲主編，《百年中國美術經典》，第一卷。豐子愷在〈中國繪畫之特質〉、〈中國畫之勝利〉與〈文學中的遠景法〉也從師這套想法，有系統且細緻的分析中國的繪畫如何承繼一種對現實的主觀詮釋，以及中國的文人詩也採取相同的表現手法在視覺藝術之中，用以提供一九二〇、三〇年代現實主義運動之外的另一條路。收入《豐子愷文集》。
14. 齊白石1917年繪畫技巧的改變其實受到陳師曾所啓發，他提醒齊白石要創造自己的風格來反映個人的特性。所以，齊白石的作品就以「簡」與「縮」爲目標，跳脫「現實的」表現還有模仿過去的大師。齊白石擅長的是將外在抽象與昇華，畫出物體在他心中所呈現的精神，只不過這場運動並未成爲主流，而他也被視爲最後一個文人畫家。請見陳滯冬，《中國書畫與文人意識》（吉林：吉林教育出版社，1992）。
15. 安德昌（Dusan Andrs），〈「感情移入」與「無關心」一豐子愷的綜合性藝術觀解讀〉，收入王德威、黃錦樹編，《想像的本邦》（臺北：麥田出版，2005），頁181-201。
16. 周作人，〈笠翁與隨園〉，《周作人全集》，第三卷（臺北：藍燈文化出版社，1992），頁442。沈從文，〈論馮文炳〉，《沈從文全集》，第十六卷，頁

70. 沈從文，〈復張兆和〉，《沈從文全集》，第二十二卷，頁465-466。
71. 沈從文，〈日記一則〉，《沈從文全集》，第二十二卷，頁379。
72. 沈從文，〈復張兆和〉，《沈從文全集》，第二十二卷，頁466。
73. 沈從文，〈老馬之二〉，《沈從文全集》，第十五卷，頁454。
74. 沈從文，〈擬詠懷詩——七十歲生日感事跋〉，《沈從文全集》，第十五卷，頁447。
75. 沈從文，〈復張兆和〉，《沈從文全集》，第二十二卷，頁466。
76. 沈從文，〈致張兆和〉，《沈從文全集》，第二十二卷，頁378。
77. 沈從文，〈曲折十七年〉，《沈從文全集》，第二十七卷，頁 448-460。至於博物館歲月的生活細節，請見〈史無前例〉，《沈從文全集》，第二十七卷，頁171-280。
78. 沈從文，〈曲折十七年〉，《沈從文全集》，第二十七卷，頁453。
79. 凌宇認爲〈抽象的抒情〉是沈從文最後一篇文論，他指出這篇文章顯示出沈從文的堅持已極「死而無憾」。請見凌宇，《沈從文著作選》（香港：商務印書館，1994），頁505-506。
80. 沈從文，〈抽象的抒情〉，《沈從文全集》，第十六卷，頁527。
81. 同前註，頁527。
82. 同前註，頁530。
83. 同前註，頁531。
84. 同前註，頁533。
85. 沈從文，《無從馴服的斑馬》，《沈從文全集》，第二十七卷，頁379。
86. 同前註，頁382。
87. 第一句話出自《莊子·大宗師》，第二句話出自《論語·季氏篇》。
88. 沈從文，〈致凌宇〉，《沈從文全集》，第二十六卷，頁547。
89. 同前註，頁551。
90. 同前註，頁546-553。
91. 杜甫，〈喜達行在所三首〉，《全唐詩》，卷225-1。
92. 李商隱，〈商於〉，《全唐詩》，卷539-11。
93. 班固，《漢書》卷六十二〈司馬遷列傳〉，頁2735。原文的英文翻譯出自Huang, *Literati and Self-Re/Presentation: Autobiographical Sensibility in the Eighteenth-Century Chinese Novel*, p. 17.
94. 沈從文，〈橫石和九溪〉，《沈從文全集》，第十一卷，頁184。
95. 沈從文寫這段話應該是1971年在丹江，引自凌宇，《沈從文傳》，頁548-549。
96. 沈從文，〈最後的文字〉，《沈從文全集》，第二十六卷，頁553。

第三章　沈從文的小說——論技巧

1. 「小說」這個詞最早出於《莊子·外物篇》，而且帶有輕蔑的語氣。「飾小說以干縣令」，也就是以偏頗的言論想要求取好的名譽。

此比較準確的說法應該是「同理心」。這也符合沈從文早期指導汪曾祺如何描寫小說人物。根據汪曾祺的說法，沈從文對於人物的表現包括使用同理心來描寫人物存在狀態的能力，而且他也進一步要求學生要從他們的觀點貼緊這些人物。請見汪曾祺，〈沈從文和他的《邊城》〉，《汪曾祺文集》（南京：江蘇文藝出版社，1993），頁88。

52. 沈從文與《史記》之間的關係很長。他最初是在熊希齡所辦的「習武學堂」圖書館讀到《史記》，後來在陳渠珍將軍的辦公室又讀過。這也是他1923年前往北京帶的唯一一本書。沈從文在〈《習作選集》代序〉提到：「初抵北京，我連標點符號怎麼用都不清楚，我帶的唯一一本經典就是《史記》。」請見彭曉勇，《沈從文與讀書》（臺北：婦女與生活，2001），頁65-69。
53. 沈從文，〈致張兆和、沈龍朱、沈虎雛〉，《沈從文全集》，第十九卷，頁317-319。
54. 沈從文，〈致張兆和〉，《沈從文全集》，第十九卷，頁180-181。
55. Joseph S. M. Lau（劉紹銘）, "Duty, Reputation, and Selfhood," in Robert Hegel and Richard C. Hessney eds., *Expression of Self in Chinese Literature*, p. 367.
56. 沈從文，〈致張兆和〉，《沈從文全集》，第二十卷，頁157。
57. 沈從文，〈致張兆和〉，《沈從文全集》，第二十卷，頁177。
58. 吳世勇編，《沈從文年譜》，頁430。
59. 沈從文，〈致張兆和〉，《沈從文全集》，第二十二卷，頁281。
60. 沈從文，〈致張兆和〉，《沈從文全集》，第二十二卷，頁366。
61. 沈從文，〈井岡山之晨〉，《沈從文全集》，第十五卷，頁255；〈贈蔡天心、江帆兼及諸同志〉，《沈從文全集》，第十五卷，頁271。
62. 沈從文，〈復蕭乾〉，《沈從文全集》，第二十二卷，頁381。
63. 沈從文，〈有關詩作的三封信〉，《沈從文全集》，第十五卷，頁274-275、279-280。
64. 他對於〈紅衛星上天〉的看法是：「幾經抄錄與重讀之後，我覺得非常難過。這和我寫完《邊城》的感覺一樣。」他說對於音樂行家和眞正懂詩的專家學人，偶然見到必將付之一笑，以爲是「神經病」。他說：「其時數數半世紀經過，此稱呼始終以不同方式存在，還延續於這種教育的修熟人印象中，並未因時代不同而消失。」請見沈從文，〈紅衛星上天〉，第十五卷，頁365。
65. 沈從文，〈《白玉蘭花引》跋〉，《沈從文全集》，第十五卷，頁305-306。
66. 沈從文，〈抽象的抒情〉，《沈從文全集》，第十六卷，頁530。
67. 沈從文，〈復蕭乾〉，《沈從文全集》，第二十二卷，頁381。
68. 黃永玉在想起沈從文在雙溪寫給他的一封信，覺得他心甘情願的接受這樣的安排，他寫道「……這兒荷花眞好，你若來……」黃永玉覺得沈從文每封信充滿歡樂情趣，簡直令人嫉妒。請見黃永玉，〈沈從文與我〉，收入黃氏著，《太陽下的風景》（天津：百花文藝出版社，1994）。但是，凌宇則認爲沈從文的歡樂是裝出來的，想要讓他周邊的人放心。請見凌宇，《沈從文傳》，頁547。
69. 沈從文，〈老馬之二〉，《沈從文全集》，第十五卷，頁451。

30. 沈從文，〈黃昏和午夜〉，《沈從文全集》，第十五卷，頁235。
31. 同前註。
32. 沈從文，〈解放一年—學習一年〉，《沈從文全集》，第二十七卷，頁56。「忘我」的概念源於老子《道德經》三十七章的「自化」，後來被用到統治時的無為而治。而在《莊子》時的物我兩忘，莊子從老子論述中抽離原有的社會性，並且強調了自我的發掘與深化境界，見陳鼓應註譯，《老子今註今譯及評介》（臺北：臺灣商務印書館，1997），頁145；以及陳引馳《莊子精讀》（上海：復旦大學出版社，2005），頁24-64。有關莊子「忘我」的論述，詳見徐復觀，《中國藝術精神》，頁372-374。
33. 這種情況一直持續到1957年10月《沈從文小說選集》重新出版。關於沈從文在當時文壇的位置，請見李揚，《沈從文的最後四十年》，頁72-76。
34. 這些寫法見諸於他1949年寫給友人劉子衡的信，他在信中還請劉子衡教他如何重返這個圈圈。請見《沈從文全集》，第十九卷，頁45-47。
35. 這並不是政治立場上所遭的唯一一次攻擊，1966年6月文革期間，沈從文也成為鬥爭的對象。
36. 沈從文，〈致布德〉，《沈從文全集》，第十九卷，頁68。
37. 1950年至1958年所寫的包括〈自傳〉、〈我的分析兼檢討〉、〈總結・生平部分兼思想部分〉，〈自傳〉與〈我的分析檢討〉等都收錄在《沉默歸隊》此標題之下，而文革期間所寫的則收錄在《史無前例》此標題之下，後面這些作品寫完之後都未發表，請見《沈從文全集》，第二十七卷，頁57-167、169-279。
38. 沈從文，〈總結・思想部分〉，《沈從文全集》，第二十七卷，頁122。
39. 沈從文，〈總結・傳記部分〉，《沈從文全集》，第二十七卷，頁93-95。
40. 沈從文，〈我的分析兼檢討〉，《沈從文全集》，第二十七卷，頁69-75。
41. 沈從文，〈《我的學習》廢稿存底〉，《沈從文全集》，第二十七卷，頁359。
42. 沈從文，〈我的分析兼檢討〉，《沈從文全集》，第二十七卷，頁73。
43. 沈從文，〈反右運動後的思想檢查〉，《沈從文全集》，第二十七卷，頁157。
44. 沈從文，〈我的分析兼檢討〉，《沈從文全集》，第二十七卷，頁70。
45. 同前註，頁72。
46. 沈從文，〈總結・傳記部分〉，《沈從文全集》，第二十七卷，頁87。
47. 沈從文列出與分析自己跟歷史上的人物及西方思想家在心態上的「症狀」。請見沈從文，〈我的分析兼檢討〉，《沈從文全集》，第二十七卷，頁70-73。
48. 沈從文，〈總結・思想部分〉，《沈從文全集》，第二十七卷，頁122。
49. 《沈從文家書——1930-1966從文、兆和書信選》，他們之間的關係請見耶魯大學歷史學者金安平所著《合肥四姊妹》。金安平是著名中國史學者史景遷的太太，傅漢思的學生，而傅漢思是張兆和妹妹張充和先生，金安平透過傅漢思結識張充和。
50. 沈從文，〈致張兆和〉，《沈從文全集》，第十九卷，頁179。
51. 「有情」是由「有」跟「情」兩個字組成。後來的禪宗裡「有情」指的是所有具備情感的生物。但在此脈絡裡，沈從文指的是一個作者感受世界的態度，因

5. 吉首大學沈從文研究室編，〈後記〉，《長河不盡流：懷念沈從文先生》，頁521。
6. 孫韜龍，〈談沈從文的鄉下人觀念〉，收入吉首大學沈從文研究室編，《沈從文研究》，頁67-74；王風編，〈編輯餘記〉，《野人獻曝》，頁1-15。
7. 孫韜龍，〈談沈從文的鄉下人觀念〉，收入吉首大學沈從文研究室編，《沈從文研究》，頁67-74。
8. 王風編，〈編輯餘記〉，《野人獻曝》，頁10。
9. 陳敏（笑蜀）寫了一篇文章檢視毛澤東對知識分子的看法，以及他從1951年之後改造知識的各種策略。請見陳敏，〈天馬的終結：知識份子思想改造說微〉，收入中國研究服務中心，中國研究論文文庫http://www.usc.cuhk.edu.hk/wkgb.asp（香港：中文大學，2004）。
10. 沈從文在自殺獲救之後所寫的第一篇文章就寫到「給我一個新生的機會」。在日記裡，沈從文也常常提到自己希望找到一個重新展開生命的方法，請見沈從文，〈四月六日〉，《沈從文全集》，第十九卷，頁25。
11. 相關的評價請見吉首大學沈從文研究室編，《長河不盡流：懷念沈從文先生》。
12. 〈張兆和致田眞逸、沈岳錕等〉，《沈從文全集》，第十九卷，頁22-23。
13. 沈從文，〈四月六日〉，《沈從文全集》，第十九卷，頁27。
14. 這裡指的是小說《紅樓夢》，小說的主角「寶玉」是因爲女媧在補天時所留下的玉石。同前註，頁28。
15. 同前註，頁29。
16. 同前註，頁31。
17. 請見《湘西》一書中的〈鳳凰〉，《沈從文全集》，第十一卷，頁393-407。
18. 同前註，頁398。
19. 沈從文，〈四月六日〉，《沈從文全集》，第十九卷，頁32。
20. 這裡所指爲何並不清楚，我猜104室應該是他在精神病院住的房號，請見沈從文，〈五月卅下十點北平宿舍〉，《沈從文全集》，第十九卷，頁43。
21. 同前註，頁43。
22. 同前註，頁45。
23. 吳世勇編，《沈從文年譜》，頁316。
24. 沈從文，〈從悲多汶樂曲所得〉，《沈從文全集》，第十五卷，頁222-223。
25. 沈從文，〈一個邊疆故事的討論〉，《沈從文全集》，第十七卷，頁465。
26. 他寫了多篇文章探討音樂此種藝術形式對於捕捉人類情感的重要性。他也提到在遭到折磨時，音樂是唯一可以安撫思緒讓他冷靜下來的東西。請見沈從文，〈關於西南漆器及其他——一種自傳〉，《沈從文全集》，第二十七卷，頁22。
27. 沈從文，〈第二樂章—第三樂章〉，《沈從文全集》，第十五卷，頁213-214。
28. 沈從文，〈從悲多汶樂曲所得〉，《沈從文全集》，第十五卷，頁216，218。
29. 同前註，頁222。

脫」，此後不久沈從文即自殺獲救。請見《沈從文全集》，第二十七卷，頁37。

173. 沈從文，〈《習作選集》代序〉，《沈從文全集》，第九卷，頁4。
174. 沈從文，〈一個人的自白〉，《沈從文全集》，第二十七卷，頁 10-13。
175. 同前註，頁19。
176. 沈從文，〈關於西南漆器及其他——一種自傳〉，《沈從文全集》，第二十七卷，頁21。
177. 沈從文，〈一個人的自白〉，《沈從文全集》，第二十七卷，頁11。
178. 沈從文在1926年就寫了〈我的小學教育〉以及〈我的教育〉，描述自己1919在「槐化」所目睹的一切，之後在1938年《湘西》的題記，他說自己已經從服役經驗畢業。請見沈從文，《湘西》，《沈從文全集》，第十一卷，頁329。
179. 沈從文，《從文自傳》，《沈從文全集》，第十三卷，頁365。
180. 沈從文，〈卒伍〉，《沈從文全集》，第二卷，頁202。
181. 魯迅，《吶喊》（上海：上海文藝出版社，1999），頁2。
182. 沈從文，〈卒伍〉，《沈從文全集》，第二卷，頁217。
183. Wang, *Fictional Realism in Twentieth-Century China: Mao Dun, Lao She, Shen Congwen*, p. 212.
184. 沈從文，〈情緒的體操〉，《沈從文全集》，第十七卷，頁216。
185. 蘇雪林，〈沈從文論〉，收入劉洪濤、楊瑞仁主編，《沈從文研究資料》，頁183。
186. 沈從文，〈一個人的自白〉，《沈從文全集》，第二十七卷，頁17。
187. 同前註，頁11。
188. 同前註，頁13。
189. 同前註，頁14。
190. 同前註，頁18。
191. 同前註，頁12。
192. 沈從文，〈致張以瑛〉，《沈從文全集》，第十九卷，頁19。
193. 關於沈從文、張以瑛與陳沂（陳毅）之間的關係，以及他與陳沂、周揚之間的通信，請見李揚，《沈從文的最後四十年》，頁59-64。

第二章　後期的自我書寫：鄉下人的堅持

1. 沈從文，〈致凌宇〉，《沈從文全集》，第二十六卷，頁550。
2. 凌宇在《沈從文傳》的臺灣版序言提到這一點，請見凌宇，〈《沈從文傳》序言〉，頁4-6。
3. 秦牧，〈海外的沈從文熱〉，《羊城晚報》，1991年9月10日。
4. 例如《長河不盡流：懷念沈從文先生》、《星斗其文，赤子其人——懷念沈從文》（1992）收錄許多親人、友人的作品，如巴金、妻妹張充和、姪子黃永玉以及學生汪曾祺。

143. 同前註，頁124。
144. 同前註，頁128。
145. 沈從文，〈黑魘〉，《沈從文全集》，第十二卷，頁176。
146. 沈從文，〈小說作者與讀者〉，《沈從文全集》，第十二卷，頁71。
147. 沈從文，〈看虹摘星錄後記〉，《沈從文全集》，第十六卷，頁346。
148. 同前註，頁125。
149. 同前註，頁127-128。
150. 同前註，頁132。
151. 沈從文，〈從現實學習〉，《沈從文全集》，第十三卷，頁373。
152. 李揚，《沈從文的最後四十年》（北京：中國文藝出版社，2005），頁43。
153. 接受彭子岡、姚卿祥的訪問，請見吳世勇編，《沈從文年譜》，頁273-274、277。
154. 沈從文，〈覆黃靈〉，《沈從文全集》，第十八卷，頁451。
155. Daruvala, *Zhou Zuoren and an Alternative Chinese Response to Modernity*, 246.
156. 沈從文，〈短篇小說〉，《沈從文全集》，第十六卷，頁503。
157. 沈從文，〈燭虛〉，《沈從文全集》，第十二卷，頁23。
158. 郭沫若所寫的〈斥反動文藝〉就是此類攻擊最佳的例子之一。凌宇所寫的《沈從文傳》討論了沈從文在一九三〇、四〇年代間與這些政治文學作家辯論的歷史背景，頁369-455。
159. 沈從文，〈從現實學習〉，《沈從文全集》，第十三卷，頁380。
160. 同前註，頁378。
161. 同前註，頁380-381。
162. 沈從文，〈從現實學習〉，《沈從文全集》，第十三卷，頁380。
163. 王曉明，〈鄉下人的文體與土紳士的理想〉，收入劉洪濤、楊瑞仁主編，《沈從文研究資料》，頁603。
164. 郭沫若在《文匯報》發表一篇名爲〈拙劣的犯罪〉的文章，文中直接點名批判沈從文：「捏造事實，蒙蔽眞相」，明明就是一種「拙劣的犯罪」。請見李揚，《沈從文的最後四十年》（北京：中國文史出版社，2005），頁28。
165. 在送給友人周定一〈出師頌〉條幅的題識寫著：「三十七年除日封筆試紙」，請見《沈從文全集》第十四卷，頁498。
166. 沈從文，〈致吉六〉，《沈從文全集》，第十八卷，頁519。
167. 沈從文，〈題《綠魘》文旁〉，《沈從文全集》，第十四卷，頁456。
168. 張新穎，《沈從文精讀》，頁154-158。
169. 同前註，頁152。
170. 有關沈從文這段時間的日常生活，請見沈從文次子沈虎雛所寫的〈團聚〉，收入沈從文，《無從馴服的斑馬》（北京：中國青年出版社，2003），頁172。
171. 這些話都是沈從文標註在張兆和寫給他的信，請見《沈從文全集》，第十九卷，頁8-11。
172. 他也在這份手稿的末頁加註「解放前最後一個文件」，這裡的解放意爲「解

111. 沈從文，〈綠魘〉，《沈從文全集》，第十二卷，頁150。
112. 沈從文，〈白魘〉，《沈從文全集》，第十二卷，頁162-163。
113. 沈從文，〈燭虛〉，《沈從文全集》，第十二卷，頁27。
114. 同前註，頁22。
115. 沈從文，〈生命〉，《沈從文全集》，第十二卷，頁42。
116. 同前註。
117. 沈從文，〈美與愛〉，《沈從文全集》，第十七卷，頁360。
118. 同前註，頁43。
119. 同前註。
120. 張新穎，《沈從文精讀》，頁154-158。
121. 沈從文，〈燭虛〉，《沈從文全集》，第十二卷，頁9-10。
122. 同前註。
123. 同前註，頁13-14。
124. 沈從文，〈小說作者和讀者〉，《沈從文全集》，第十二卷，頁65-79。
125. 沈從文，〈由達園給張兆和〉，《沈從文全集》，第十一卷，頁93。
126. 沈從文，〈美與愛〉，《沈從文全集》，第十七卷，頁360。
127. 「我過於愛有生一切。愛與死為鄰，我因此常常想到死。在有生中我發現了『美』，那本身形與線及代表一種最高的德性，使人樂於受它的統制，受它的處置。」請見沈從文，〈燭虛〉，《沈從文全集》，第十二卷，頁23。
128. 沈從文，〈美與愛〉，《沈從文全集》，第十七卷，頁360。
129. 沈從文，〈廢郵存底〉，《沈從文全集》，第十七卷，頁182。
130. 關於老子自然觀進一步的討論，請見徐復觀〈自然與文學根源問題〉，這篇文章深入探討中國文學研究中自然的多層意義。收入氏著，《中國文學論集》，頁385-391。
131. 沈從文，〈一個邊疆故事的討論〉，《沈從文全集》，第十七卷，頁466。
132. 這篇散文在1943年發表時，副標列在主標之後，但當《七色魘》出版時，副標都拿掉了。
133. 沈從文，〈水雲〉，《沈從文全集》，第十二卷，頁94。
134. 同前註，頁128。
135. 同前註，頁118。
136. Kinkley, *Odyssey of Shen Congwen*, 256-257.
137. 沈從文，〈水雲〉，《沈從文全集》，第十二卷，頁97-98。
138. 同前註，頁120。
139. 金介甫猜測這些不同的「偶然」指的都是同一個女人，也就是高青子。請見金介甫，〈沈從文與三種現代主義〉，收入吉首大學沈從文研究室編，《永遠的從文》，頁33。
140. 沈從文，〈水雲〉，《沈從文全集》，第十二卷，頁113。
141. 同前註，頁118。
142. 同前註，頁120。

能不覺得熱情可珍，而看中人與人湊巧的藤葛。許多詩都是在熱情的引導下所寫，而許令人難忘的詩也都是在寫這些事。」請見沈從文，〈由達園給張兆和〉，《沈從文全集》，第十一卷，頁93。

82. Wang, *Fictional Realism in Twentieth-Century China: Mao Dun, Lao She, Shen Congwen*, p. 285.
83. 沈從文，〈《習作選集》代序〉，《沈從文全集》，第九卷，頁6。
84. 沈從文，《湘行書簡》，《沈從文全集》，第十一卷，頁126-127。
85. 同前註，頁137。
86. 同前註，頁128。
87. 同前註，頁129。
88. 同前註，頁133。
89. 同前註，頁135。
90. 同前註，頁147。
91. 同前註，頁184。
92. 同前註，頁161。
93. 1988年，巴金在〈懷念從文〉這篇文章確定他寫這篇故事完全是針對周作人。
94. 1935年12月16日所寫的〈給某作家〉就是寫給巴金，請見《沈從文全集》，第十七卷，頁220。有關兩人的友誼以及會面的細節，請見巴金，〈懷念從文〉，《沈從文別集》（長沙，嶽麓出版社，1992），第十七卷，頁12。
95. 沈從文，〈情緒的體操〉，《沈從文全集》，第十七卷，頁216。
96. 沈從文，〈給一個寫詩的〉，《沈從文全集》，第十七卷，頁185-186。
97. 巴金，〈懷念從文〉，《沈從文別集》，第十七卷，頁13。
98. 這篇散文請見《巴金文集》（北京：人民文學出版社，1958），第十卷，頁206；短篇故事請見《巴金全集》（北京：人民文學出版社，1986），第十卷，頁305。
99. 范家進，《現代鄉土小說三家論》（上海：三聯出版社，2002），頁156-158。
100. 這個詞最初是李歐梵所提出，請見Leo Ou-Fan Lee, "The solitary traveler," in Robert Hegel and Richard C. Hessney eds., *Expression of Self in Chinese Literature* (New York: Columbia University Press, 1985), pp. 282-307.
101. 沈從文，〈煩悶〉，《沈從文全集》，第十四卷，頁99。
102. 沈從文，《湘行書簡》，《沈從文全集》，第十一卷，頁184。
103. 沈從文，〈煩悶〉，《沈從文全集》，第十四卷，頁98。
104. 沈從文，〈時間〉，《沈從文全集》，第十四卷，頁100。
105 同前註。
106. 沈從文，〈沉默〉，《沈從文全集》，第十四卷，頁104。
107. 沈從文，〈燭虛〉，《沈從文全集》，第十二卷，頁19。
108. 同前註，頁14。
109. 同前註，頁15。
110. 沈從文，〈白魘〉，《沈從文全集》，第十二卷，頁157-166。

南與湖北地區。楚人有名之處在於他們熱情的性格與超自然的宗教信仰。人們認為楚人的性格與北方人的拘謹、端莊大不相同。

60. 凌宇，《沈從文傳》，頁70。
61. Wendy Larson（藍溫蒂）在*Literary Authority and the Modern Chinese Writers: Ambivalence and Autobiography* (Durham: Duke University Press, 1991)一書中研究了《從文自傳》。這本書涵蓋的範圍從晚清一直到一九三〇年代之間的自傳，作者點出前現代的自傳的文本脈絡差異、現代作家在五四前後（一九二〇後半）與當代（一九三〇到四〇）如何看待自己。有關沈從文傳記的分析請見該書第三章："Shen Congwen and Ba Jin: Literary Authority Against the 'World'," p. 85.
62. 沈從文，〈《從文自傳》附記〉，《沈從文全集》，第十三卷，頁367。
63. 沈從文，《從文自傳》，《沈從文全集》，第十三卷，頁273-285。
64. 張新穎，《沈從文精讀》（上海：復旦大學出版社，2005），頁47。
65. 沈從文，《從文自傳》，《沈從文全集》，第十三卷，頁254。
66. 同前註，頁295。
67. 同前註，頁310。
68. 同前註，頁306。
69. 「清鄉」指的是軍隊在1911年辛亥革命之後有計畫的掌控鄉下偏遠地區。
70. Wang, *Fictional Realism in Twentieth-Century China: Mao Dun, Lao She, Shen Congwen*, pp. 201-245.
71. 陳鼓應編，《老子今註今譯》（臺北：臺灣商務印書館，1972），頁59。
72. 沈從文，《從文自傳》，《沈從文全集》，第十三卷，頁304。
73. 同前註，頁348。
74. 同前註，頁314。
75. 同前註，頁356。
76. 他在1926年9月寫下〈記陸弢〉，請見《沈從文全集》，第一卷，頁314。在1981所加上的一個註記提到：「一九二一年夏天，這位好友在保靖地方酉水中淹斃。時雨後新晴，因和一朋友爭氣，擬泅過寬約半里的新漲河水中，為岸邊漩渦卷沉。第三天後為人發現，由我為埋葬於河邊。」
77. 沈從文，《從文自傳》，《沈從文全集》，第十三卷，頁364。
78. 同前註，頁365。
79. 同前註。
80. 沈從文，〈水雲〉，《沈從文全集》，第十二卷，頁97-98。 對自然界的萬事萬物一視同仁是引自莊子〈齊物論〉的理想，個體只是反映其真實的情況，不受情感或個人偏見所干擾。進一步的討論請見Graham, *Disputers of the Tao: Philosophical Argument in Ancient China*, pp. 191-194.
81. 他說自己屈服在她底下，就彷彿屈服在美麗的藍天之下：「生命無法摧毀你給我的光，但卻慢慢改變我。『一個女子在詩人的詩中，永遠不會老去，但詩人，他自己卻老去了。』每當我想到這些，就十分憂鬱。生命都是太脆薄的東西，並不比一株花更經得住年月風雨，用對自然傾心的眼，反觀人生，使我不

41. 沈從文描寫到鄉村與北京雞鳴聲的不同，他提到，鄉村裡的雞和城市裡的雞相同，最終逃離不了成爲盤中飧的命運，然而鄉村中的雞鳴的確聽起來更爲嘹亮快樂，北京的雞鳴聽起來卻死氣沉沉，對於這一點他一直感到困惑。請見沈從文，〈怯步者筆記——雞聲〉，《沈從文全集》，第十卷，頁20。
42. 這封信最初發表在1926年3月6日《晨報・副刊》，後來收錄在《沈從文全集》，第十一卷，頁54。
43. 「箪人」指湘西鳳凰的人。因「箪人」是「鎮竿人」的簡稱，而「鎮竿」又是指「村落」，即鳳凰的舊稱。
44. 這很可能是他首度從外人的觀點表達他對鄉下人的欣賞，以及他在城鄉生活的對比。請見〈《箪人謠曲》前言〉，《沈從文全集》，第十五卷，頁20-21。
45. 沈從文，〈總結・傳記部分〉，《沈從文全集》，第二十七卷，頁81-82。1918年，當時的文壇領袖周作人呼籲大家有更強的民俗文化意識，周作人和劉半農、錢玄同、顧頡剛一同創辦了《歌謠週刊》，這份刊物發起一場運動，鼓勵知識分子促進地方研究的知識。沈從文在1925年12月發表〈臘八粥〉這篇小說共襄盛舉 ，這篇文章出現在第七十五期的特刊。廣州中山大學的民俗學會是中國民俗研究最成功的組織之一，所出版的《民俗週刊》從1927年一直出到1943年，郁達夫與豐子愷是固定的作者。
46. 沈從文，〈連長〉，《沈從文全集》，第二卷，頁24。
47. 沈從文，〈由達園給張兆和〉，《沈從文全集》，第十一卷，頁90。
48. Peng, *Antithesis Overcome: Shen Congwen's Avant-Gardism and Primitivism*, pp. 6-9.
49. Wang, *Fictional Realism in Twentieth-Century China: Mao Dun, Lao She, Shen Congwen*, pp. 247-289.
50. 沈從文，〈我的教育〉，《沈從文全集》，第五卷，頁200。
51. 沈從文，〈媚金、豹子與那羊〉，《沈從文全集》，第五卷，頁352。
52. 王德威也詳細討論沈從文筆下的砍人，比較他與魯迅如何處理「死」。但並未討論沈從文在不同的故事中對死的不同態度。請見Wang, *Fictional Realism in Twentieth-Century China: Mao Dun, Lao She, Shen Congwen*, pp. 213-224.
53. 沈從文，〈我的教育〉，《沈從文全集》，第五卷，頁207。
54. 同前註，頁212。
55. 沈從文，〈寫在《龍朱》之前〉，《沈從文全集》，第五卷，頁323-324。
56. 同前註。
57. 這篇文章在《全集》本文所標註的日期是「二十年」，但是在1980年爲本書所寫的附錄中，他則說這篇文章寫於1932年秋天，請見《沈從文全集》，第十三卷，頁365-366。
58. 由於沈從文的祖母無法生小孩，所以她買了個苗族女人生了兩個男孩，第二個就是沈從文的父親。由於當時的社會環境不允許苗族人與他們的小孩參加官辦考試，所以祖母把苗族婦人嫁到遠方，切斷她與小孩之間的關係。他們甚至蓋了一座假墳墓來掩蓋這個故事，請見凌宇，《沈從文傳》，頁54-55。
59. 楚是春秋戰國時期（西元前七七〇—二二一年）的一個諸侯國，大約在現今湖

20. 關於魯迅在鄉土文學運動中的角色，請見Wang, *Fictional Realism in Twentieth-Century China: Mao Dun, Lao She, Shen Congwen*, pp. 249-253.
21. 魯迅筆下的人物，像是〈阿Q正傳〉裡那遲鈍的旁觀者，或者是〈故鄉〉裡的主角，都代表了中華民族的失望與無助。
22. Susan Daruvala, *Zhou Zuoren and an Alternative Chinese Response to Modernity* (Cambridge, Mass.: Harvard University Asia Centre, 2000), pp. 63-84.
23. 沈從文在〈自我評述〉提到：「我比較喜歡的還是那些描寫我家鄉水邊人事哀樂故事。因此我被稱作鄉土作家。」《沈從文全集》，第十三卷，頁398。
24. 如他在〈《習作選集》代序〉所言：「說鄉下人我毫無驕傲，也不在自貶。」，《沈從文全集》，第九卷，頁3。
25. 不好說這些傳記作品屬於何種文類，而這些故事有時被收入爲散文，有時候又收入爲小說。《沈從文全集》的編者將第三人稱敘述所寫的〈一封未附郵的信〉歸爲「散文」，由五篇文章所組成的〈遙夜〉、〈公寓中〉則是歸爲「小說」，請見本書第三章。
26. 王曉明，〈鄉下人的文體與土紳士的理想〉，收入劉洪濤、楊瑞仁主編，《沈從文研究資料》，頁584。
27. 沈從文似乎在早兩週前發表了另一篇作品，但目前尚未找到，請見吳世勇編，《沈從文年譜》，頁20。
28. 沈從文，〈一封未附郵的信〉，《沈從文全集》，第十一卷，頁3。
29. 同前註，頁5。
30. 同前註，頁5。
31. 郁達夫所寫的〈給一個文學青年的公開狀〉就是談他第一次拜訪沈從文的情景。雖然郁達夫勸他回湖南的鄉土，打消讀大學的雄心，但還是把沈從文介紹給《晨報・副刊》的主編。1924年11月22日文章見報後，郁達夫又把沈從文介紹給主編劉勉己和瞿世英。沈從文得到機會在《晨報・副刊》發表文章，展開他的作家生涯。當時的主編孫伏園剛換成徐志摩與瞿世英。沈從文自己對當時出版界的看法，請見《沈從文全集》，第二十七卷，頁218。
32. 這是在1925年1月出版，也是在他遇到郁達夫不久之後。
33. 沈從文，〈公寓中〉，《沈從文全集》，第一卷，頁351。
34. 同前註，頁357。
35. 同前註，頁354。
36. 沈從文，〈一個人的自白〉，《沈從文全集》，第二十七卷，頁18。在這篇文章中，沈從文解釋他寫作生涯中角色最鮮明的一個角色（《邊城》裡翠翠的祖父）之後被刻劃成一個煤油店老闆。
37. 林宰平（唯剛），〈大學與學生〉，《晨報・副刊》，1925年第99期。
38. 沈從文，〈致唯剛先生〉，《沈從文全集》，第十一卷，頁40-41。
39. 凌宇在《沈從文傳》首次提到兩人之間的會面與對話，頁23。沈從文自己的想法則一直到《全集》出版才發表，請見《沈從文全集》，第二十七卷，頁25。
40. 沈從文，〈此後的我〉，《沈從文全集》，第十一卷，頁63。

68. 類似的例子請見，Qian, *Orientalism and Modernism: Legacy of China in Pound and Williams* (Carolina: Duke University Press, 1995)以及*The Modernist Response to Chinese Art: Pound, Moore, Stevens*。作者在這兩本書分析現代主義詩人接收中國藝術概念，並將之融入自己的作品之中。
69. 沈從文，〈自我評述〉，《沈從文全集》，第十三卷，頁397。
70. Martin Huang（黃衛總）, *Literati and Self-Re/Presentation: Autobiographical Sensibility in the Eighteenth-Century Chinese Novel* (Stanford, Calif.: Stanford University Press, 1995).

第一章　作為「鄉下人」的沈從文

1. 沈從文，〈《沈從文小說選集》題記〉，《沈從文全集》，第十六卷，頁375。
2. 請見沈從文〈建設〉、〈會明〉與〈靜〉等幾篇小說。
3. 沈從文，〈《習作選集》代序〉，《沈從文全集》，第九卷，頁5；〈《邊城》題記〉，《沈從文全集》第八卷，頁59。
4. 沈從文，〈自我評述〉，《沈從文全集》，第十三卷，頁397。
5. Hsia, *A History of Modern Chinese Fiction: 1917-1957*, pp. 191-192.
6. Prince，〈沈從文的生活和作品中的「鄉下人」〉，收入邵華強編《沈從文研究資料》，頁699-744。Hua-Ling Nieh（聶華苓）, *Shen Ts' ung-wen* (New York: Twayne, c1972), pp. 65-83；凌宇，《沈從文傳》，頁393-400；王曉明，〈鄉下人的文體與土紳士的理想〉，收入劉洪濤、楊瑞仁主編，《沈從文研究資料》；王繼志、陳龍，《沈從文的文學世界》，頁109-157。
7. 沈從文，《湘行書簡》，《沈從文全集》，第十一卷，頁161。
8. 沈從文，〈《蕭乾小說》題記〉，《沈從文全集》，第十六卷，頁324-325。
9. 這些書信最後集結成沈從文的另一部重要著作——《湘行散記》。詳見沈從文，《湘行散記》，《沈從文全集》，第十一卷，頁240。
10. 沈從文，〈寫在《龍朱》之前〉，《沈從文全集》，第五卷，頁323。
11. 沈從文，〈虎雛〉，《沈從文全集》，第七卷，頁15-4。
12. 沈從文，《湘行散記》，《沈從文全集》，第十一卷，頁281。
13. 蘇雪林，〈沈從文論〉，收入劉洪濤、楊瑞仁主編，《沈從文研究資料》。
14. 詳見Prince，〈沈從文的生活和作品中的「鄉下人」〉，收入邵華強編，《沈從文研究資料》，頁724-725。
15. Nieh, *Shen Ts' ung-wen*, pp. 66-67.
16. 王繼志、陳龍，《沈從文的文學世界》，頁121-123。
17. 王曉明，〈鄉下人的文體與土紳士的理想〉，收入劉洪濤、楊瑞仁主編，《沈從文研究資料》。
18. Raymond Williams, *The Country and the City*, (London: Hogarth Press, 1985), p. 289.
19. Yi-Tsi Mei Feuerwerker（梅儀慈）, *Ideology, Power, Text- self Representation and the Peasant "Other" in Modern Chinese Literature* (Stanford, Calif: Stanford University Press, 1998).

被引用，攝影師卓雅在前言裡還說：「從1981年開始，我一直透過攝影鏡頭，尋找你筆下對湘西的細緻描繪。」

47. 例如龍迎春，《品讀湘西—走進沈從文的家鄉》（廣州：廣東旅遊出版社，2003）。
48. Timothy Oakes, "Shen Congwen's Literary Regionalism and the Gendered Landscape of Chinese Modernity," *Geografiska Annaler. Series B, Human Geography*, Vol. 77, No. 2. (1995), p. 93-107.
49. Lydia Liu, "The Deixis of Writing in the First Person," in *Translingual Practice: Literature, National Culture and Translated Modernity— China, 1900-1937* (Stanford: Stanford University Press, 1995), p. 155-164.
50. 劉洪濤，《沈從文小說新論》（北京：北京師範大學出版社，2005）。
51. 吳投文，《沈從文的生命詩學》（北京：東方出版社，2007）。
52. 康長福，《沈從文文學理想研究》（北京：北京人民出版社，2007）。
53. 王繼志、陳龍，《沈從文的文學世界》。
54. 徐復觀，〈中國藝術精神主題之呈現——莊子的再發現〉，《中國藝術精神》（臺北：臺灣學生書局，1998），頁45-143。
55. 同前註，頁47-56。
56. 同前註，頁131-136。
57. Zhao-Ming Qian（錢兆明）, *The Modernist Response to Chinese Art: Pound, Moore, Stevens* (Charlottesville: University of Virginia Press, 2003), p. 65.
58. 沈從文，〈與徐志摩作品學習「抒情」〉，《沈從文全集》，第十六卷，頁257。關於沈從文的文學評論風格請見周海波，《中國現代文學批評史論》（上海：人民出版社，2002），頁280-312。
59. 沈從文，〈論馮文炳〉，《沈從文全集》，第十六卷，頁145。
60. Zong-Qi Cai（蔡宗齊）eds., *A Chinese Literary Mind: Culture, Creativity and Rhetoric in Wenxin Diaolong* (Stanford, Calif.: Stanford University Press, 2001), p. 3.
61. 王風編，〈編輯餘記〉，《野人獻曝》，頁1-15。
62. 這些文章收錄在豐子愷 著，開明書店 編，《繪畫與文學》（臺北：開明書店，1959）；後來都收入《豐子愷文集》（杭州：浙江文藝出版社，1992），第二卷，頁455-545。
63. 周立民編，《文學季刊1934-1935》（上海：上海社會科學院出版社，2004），頁89、109。
64. A. C. Graham（葛瑞漢）, *Disputers of the Tao: Philosophical Argument in Ancient China* (La Salle, Ill.: Open Court, 1989), p. 3, p.170.
65. Ibid, 186.
66. 具體的例子請見，徐復觀，〈中國藝術精神主體之呈現—莊子的再發現〉，《中國藝術精神》。他指出莊子對於後代哲學的影響，例如宋明理學（頁134）。藉由分析，他也比較莊子哲學與西方哲學傳統。
67. 豐子愷，〈中國畫之勝利〉，《豐子愷文集》，第二卷，頁514-545。

Countryman in His Work, 1978）被譯成中文，收錄在邵華強編，《沈從文研究資料》（香港：花城出版，三聯書局，1991），頁699-744。

33. 孫韜龍，〈談沈從文的鄉下人觀念〉，收入吉首大學沈從文研究室編，《沈從文研究》（長沙：湖南大學出版，1988），頁67-74。另見王風編，〈編輯餘記〉，《野人獻曝》（北京：北京出版社，2004），頁1-15。
34. 王曉明，〈鄉下人的文體與土紳士的理想〉，收入劉洪濤、楊瑞仁主編，《沈從文研究資料》頁603。王繼志、陳龍，《沈從文的文學世界》（臺北：三民書局，1999）。
35. 王潤華，《沈從文小說理論與作品新論——沈從文小說理論、批評、代表作的新解讀》；吳立昌，《人性的治療者——沈從文傳》（臺北：業強出版社，1994）；王曉明，〈鄉下人的文體與土紳士的理想〉，收入劉洪濤、楊瑞仁主編，《沈從文研究資料》。
36. Hsiao-Yen Peng（彭小妍）, *Antithesis Overcome: Shen Congwen's Avant-Gardism and Primitivism* (Taipei: Institute of Chinese Literature and Philosophy, Academia Sinica, 1994); David Wang（王德威）, *Fictional Realism in Twentieth-Century China: Mao Dun, Lao She, Shen Congwen* (Cambridge, Mass.: Harvard University Press, 1993).
37. 裴春芳，〈文體的分裂與心態的游移——沈從文作品的譜系學構成及文化困擾〉，收入吉首大學沈從文研究室編，《永遠的從文》，頁449。
38. 向成國，〈沈從文作品背後的小故事〉，《湘西》，第三卷（2001），頁26-38。
39. 楊瑞仁，〈理解沈從文〉，收入吉首大學沈從文研究室編，《永遠的從文》，頁137。
40. 王風編，〈編輯餘記〉，《野人獻曝》，頁1-15。
41. 這點觀察也可以在2005年出版的文集《生之記錄》（北京：金華出版社，2005）獲得支持，這本書從自我意識的角度選了幾篇沈從文的作品，以不同的寫作方式來呈現自我的路徑與表現。
42. 凌宇的《沈從文傳》、Kinkley的*The Odyssey of Shen Congwen* 以及吳立昌《人性的治療者——沈從文傳》等三本書都把沈從文的文學作品和他所處的政治及歷史脈絡放在一塊。
43. 李輝，《沈從文與丁玲》（武漢：湖北人民出版社，2004）。
44. 李瑞生，《報刊情緣——沈從文投稿與編輯活動探跡》（北京：中國文聯出版社，2002），頁125-133。
45. 周仁政，《巫覡人文——沈從文與巫楚文化》（長沙：嶽麓書社，2005）。
46. 2002年《沈從文的湘西》（香港：三聯出版）在香港出版，書中並有卓雅拍攝的黑白圖片。這本書引用沈從文著名作品中對於湘西的描述，但並未清楚點明出處。2004年，讀者文摘出版了一本類似的書，這本書是英文版，同樣有卓雅拍的彩色照片，書的標題是《美麗的湘西——沈從文的筆下的湖南圖片之旅》（*Beautiful Xiangxi—A Photographic Journey of Hunan through the Pen of Shen Congwen*〔Pleasantville, N.Y.: Reader's Digest, 2004〕），在這本書中沈從文的許多文字也

17. 為了回應毛澤東1966年5月7日的〈五七指示〉，城市的機關要自己種田，因此大部分國家單位人員必須下鄉種田。
18. 吳世勇編，《沈從文年譜》，頁485-513。
19. 同前註，頁358。
20. 這些故事包括〈老同志〉（1952）、〈總隊部〉（1952）以及〈財主宋仁瑞和他的兒子〉（1961）還有一部未完成的作品〈死者長已矣，存者且偷生〉（1961），均收入《沈從文全集》，第二十七卷，頁463-531。
21. 張兆和1957年所寫的信。
22. 〈來的是誰〉收錄在2007年由劉一友所寫的黃永玉傳記《文星街大哥》（桂林：漓江出版社，2007）。
23. 蘇雪林說沈從文是一個新文學界的魔術家，「能從一個空盤裡倒出數不清的蘋果雞蛋」，請見蘇雪林，〈沈從文論〉，收入劉洪濤、楊瑞仁主編，《沈從文研究資料》，頁194。沈從文對於蘇雪林評論的回應請見〈關於西南漆器及其他——一章自傳〉，《沈從文全集》，第二十七卷，頁25。
24. 韓侍珩，〈一個空虛的作家〉以及〈故事的複製〉，收入劉洪濤、楊瑞仁主編，《沈從文研究資料》，頁165、172；賀玉波，〈沈從文的作品批評〉，收入劉洪濤、楊瑞仁主編，《沈從文研究資料》，頁215；凡容，〈讀沈從文的《貴生》〉，收入劉洪濤、楊瑞仁主編，《沈從文研究資料》，頁255。
25. 沈從文自己受到左右兩派的攻擊，而孤寂感也隨著無法控制自己可以出版何種書籍而惡化。請見《從文自傳》，收錄在《沈從文全集》，第二十七卷，頁149。
26. 馮乃超，〈略評沈從文的「熊公館」〉，收入劉洪濤、楊瑞仁主編，《沈從文研究資料》，頁295。
27. 沈從文在共產黨早期統治下在現代中國文學中的地位，請見劉洪濤，楊瑞仁主編，《沈從文研究資料》，頁3。
28. 沈從文對於作品在中國與臺灣被禁的看法，請見沈從文，〈一個傳奇的本事·附記〉，《沈從文全集》，第十二卷，頁235。沈從文的《湘行散記》與《月下小景》在臺灣戒嚴時期也被列為禁書，請見史為鑑，《禁》（臺北：四季，1981），頁1、143、154及212。
29. 「新批評主義」代表二十世紀中文學批評理論的一支，大約介於一九二〇年代到一九六〇年代的美英兩國。這套理論主要的主張是詳細閱讀文本，而反對根據外部資料進行批評，特別是傳記。
30. 關於翻譯的趨勢與數量，請見張之佩，〈沈從文著作國內外出版情況簡析〉，翻譯的詳細書目，請見沈紅，〈沈從文作品的外文譯作 〉，兩篇作品分別收入吉首大學沈從文研究室編，《永遠的從文》，頁676、680。
31. 凌宇，《從邊城走向世界》（臺北：駱駝出版社，1987）；以及Kinkley, *The Odyssey of Shen Congwen.*
32. 根據凌宇的說法，Anthony Prince是第一位研究沈從文鄉下人概念的學者，所著〈沈從文的生活和作品中的「鄉下人」〉（The Life of Shen Congwen and The

注釋

導論

1. 關於沈從文研究的歷史與回顧，特別是其作品與個人經歷如何被描繪，請見韓立群，〈沈從文研究的歷史與現狀〉，收入吉首大學沈從文研究室編，《永遠的從文》（吉首：吉首大學出版社，2002），頁1033。
2. 郭沫若，〈斥反動文藝〉，收入劉洪濤、楊瑞仁主編，《沈從文研究資料》（天津：天津人民出版社，2006），頁289-294。
3. 關於1957年版本的詳細分析與變化，還有該版的影響，請見王潤華，〈沈從文《菜園》的白色恐怖〉，收入氏著《沈從文小說理論與作品新論——沈從文小說理論、批評、代表作的新解讀》（臺北：文史哲出版社，1998），頁175。
4. Chih-Tsing Hsia（夏志清）, *A History of Modern Chinese Fiction: 1917-1957* (New Haven: Yale University Press, 1961), p. 207.
5. 當時的他其實已經投入了中國物質文化之研究三十餘年，並在1981年出版了另一部巨著《中國古代服飾研究》。只不過，這本書的發表卻在各界一窩蜂地集中關注沈從文的文學作品之熱潮下，屢屢遭到編輯與評論家的忽略與冷落。
6. 後來還有幾封書信與手稿出現，有一些收錄在吳世勇編，《沈從文年譜》（天津：天津人民出版社，2006）。
7. 這些演講的文字紀錄收在《沈從文全集》（太原：北嶽文藝出版社，2002）；另見王亞蓉編，《沈從文口述——晚年的沈從文》（香港：商務印書館，2002）。
8. 這些筆名的起源請見淩宇，《沈從文傳》（臺北：東大出版社，1991），頁125。沈從文用過約四十個化名，請見吳世勇編，《沈從文年譜》，頁664-670。
9. 關於五四運動的歷史請見Tse-Tsung Chow（周策縱）, *The May Fourth Movement: Intellectual Revolution in Modern China* (Cambridge: Harvard University Press, 1960)
10. Jeffrey C. Kinkley（金介甫）, *The Odyssey of Shen Congwen* (Stanford, Calif.: Stanford University Press, 1987), p. 82-83.
11. 吳世勇，〈編纂說明〉，《沈從文年譜》，頁1。
12. 關於沈從文參與京海之爭的始末，參考吳立昌，〈漫論沈從文與「京」「海」之爭〉，收入吉首大學沈從文研究室編，《永遠的從文》，頁187-197。
13. 周作人在《人間世》第19期發表〈一九三四年我所愛讀的書籍〉，《從文自傳》名列第三。請見吳世勇編，《沈從文年譜》，頁163。
14. 郭沫若，〈斥反動文藝〉，收入劉洪濤、楊瑞仁主編，《沈從文研究資料》，頁289-294。
15. 汪曾祺，〈沈從文轉業之謎〉，收入吉首大學沈從文研究室編，《長河不盡流：懷念沈從文先生》（長沙：湖南文藝出版社，1989），頁139-144。
16. 吳世勇編，《沈從文年譜》，頁358、367-370。

Twentieth-Century China (Cambridge, Mass.: Harvard University Press, 1993), 71-106.

Lee, Leo Ou-fan. "The solitary traveler," In Robert Hegel and Richard C. Hessney eds., *Expression of Self in Chinese Literature* (New York: Columbia Press, 1985), 282-307.

Oakes, Tomothy. "Shen Congwen's Literary Regionalism and the Gendered Landscape of Chinese Modernity," *Geografiska Annaler. Series B, Human Geography*, Vol. 77, No. 2. (1995), 93-107.

Schorer, Mark. "Technique as discovery," in David Lodge ed., *20th Century Literary Criticism: A Reader* (London: Longman, 1972).

Wang, David. "Imaginary Nostalgia: Shen Congwen Song Zelai, Mo Yan and Li Yongping," in Ellen Widmer and David Wang eds., *From May Fourth to June Fourth: Fiction and Film in Twentieth-Century China*, (Cambridge, Mass: Harvard University Press, 1993).

出版社，1998）。
郭沫若，〈斥反動文藝〉，收入劉洪濤、楊瑞仁主編，《沈從文研究資料》（天津：天津人民出版社，2006），頁289-294。
陳師曾，〈文人畫之價值〉，收入顧森、李樹聲主編，《百年中國美術經典》，第一卷，深圳：海天出版社，1998。
陳敏（笑蜀），〈天馬的終結：知識分子思想改造說微〉，收入中國研究服務中心，中國研究論文文庫http://www.usc.cuhk.edu.hk/wkgb.asp（香港：中文大學，2004）。
陳獨秀，〈美術革命——答呂澂〉，《新青年》，6:1（上海，1919.01）。
彭小妍，〈導論〉，《沈從文小說選I》（臺北：洪範出版，1995）。
賀玉波，〈沈從文的作品批判 〉，收入劉洪濤、楊瑞仁主編，《沈從文研究資料》（天津：天津人民出版社，2006）。
楊瑞仁，〈理解沈從文〉，收入吉首大學沈從文研究室編，《永遠的從文》（吉首：吉首大學出版社，2002）。
裴春芳，〈文體的分裂與心態的游移〉，收入吉首大學沈從文研究室編，《永遠的從文》（吉首：吉首大學出版社，2002）。
趙園，〈沈從文構築的湘西世界〉，收入收入劉洪濤、楊瑞仁主編，《沈從文研究資料》（天津：天津人民出版社，2006），頁485-535。
魯迅，〈一件小事〉，《吶喊》，上海：上海文藝出版社，1999。
韓立群，〈沈從文研究的歷史與現狀〉，收入吉首大學沈從文研究室編，《永遠的從文》（吉首：吉首大學出版社，2002）。
豐子愷，〈詩人的平面觀〉。收入周立民主編，《文藝季刊 》（上海：上海社會科學院出版社，2004）。
蘇雪林，〈沈從文論〉，收入劉洪濤、楊瑞仁主編，《沈從文研究資料》（天津：天津人民出版社，2006）。

外文研究專文

Eliot, T. S.. "Tradition and Individual Talent," in David Lodge ed., *20th Century Literary Criticism: A Reader* (London: Longman, 1972), 71-77.

Forster, E. M.. "Flat and round characters and 'point of view'," in David Lodge ed., *20th Century Literary Criticism: A Reader* (London: Longman, 1972).

Huters, Theodore, "The Transformation of Critical Ground," in Bonnie McDougall ed., *Popular Chinese literature and performing arts in the People's Republic of China: 1949-1979* (Berkeley: California University Press, 1984), 54-80.

Kinkley, Jeffrey C.. "Shen Congwen and the Use of Regionalism in Modern Chinese Literature," *Modern Chinese Literature* (1985) 1 (2): 157-183.

Kinkley, Jeffrey C.. "Shen Congwen's Legacy in Chinese Literature of the 1980s," in Ellen Widmer and David Wang eds., *From May Fourth to June Fourth: Fiction and Film in*

Carolina: Duke University Press, 1995.
Qian, Zhaoming. *The Modernist Response to Chinese Art: Pound, Moore, Stevens.* Charlottesville: University of Virginia Press, 2003.
Wang, David. *Fictional Realism in Twentieth Century China: Mao Dun, Lao She, Shen Congwen.* New Work: Columbia University Press, 1992.
Williams, Raymond. *The Country and the City.* London: Hogarth Press, 1985.
Wu, Peiyi. *The Confusion Progress: Autobiographical Writings in Traditional China.* Oxford: Princeton University Press, 1990.

研究專文

乃超，〈略評沈從文的《熊公館》〉，收入劉洪濤、楊瑞仁主編，《沈從文研究資料》，天津：天津人民出版社，2006。
凡容，〈讀沈從文的《貴生》〉，收入劉洪濤、楊瑞仁主編，《沈從文研究資料》（天津：天津人民出版社）。
王風編，〈編輯餘記〉，《野人獻曝》（北京：北京出版社，2004），頁1-15。
王曉明，〈鄉下人的文體與土紳士的理想〉，收入劉洪濤、楊瑞仁主編，《沈從文研究資料》（天津：天津人民出版社，2006）。
吳立昌，〈漫論沈從文與「京」「海」之爭〉，收入吉首大學沈從文研究室編，《永遠的從文》（吉首：吉首大學出版社，2002）。
李陀，〈意象的激流〉，《文藝研究》，1986年第3期。
李健吾（劉西渭），〈《邊城》與《八駿圖》〉，收入周立民編，《文學季刊1934-1935》（上海：上海社會科學院出版社，2004）。
汪曾祺，〈沈從文轉業之謎〉，收入吉首大學沈從文研究室編，《長河不盡流：懷念沈從文先生》（長沙：湖南文藝出版社，1989）。
沈紅，〈沈從文作品的外文譯著〉，收入吉首大學沈從文研究室編，《永遠的從文》（吉首：吉首大學出版社，2002）。
侍桁，〈一個空虛的作者》，收入劉洪濤、楊瑞仁主編，《沈從文研究資料》（天津：天津人民出版社，2006）。
林蒲，〈投岩麝退香〉，收入吉首大學沈從文研究室編，《長河不盡流：懷念沈從文先生》（長沙：湖南文藝出版社，1989）。
金介甫，〈沈從文與三種現代主義〉，收入吉首大學沈從文研究室編，《永遠的從文》（吉首：吉首大學出版社，2002），頁16-42。
秦牧，〈海外的沈從文熱〉，《羊城晚報》，1991年9月10日。
康有爲，〈萬木草堂論畫〉，收入顧森、李樹聲主編，《百年中國美術經典》，第一卷，深圳：海天出版社，1998。
張之佩，〈沈從文著作國內外出版情況簡析〉，收入吉首大學沈從文研究室編，《永遠的從文》（吉首：吉首大學出版社，2002）。
張璪，〈文通論畫〉，收入俞劍華主編，《中國古代畫論類編》（北京：人民美術

外文論著

Blanchot, Maurice. *The Space of Literature.* London: University of Nebraska Press, 1982.

Bonner, Joey. *Wang Kuo-wei, an Intellectual Biography.* Cambridge, Mass.: Harvard University Press, 1986.

Chin, Ann-ping. *Four Sisters of Hofei: A history.* London: Bloomsbury, 2004.

Chow Tse-tsung. *The May Fourth Movement: Intellectual Revolution in Modern China.* Cambridge, Mass.: Harvard University Press, 1960.

Daruvala, Susan. *Zhou Zuoren and an Alternative Chinese Response to Modernity.* Cambridge, Mass.: Harvard University Asia Centre, 2000.*

*中文版已由麥田出版社出版。蘇文瑜，《周作人：自己的園地》，臺北：麥田出版社，2011。

Graham, A. C.. *Disputers of the Tao: Philsophical Argument in Ancient China.* La Salle, Ill.: Open Court, 1989.

Graham, A. C.. *The Inner Chapters.* London: Unwin Hyman, 1986.

Hansen, Chad. *A Daoist Theory of Chinese Thought: A Philisophical Interpretation.* Oxford University Press, 1992.

Hightower, James R. and Yeh, Florence Chia-ying. *Studies in Chinese Poetry.* Cambridge, Mass.: Council on East Asian Studies, Harvard University, 1998.

Hou, Hsiao-hsien（侯孝賢）. "Nage Fengzi Xiang paipian?" (Which madman wants make movies?) Introduction to *Hou Hsiao-hsien jingdian dianying xilie* (Huo Hsiao-hsien classical movies). Taipei: Sin Movie, 2001.

Hsia, Chih-tsing. *A History of Modern Chinese Fiction.* Indiana: Indiana University Press, 1999.

Huang, Martin. *Literati and Self-Re/Presentation: Autobiographical Sensibility in the Eighteenth-century Chinese Novel.* Stanford: Stanford University Press, 1995.

Kinkley, Jeffrey C.. *The Odyssey of Shen Congwen.* Stanford: Stanford University Press, 1987.

Larson, Wendy. *Literary Authority and the Modern Chinese Writer.* Durham and London: Duke University Press, 1991.

Liu, James J. Y.. *Chinese Theories of Literature.* Chicago: University of Chicago Press, 1975.

Liu, Lydia. *Translingual Practice: Literature, National Culture and Translated Modernity—China, 1900-1937.* Stanford: Stanford University Press, 1995.

Nieh, Hualing. *Shen Ts'ung-wen.* New York: Twyne, 1972.

Owen, Stephen. *Readings in Chinese Literary Thought.* Cambridge, Mass.: Council on East Asian Studies, Harvard University, 1992.

Peng, Hsiao-yen. *Antithesis Overcome: Shen Congwen's Avant-Gardism and Primitivism.* Taipei: Institute of Chinese Literature and Philosophy, Academia Sinica, 1994.

Qian, Zhaoming. *Orientalism and Modernism: Legacy of China in Pound and Williams.* North

吳立昌，《人性的治療者——沈從文傳》，臺北：業強出版社，1994。
吳立昌，《沈從文——建築人性神廟》，上海：復旦大學出版社，1991。
吳立昌，《精神分析與中西文學》，上海：學林出版社，1987。
吳投文，《沈從文的生命詩學》，北京：東方出版社，2007。
李揚，《沈從文的最後四十年》，北京：中國文藝出版社，2005。
李瑞生，《報刊情緣——沈從文投稿與編輯活動探跡》，北京：中國文藝出版社，2002。
李輝，《沈從文與丁玲》，武漢：湖北人民出版社，2004。
杜素娟，《沈從文與大公報》，濟南：山東畫報出版社，2006。
周仁政，《巫覡人文——沈從文與巫楚文化》，長沙：嶽麓書社，2005。
周作人，《周作人全集》，臺北：藍燈文化出版社，1992。
周海波，《中國現代文學批評史論》，上海：人民出版社，2002。
邵華強編，《沈從文研究資料》，香港：花城出版，三聯書局，1991。
范家進，《現代鄉土小說三家論 》，上海：三聯書局，2002。
凌宇，《沈從文傳》，臺北：東大出版社，1991。
凌宇，《從邊城走向世界》，北京：三聯書局，1985。
徐改，《齊白石》，臺北：藝術家出版社，2001。
徐復觀，《中國文學論集》，臺北：臺灣學生書局，2001。
徐復觀，《中國文學論集續篇》，臺北：臺灣學生書局，1984。
徐復觀，《中國藝術精神》，臺北：臺灣學生書局，1998。
康長福，《沈從文文學理想研究》，北京：北京人民出版社，2007。
張新穎，《沈從文精讀》，上海：復旦大學出版社，2005。
陳引馳，《莊子精讀》，上海：復旦大學出版社，2005。
陳鼓應編，《老子今註今譯》，臺北：臺灣商務印書館，1972。
陳滯冬，《中國書畫與文人意識》，吉林：吉林教育出版社，1992。
彭曉勇，《沈從文與讀書》，臺北：婦女與生活，2001。
黃錦鋐編，《莊子讀本》，臺北：三民書局，1991。
齊良遲，《齊白石藝術研究》，北京：商務印書館，1999。
劉一友，《文星街大哥》，桂林：漓江出版社，2007。
劉一友，《沈從文與湘西》，西寧：青海人民出版社，2003。
劉洪濤，《沈從文小說新論》，北京：北京師範大學出版社，2005。
劉勰，《文心雕龍》，臺北：三民出版，1994。
龍迎春，《品讀湘西——走進沈從文的家鄉》，廣州：廣東旅遊出版社，2003。
謝赫，〈古畫品錄〉，收入俞劍華主編，《中國古代畫論類編》（北京：人民美術出版社，1998）。
豐子愷，《豐子愷文集》，杭州：浙江文藝出版社，1992。
顧實，《漢書藝文志講疏》，上海：商務印書館，1935。

書目

主要書目

沈從文，《沈從文全集》，太原：北嶽文藝出版社，2002。
沈從文，《沈從文別集》，湖南：嶽麓出版社，1992。
沈從文，《沈從文文集》，廣州：花城出版，1984。
沈從文，《沈從文短篇小說選集》，北京：北京人民出版社，1957。
沈從文，《沈從文選集》，四川：四川人民出版社，1983。
沈從文，《沈從文著作選》，香港：商務印書館，1994。
沈從文，《沈從文家書──從文、兆和書信選》。臺北：臺灣商務印書館，1999。
沈從文，《沈從文家書》，南京：江蘇教育出版社，2005。
沈從文，《花花朵朵．罈罈罐罐──沈從文談藝術與文物》，南京：江蘇美術出版社，2002。
沈從文，《無從馴服的斑馬》，北京：中國青年出版社，2003。
沈從文，《野人獻曝》，北京：北京出版社，2004。
沈從文，《生之記錄》，北京：金華出版社，2005。
沈從文，《心與物遊》，西安：山西大學出版社，2006。
沈從文，《沈從文的湘西》，香港：三聯書局，2002。

次要書目

巴金，《巴金文集》，北京：人民文學出版，1958。
巴金，《巴金全集》，北京：人民文學出版，1986。
王亞蓉，《從文口述──晚年的沈從文》，香港：商務印書館，2002。
王國維 著，馬自毅 編，《人間詞話》，臺北：開明書店，1988。
王潤華，《沈從文小說理論與作品新論──沈從文小說理論、批評、代表作的新解讀》臺北：文史哲出版社，1998。
王繼志、陳龍，《沈從文的文學世界》，臺北：三民書局，1999。
史爲鑑，《禁》，臺北：四季出版社，1987。
司馬長風，《中國新文學史》，香港：照明出版社，1980。
吉首大學沈從文研究室編，《長河不盡流：懷念沈從文先生》，湖南：湖南文藝出版社，1989。
向成國 ，〈沈從文作品背後的小故事〉，《湘西》，第三卷（2001），頁26-38。照片版權由作者提供。
衣若芬，《蘇軾題畫文學研究》，臺北：文津出版社，1999。
吳世勇編，《沈從文年譜》，天津：天津人民出版社2006。

國家圖書館出版品預行編目（CIP）資料｜另一種自由的追求：沈從文美學研究｜邱于芸作｜初版｜台北市：麥田｜城邦文化出版：家庭傳媒城邦分公司發行｜2014.02｜288面；14.8×21公分｜麥田人文；148｜ISBN 978-986-344-054-3(平裝)｜1.沈從文 2.文學美學 3.文學評論｜848.6｜103001023

麥田人文 148

另一種自由的追求——沈從文美學研究

作　　者　邱于芸
責任編輯　葉品岑
校　　對　陳佩伶、徐知誼

副總編輯　林秀梅
編輯總監　劉麗真
總 經 理　陳逸瑛
發 行 人　涂玉雲

出　　版　麥田出版
城邦文化事業股份有限公司
104台北市中山區民生東路二段141號5樓
電話：（886）2-2500-7696 傳真：（886）2-2500-1966、2500-1967
麥田部落格：http://blog.pixnet.net/ryefield
發　　行　英屬蓋曼群島商家庭傳媒股份有限公司城邦分公司
104台北市中山區民生東路二段141號11樓
書虫客服服務專線：(886)2-2500-7718；2500-7719
24小時傳真服務：(886)2-2500-1990；2500-1991
服務時間：週一至週五09:30-12:00；13:30-17:00
郵撥帳號：19863813　戶名：書虫股份有限公司
讀者服務信箱E-mail：service@readingclub.com.tw
歡迎光臨城邦讀書花園　網址：www.cite.com.tw

香港發行所　城邦（香港）出版集團有限公司
香港灣仔駱克道193號東超商業中心1樓
電話：(852)2508-6231　傳真：(852)2578-9337
E-mail：hkcite@biznetvigator.com

馬新發行所　城邦(馬新)出版集團【Cite(M)Sdn. Bhd】
41, Jalan Radin Anum, Bandar Baru Sri Petaling,
57000 Kuala Lumpur, Malaysia.
電話：(603)9057-8822　傳真：(603)9057-6622
E-mail:cite@cite.com.my

封面設計　洪伊奇
電腦排版　宸遠彩藝有限公司
印　　刷　漾格科技股份有限公司

初版一刷　2014年（民103）2月
初版二刷　2018年（民107）1月
定價／300元
ISBN：978-986-344-054-3

城邦讀書花園
www.cite.com.tw